# Dear heart,
# Eu odeio você!

CB129343

J. STERLING

# Dear heart, Eu odeio você!

*Tradução*:
Carlos Szlak e Fábio Alberti

FARO EDITORIAL

**COPYRIGHT © 2016 BY J. STERLING**
**COPYRIGHT © FARO EDITORIAL, 2017**

Todos os direitos reservados.
Nenhuma parte deste livro pode ser reproduzida sob quaisquer meios existentes sem autorização por escrito do editor.

Diretor editorial **PEDRO ALMEIDA**
Preparação **LUIZA DEL MONACO**
Revisão **GABRIELA DE AVILA**
Capa **MICHELLE PREAST**
Diagramação **OSMANE GARCIA FILHO**

Dados Internacionais de Catalogação na Publicação (CIP)
(Câmara Brasileira do Livro, SP, Brasil)

Sterling, Jenn
Dear heart, eu odeio você! / Jenn Sterling ; [tradução Carlos David Szlak].— 1. ed. — Barueri, SP : Faro Editorial, 2017.

Título original: Dear heart, I hate you.
ISBN 978-85-9581-007-5

1. Ficção erótica 2. Ficção norte-americana I. Título.

17-08134 CDD-813

Índice para catálogo sistemático:
1. Ficção : Literatura norte-americana 813

FARO EDITORIAL

1ª edição brasileira: 2017
Direitos de edição em língua portuguesa, para o Brasil, adquiridos por FARO EDITORIAL

Alameda Madeira, 162 — Sala 1702
Alphaville — Barueri — SP — Brasil
CEP: 06454-010 — Tel.: +55 11 4196-6699
www.faroeditorial.com.br

Este livro é para todos que um dia já
tiveram o coração partido.
Às vezes, as pessoas fazem coisas por
motivos que jamais poderemos
compreender. Outras vezes, os corações
partidos acabam nos levando ao final feliz.
Espero que você encontre o seu.
Porque você merece.

Você é linda.
Garotos são burros.
Você é esperta.
Garotos são estúpidos.
Você é gentil.
Garotos são idiotas.
Você é uma maldita sereia.

— ABBY O'SHEA,
poeta, amigo e o maior
ídolo de Sterling :)

# Prólogo

## Jules

NÃO ESTAVA PRONTA PARA ELE. NÃO TINHA NEM MESMO ME planejado para ele.

Cal Donovan, de Boston, definitivamente não estava nos meus planos.

Conhecê-lo foi uma surpresa, que me pegou completamente desprevenida.

Em meu ramo de atividade, conhecia pessoas novas a todo momento e nenhuma delas havia me afetado. Mas não é assim que as coisas funcionam? Você conhece milhares de pessoas, mas nenhuma delas tem algum real significado para você. Porém, um belo dia, você esbarra em alguém e, de repente, esse alguém significa tudo.

Eu era uma *workaholic* assumida e todas as pessoas próximas de mim sabiam que eu não namorava. Não era totalmente intencional da minha parte, mas, naquele momento, os homens simplesmente não eram uma prioridade na minha vida. No entanto, isso não significava que, se conhecesse alguém fascinante, eu me recusaria a me envolver. Eu certamente me entregaria. Mas era aí que morava o problema: pouquíssimos homens despertavam e sustentavam meu interesse.

Mas isso não me incomodava. O trabalho vinha em primeiro lugar: não sofria com isso e nem me lamentava. Nem mesmo quando, há mais de dois anos, Brandon terminou nosso namoro porque eu passava muito tempo no escritório e ele achava que eu devia dedicar ao menos um pouco de meu tempo e atenção a ele.

No começo, Brandon desempenhou o papel de namorado compreensivo, dizia sentir muito orgulho da minha ambição e minhas conquistas profissionais. Mas, ao mesmo tempo, seu ressentimento ia fermentando secretamente e, certa noite, ele explodiu enquanto estávamos sentados na sala da casa dele. Eu estaria mentindo se dissesse que fui pega desprevenida, mas não fazia ideia da intensidade da raiva e do rancor que tinham tomado conta dele. Fiquei, sim, um pouco chocada.

As frustrações de Brandon não eram sem fundamento, mas mesmo quando terminamos eu não mudei em nada as minhas prioridades. Tudo que senti quando ele me deu um pé na bunda, fazendo um discurso claramente ensaiado, foi um grande alívio. Meu coração ficou mais leve com a ideia de poder me concentrar em minha carreira sem levar em consideração os desejos ou sentimentos de outra pessoa. Ah, no fundo, eu esperava pelo momento de poder desfrutar dessa liberdade e da completa ausência de culpa.

Sim, isso pode parecer rude, mas eu queria construir uma reputação no mercado imobiliário de luxo e não conseguiria fazer aquilo dividindo meu tempo. Ou talvez conseguisse, mas a questão era que eu não queria e Brandon me mostrou isso.

E, pensando bem, desde quando o fato de você ser sua prioridade número um é algo tão terrível? Os homens se concentram em suas carreiras o tempo todo e isso é totalmente aceitável. Mas não no caso de uma mulher; não no meu caso. Depois de Brandon romper comigo, aprendi rapidamente que os homens não gostam de ficar em segundo lugar na lista de prioridades de uma mulher e parecem ficar intimidados com uma mulher motivada, que lida com situações difíceis e desafiadoras.

No fim das contas, permanecer solteira pareceu funcionar melhor para mim, e eu não tinha planos de mudar meu estado civil tão cedo.

E então eu conheci Cal.

E ele arruinou tudo.

# O senhor dos lábios perfeitos

## Jules

CORRI PARA DENTRO DO HOTEL, COM OS BRAÇOS EM TORNO do corpo para me proteger do frio de rachar do lado de fora. A ventania fez meu cabelo parecer um espanador, mas tentei ajeitá-lo, dentro do possível, ao entrar no saguão.

Como não tinha arrumado a mala direito, e levado só blusinhas de verão e sandálias, em vez de roupas mais quentes, estava morrendo de frio em Boston. Como poderia imaginar que uma inesperada frente fria chegaria no começo de setembro? Em Los Angeles ainda estava fazendo vinte e sete graus todos os dias, e, com alguma sorte, eu só teria de começar a usar sapatos com meias em janeiro.

*Dedos cruzados.*

Sim, eu não tinha planejado muito bem a minha mala para a Costa Leste e isso teria se transformado numa verdadeira preocupação se eu não tivesse conhecido as três mulheres das quais eu acabei ficando amiga. Elas tiravam sarro da minha cara o tempo todo, mas eu gostava daquilo. Era a primeira conferência ligada ao setor imobiliário que eu participava fora da Califórnia e estava me divertindo como há tempos não me divertia.

O ar quente dos aquecedores do hotel praticamente me abraçou e eu senti um alívio muito bem-vindo. Então caminhei na direção das minhas novas amigas.

— Bar? — sugeri, ainda não disposta a ir dormir.

— Com certeza — disse Robin, de Boston, enquanto as outras duas assentiam com um gesto de cabeça.

Robin estava na faixa dos quarenta anos, tinha se unido em matrimônio para sempre — suas palavras, não minhas — e era dona de sua própria imobiliária. Era hilária, todas nós morríamos de rir com ela.

— Todos os lugares estão ocupados — Robin afirmou, indicando com a cabeça o balcão circular lotado.

Percorrendo o espaço cheio com os olhos, percebi uma mesa livre para quatro pessoas. Apontei para ela e fomos até lá, mas logo notei que só havia três cadeiras.

— Sentem-se, vocês. Vou procurar outra cadeira — disse, olhando ao redor.

Perto de onde estávamos, sentados numa mesa grande, cercada por três cadeiras vazias, alguns rapazes não tiravam os olhos dos seus *notebooks* e conversavam sem prestar atenção no que acontecia ao redor deles.

Fui até eles com o meu sorriso mais charmoso, aquele que usava para fechar negócios de muitos milhões de dólares.

— Olá, rapazes, vocês se importam se eu roubar uma cadeira? Ou vocês estão usando todas elas?

Todos me olharam ao mesmo tempo. Sorri automaticamente para cada um deles antes de me deter em um par de atraentes olhos castanho-claros. Meu foco se desviou para os lábios do homem e respirei fundo, hipnotizada, fazendo um esforço enorme para me lembrar do motivo pelo qual me dirigi até ali.

*Cadeiras. Certo. Cadeiras.*

Droga, os homens não deveriam ter lábios tão carnudos e encantadores se não fossem para me beijar a noite toda com eles.

O rapaz sorriu para mim, seus dentes eram incrivelmente brancos. Senti vontade de pular em seu colo e mostrar o quanto eu apreciava aquela bênção que Deus tinha lhe dado. Ele tinha um cabelo escuro farto, curto e num estilo meio bagunçado. Provavelmente ele gastava um bom tempo para conseguir aquele estilo casual, mas parecia natural; e eu quis passar os meus dedos por aquelas mechas.

Em vez de me censurar pelos pensamentos loucos a respeito de um completo estranho – e, minha nossa, estavam ficando mais loucos a cada segundo – segui em frente, talvez com muita sede ao pote para alguém como eu; e isso aconteceu provavelmente porque fazia muito tempo que não sentia absolutamente nada por um homem.

Mas que mal poderia haver numa paquera? E, quem sabe, se tivesse sorte, eu poderia descobrir o sabor daqueles lábios antes de a noite acabar. Era bastante improvável que eu voltasse a ver aquele rapaz e, sendo assim, quem se importaria se eu passasse algumas horas me aproveitando daquela beleza toda? Nossa, meu arsenal de fantasias ia adorar a inspiração.

— Fique à vontade — o senhor lábios deliciosos disse, ainda sorrindo para mim com sua boca perfeita e olhando em meus olhos.

De repente, eu simplesmente não queria ir embora dali.

Nunca.

A ideia de me acorrentar ao corpo dele e jogar fora a chave passou pela minha cabeça. Cedo demais? Talvez, mas raramente, se é que já aconteceu alguma vez, eu me senti tão atraída por outro ser humano. Não fazia meu gênero me interessar tanto assim por algum rapaz com quem tinha apenas trocado olhares.

Eu adorava fazer amigos e conhecer pessoas onde quer que eu fosse, mas não assim. Nunca conheci um homem que fez com que a simples ideia de me afastar dele parecesse um erro. Então, recusei-me a sair dali. Não achei que meu corpo me permitiria, mesmo se fosse capaz de convencer minha mente. Que, a propósito, estava totalmente ausente.

*Controle-se, Jules!*

Provavelmente, minha única salvação seria sua personalidade. Apostei comigo mesma que, assim que ele começasse a falar, descobriria algo que me decepcionasse. Isso acontecia com bastante frequência em Los Angeles. Quando um cara bonito abria a boca, geralmente, arruinava tudo. Muitos deles eram acomodados e não tinham ética nenhuma no trabalho. Confiavam na beleza e nos corpos malhados para se darem bem, mas eu estava interessada em mais do que um rostinho bonito. Embora, naquele momento, pela maneira como fiquei obcecada por aquele homem, isso não fosse perceptível.

— Pensando melhor, acho que eu posso mudar de ideia e me sentar aqui com você — disse, brincando, incapaz de quebrar o contato visual.

— Por favor — ele respondeu, puxando a cadeira ao lado dele para mim.

Imediatamente, eu me sentei e aceitei mentalmente meu prêmio como a amiga mais sacana do mundo, ignorando minhas novas amigas sentadas atrás de nós e paquerando sozinha na mesa de rapazes. Meu foco total estava no cara sentado à minha direita, tão próximo de mim que podia quase senti-lo. Se eu me inclinasse um pouco mais em sua direção, poderia simplesmente...

— Jules Abbott — disse, estendendo a mão.

— Cal Donovan.

Ele pegou minha mão e a apertou com tanta força que meu rosto se contraiu de dor.

— Meu Deus, Cal, eu sou só uma garota. Você não precisa me impressionar quebrando minha mão — disse, franzindo a testa em sinal de desagrado e sacudindo a mão como se ele tivesse realmente a machucado.

— Desculpe. Foi com tanta força assim? — ele disse, inclinando a cabeça para o lado.

— Foi!

Peguei a mão dele de novo e apertei-a com bastante força, como se pudesse demonstrar minha afirmação. Mas ele não se incomodou minimamente e manteve seu olhar fascinante fixo no meu.

— Era pra doer? — ele provocou, e eu rosnei, apertando os olhos enquanto tentava apertar sua mão com ainda mais força, mas não consegui tirar dele nenhuma reação de dor.

*Droga!* Como podia dar meu recado se nem mesmo conseguia machucá-lo com meu aperto de mãos tão fracote?

Passei para o outro rapaz da mesa, que pegou minha mão estendida e a apertou com delicadeza.

— Charles — ele disse, e eu sorri.

— Prazer em conhecê-lo, Charles. É assim que se aperta a mão de uma moça — disse, olhando para Cal com um sorriso malicioso.

O último cara do grupo se apresentou como Simeon e, quando repeti seu nome, esperando que tivesse pronunciado direito, ele assentiu com um gesto de cabeça.

— Obrigada por me deixar entrar de penetra na festa de vocês — eu disse para Cal.

— Nós é que agradecemos.

— Posso convidar minhas amigas?

Olhei para as garotas, que, felizmente, estavam conversando sem parecer sentir a minha falta. Perceber que elas estavam perfeitamente bem sem mim fez eu me sentir um pouco menos sacana. Pensando bem, não estávamos no colégio e aquele era um grupo de mulheres adultas.

— Claro — Simeon respondeu com um sorriso.

Acenando na direção de minhas amigas, gritei:

— Ei, garotas, não querem vir aqui para a mesa de nossos novos melhores amigos?

Soltei uma risada quando elas vieram sem pestanejar, trazendo a cadeira que faltaria e me forçando a me espremer contra Cal para abrir espaço para elas.

Cal pressionou sua coxa contra a minha e não me movi um centímetro para me afastar; e ele também não, mas talvez fosse porque ele realmente não tinha para onde ir. Naquele momento, a mesa estava abarrotada e eu não poderia ter ficado mais contente com essa situação.

Então, ficamos ali daquele jeito, com nossas pernas praticamente grudadas. Tinha plena consciência de cada movimento feito por ele, cada contração muscular, cada vez que sua perna pressionava a minha com um pouco mais de força. Meu coração ficou disparado com aquele excesso de contato e cada movimento dele me deixava mais e mais excitada.

Li muitos romances que falavam da ligação instantânea entre duas pessoas, daquela atração indescritível. Nos últimos anos, não conseguia acreditar quando lia aquelas histórias. Por um lado, achava que não passavam de bobagens; por outro, desejava que pudessem ser verdade. No entanto, naquele momento, quando todo o meu corpo e mente estavam sendo afetados pelo menor movimento da coxa daquele homem, finalmente entendi.

*Captei a mensagem.*

Aquelas palavras não eram apenas algo que os autores escrevem só para fazer a história parecer atraente ou para ter mais emoção. Tudo aquilo podia acontecer com as pessoas na vida real. E era exatamente o que estava acontecendo comigo naquele momento. Sentia-me uma bomba carregada de energia, um fogo de artifício, uma coisa qualquer à beira da explosão. Nada melhor para fazer você perceber o quanto ignorou seu coração quanto encontrar-se com alguém que o faz despertar.

*Por favor, permita que ele também sinta isso.* Porque seria horrível se só eu estivesse assim tão mexida. Seria horrível demais.

Nós sete nos apresentamos. Minhas amigas e eu explicamos que estávamos na cidade para uma conferência e os rapazes nos disseram que moravam ali em Boston, mas estavam hospedados no hotel para uma jornada de convívio do pessoal do escritório. Trabalhavam no mercado financeiro e falavam a respeito de ações, títulos públicos e outras coisas que pareciam grego para mim.

Quando Cal falava sobre seu trabalho, sua expressão se iluminava. Ele era inteligente e parecia ser muito bom no que fazia. Podia afirmar isso simplesmente pela maneira como ele falava. Sua paixão pelo trabalho só me excitava ainda mais. Sempre achei que havia algo incrivelmente atraente em caras inteligentes e esforçados.

— Também sou treinador assistente de uma equipe masculina de hóquei — ele revelou. — E também sou professor de matemática e finanças num programa escolar extracurricular.

Contive uma risada de surpresa. — Você está dizendo que as crianças querem conversar a respeito de matemática e finanças? Dá um tempo, Cal, você tá tirando uma da minha cara.

Cal sorriu. — Como assim? Você não gostaria de me ouvir falar a respeito disso?

*Não, mas gostaria de ouvi-lo falar a respeito de outra coisa.*

— Só estou surpresa com o fato de que crianças se interessam pelo assunto.

— Você se surpreenderia com os interesses das crianças de hoje em dia. Na realidade, isso me dá esperança em relação ao futuro — ele afirmou.

— Sim, o Cal aqui é um samaritano de verdade.

Um novo rapaz chegou junto à nossa mesa e Cal ficou de pé para lhe dar um abraço.

— Garotas, esse é o Lucas — Cal afirmou, bagunçando o cabelo loiro escuro do rapaz. Em seguida, apontou para a mesa e disse: — Lucas, essa é toda a turma.

— Oi, pessoal — Lucas nos cumprimentou, sorrindo com os olhos azuis-claros brilhantes. — Infelizmente, não posso ficar. Tenho um encontro com um policial maravilhoso. Não me espere acordado, Cal.

— Veja bem o que você vai fazer — Cal advertiu. Então, Lucas se afastou tão rápido quanto chegou.

Cal se sentou de novo, voltando a pressionar a minha perna. Em seguida, ele interveio, bloqueando nossa conversa do resto do grupo. — Lucas é o meu melhor amigo, trabalhamos juntos.

— Ele parece gente boa — disse com um sorriso.

— Uma pena que você não seja o tipo dele.

— Por que todos os caras legais são gays? — provoquei, colocando uma mecha do cabelo atrás da orelha.

— E eu sou o quê, um zé-ninguém?

— Nunca gostei de zés-ninguém.

— É um gosto que se adquire com o tempo.

Droga. Ele não tem nada de idiota. Ele poderia, pelo menos, ser desagradável, metido ou burro. Se tivesse qualquer defeito que bloqueasse meu coração facilitaria muito a minha vida. E ainda seria justo com o restante da população masculina.

— De onde você é? — Cal perguntou, apoiando o cotovelo sobre a mesa e curvando o corpo em minha direção. Atenção totalmente voltada para mim.

— Los Angeles — respondi. Na verdade, morava em Malibu, mas era mais fácil dizer Los Angeles para as pessoas que não eram da região. — E você?

— Nova Jersey, mas vim para cá para fazer faculdade e acabei ficando.

Alguém de nossa mesa riu, mas nem Cal nem eu desistimos de nossa conversa.

— Você gosta de morar em Boston? — perguntei.

— Adoro — Cal respondeu, tomando um gole de sua bebida. — Você já conheceu a cidade?

— Um pouco. É muito bonita. Completamente diferente da Califórnia.

Ele assentiu. — Conte-me mais sobre essa conferência. O que você está aprendendo. Você acha que vai ser útil para o seu negócio?

*O que estou aprendendo?* Meu Deus, esse cara está muito perto do meu coração voltado para os negócios. Como é possível?

— Na realidade, está sendo muito interessante. Trouxeram diversos palestrantes especializados em suas regiões para compartilhar suas técnicas de marketing, experiências pessoais e o que acham que funciona e não funciona em termos de *networking*. Também estão falando bastante sobre publicidade e mídias sociais. Mas é complicado, porque o mercado varia bastante de uma região para outra. Provavelmente o que funciona para alguém no Alabama não funcionará para mim na Califórnia.

— E por que não?

O interesse verdadeiro de Cal por minhas ideias e opiniões atiçou ainda mais o fogo em mim. Poderia falar a respeito do meu trabalho durante o dia inteiro, todos os dias, se ele deixasse.

— Eu trabalho principalmente em Malibu. Posso vender em qualquer lugar na região de Los Angeles, mas me concentro naquela região específica da praia. E, na realidade, é muito maior do que as pessoas imaginam. Eu costumo ter clientes com muito dinheiro para gastar. Sendo assim, as estratégias que se aplicam, digamos, para alguém que só lida com jovens casais querendo comprar seu primeiro imóvel, não funcionam bem pra mim. Preciso assimilar toda essa informação que estou recebendo e fazer uma seleção do que vai ou não me ser útil.

— Você trabalha por conta própria?

— Trabalho para uma imobiliária. Não decidi se abrir uma empresa é a melhor opção para mim. Ainda estou desenvolvendo minha base de clientes e construindo uma reputação. Para ser sincera, não tenho certeza se, num estado como a Califórnia, faria sentido ser a minha própria chefe. Os impostos cobrados das pequenas empresas são impressionantes e só de pensar em ter de contratar funcionários já fico nervosa.

— Sim, faz sentido — Cal afirma, assentindo. — Os impostos na Califórnia são uma loucura. Você deveria se mudar. Quem sabe para Boston. Ouvi dizer que essa é uma cidade ótima para se viver.

Dei uma risada. — Sério? Não sei. De certa forma, sou muito ligada ao lugar onde moro.

Cal ergueu os olhos para o teto e, em seguida, voltou-os para mim, com eles cheios de malícia. — Quero argumentar, mas não tenho certeza se consigo. Como você argumenta contra Malibu?

— Você não argumenta. É impossível — respondi, sorrindo. — E você? Você trabalha para uma grande empresa?

— Pelos padrões de Nova York, não é grande, mas também não é uma firminha de cinco pessoas. Somos considerados uma empresa de médio porte. Mas quero virar sócio e, por causa disso, gasto quase todo o meu tempo fazendo *networking* e tentando ganhar novos clientes.

Reclinei-me um pouco, ficando ainda mais próxima dele.

— É isso que você está fazendo? Tentando me ganhar como cliente?

Cal ergue a sobrancelha, em sinal de sarcasmo.

— Me dê todo o seu dinheiro, Jules. Vou triplicá-lo para você.

— Bem, se é o que você diz... — falo, pegando minha bolsa e a empurrando para ele. — Aqui está. Pegue.

Ele riu.

— Você é esperta.

— Você também.

— Não conheço muitas mulheres espertas. Sem querer ofender — ele afirmou, enquanto eu cerrava meus lábios, esperando que ele se retratasse da besteira que tinha acabado de sair daquela boca tão linda. — É que as mulheres tendem a se enxergar de uma maneira, mas geralmente são o completo oposto.

Aquilo foi o suficiente para eu me irritar. Precisava de uma explicação melhor do que aquela de por que ele estava difamando as mulheres daquela maneira.

— Mais uma chance para você se explicar melhor.

— Tudo bem, mas não fique zangada. Ouça — Cal afirmou, erguendo as mãos em rendição. — Uma das primeiras coisas que as mulheres sempre dizem é que são independentes e motivadas. Porém, de acordo com a minha experiência, elas geralmente não são nada disso. Elas estão procurando um cara rico para sustentá-las para que não precisem trabalhar ou ainda estão vivendo à custa do dinheiro dos pais. E nada disso é sinal de uma mulher independente ou motivada, na minha opinião. A não ser que você considere motivação o fato de tentar conquistar um coroa garanhão — ele disse com um sorriso.

Quis discordar dele, mas, na realidade, a maior parte das minhas clientes eram mulheres que não trabalhavam e passavam o dia gastando o dinheiro dos maridos. No entanto, os homens nessas situações também tendiam a não querer nada além de um colírio para os olhos em seus braços. Sendo assim, a coisa funcionava bem em ambos os sentidos.

Cal recomeçou a falar, interrompendo meus pensamentos: — A maioria das mulheres não sabe o que quer e não trabalha com um objetivo. Conheci muito poucas que são tão focadas e equilibradas quanto você. Isso é um elogio, Jules, acredite — ele disse e sorriu para mim. Então, à medida que minha irritação diminuía, voltei a me concentrar em seus malditos lábios.

Ouvi-lo falar era quase como ter uma conversa comigo mesma. Eu pensava praticamente a mesma coisa a respeito dos homens de Los Angeles: só aparência e nenhuma substância?

Fazia muito tempo que não conhecia um cara cujos pensamentos fossem tão parecidos com os meus. Chegavam quase a ser mais excitantes do que todo o resto. Queria fazer amor com sua mente. Será que isso era possível? *Eu me ofereço como voluntária!*

— Bem, então, obrigada.

— Minha vez? — Cal disse com expectativa.

— Sua vez do quê?

— Do que você gosta em mim? — ele perguntou antes de tomar outro gole de sua bebida.

Dei uma risadinha. — Quem disse que eu gosto de você?

— Esses seus olhos verdes dizem que sim. Eles a denunciam — Cal afirmou olhando para eles.

— Talvez eu goste um pouco de você — respondi, fingindo olhar sobre seu ombro por um instante. Qualquer coisa para quebrar o intenso contato visual antes de olhar nos olhos dele de novo. — Mas não posso negar que sua motivação e a paixão com que fala das coisas que faz são incríveis — afirmei, deixando escapar um suspiro.

Cal riu. — Você é adorável.

— Sou? E você é sexy.

Cal roçou sua mão na minha debaixo da mesa, apertou minha coxa e deixou sua mão ali, acariciando-me sobre o meu jeans com o seu polegar. O movimento dele foi um pouco abusado, mas eu me peguei gostando mais do que devia daquela atitude.

Aquele toque não foi acidental e eu fiquei com um gostinho de quero mais. Mais dele. Queria suas mãos em cima de mim. Droga, já tinha imaginado aqueles lábios carnudos contra os meus assim que pus os olhos nele.

— Estou muito cansada, pessoal — Kristy, minha nova amiga de Connecticut, disse. — Não queria deixar vocês, mas acho que tenho de ir dormir — prosseguiu, erguendo-se da cadeira e esticando os braços acima da cabeça.

— Ah, graças a Deus — Sue, do Arizona, falou e ficou de pé. — Não queria ser a primeira a ir embora, mas acho que se não for para o meu quarto, posso adormecer nessa mesa a qualquer momento.

Desejei boa noite para as duas e as observei indo embora. Quando olhei para Robin, fiquei surpresa ao vê-la tomando um coquetel que nem tinha percebido que ela tinha pedido. Acho que eu realmente estava distraída.

— Eu não vou a lugar nenhum. Nem adianta me olhar assim — Robin afirmou com um sorriso e me peguei sutilmente agradecida.

Mas, na realidade, não estava nem aí se todo o saguão do hotel se esvaziasse. Eu não sairia do lado de Cal. Mesmo com todo o meu cansaço por causa dos seminários e das atividades do dia, recusava-me a ser a parte que desistiu do que estava rolando entre nós dois. Se nos separássemos, seria por conta dele, e não por minha.

— Não vá ainda.

Virei-me na direção do sussurro de Cal com alívio, percebendo que ele queria a mesma coisa que eu. Com nossos rostos quase colados, reprimi a atração que sentia, enquanto minha atenção continuava a oscilar entre seus olhos castanho-claros e seus malditos lábios.

— Eu não planejei isso — disse baixinho.

Como resultado de uma atração inexplicável, nossos corpos se aproximaram. Quase ri de como devíamos estar parecendo para os outros: *um verdadeiro casal*. E nunca como duas pessoas que tinham acabado de se conhecer. Então, sorrindo, Cal apertou minha coxa mais uma vez. E naquela altura eu já não conseguia mais pensar com clareza. Só conseguia pensar em Cal e no quanto eu desejava tê-lo.

Mais e mais a cada segundo.

# Quebrando as regras

## Cal

EU ESTAVA SENTADO À MESA COM MINHA MÃO SOBRE A COXA de Jules, quebrando minha regra número um: nada de mulheres.

O trabalho era muito importante para mim e as mulheres sempre entravam como uma distração. Mesmo as mais interessantes se transformavam completamente assim que começávamos a namorar, assumindo traços de personalidade que não estavam presentes no momento em que havíamos nos conhecido. Elas eram boas em ocultar as partes que não queriam que você visse. E, apesar de entender que, como em qualquer relacionamento, as mulheres demandavam meu tempo e minha atenção, eu simplesmente não podia dar isso a elas.

Foi isso, então, que me levou a formular meu plano de vida: depois de lidar com muitas mulheres pegajosas e carentes eu compreendi que ainda não estava preparado para nada daquilo. Meu plano era sólido e as mulheres não tinham papel ativo nele. Pelo menos não pelos próximos três ou mais anos. Sim, eu até tinha uma linha do tempo desenhada.

Mas as mulheres também possuíam suas próprias linhas do tempo. Queriam se casar até certa idade; ter dois filhos e meio, em média; morar numa casa com um jardim. O único problema era que a minha linha do tempo divergia totalmente da linha da maioria das mulheres. Eu precisava de mais dois anos para me tornar sócio da empresa, mais ou menos outros seis meses para me firmar na função e então — e só então — poderia cogitar trazer as mulheres de volta à equação, dependendo do que mais estivesse acontecendo naquele momento.

Como passava longas horas no escritório, decidi assumir alguns trabalhos voluntários para preencher o pouco tempo livre que tinha. A princípio foi para impressionar meus chefes e mostrar a eles que eu era maduro, confiável e criativo quando se tratava de publicidade positiva para a empresa. No entanto, em pouco tempo, percebi que gostava muito de atuar como mentor e orientador e isso passou a ser menos uma tarefa para impressionar qualquer outra pessoa e mais para fazer a diferença onde eu pudesse. Encontrei uma imensa satisfação no voluntariado que meu verdadeiro trabalho não podia oferecer.

Ao categorizar friamente minha vida numa série de caixinhas, quis verificar se não havia ali nenhum vestígio de romantismo, mas minha carreira não tinha nada a ver com casos amorosos e sim com a realidade. E eu queria ficar firmemente enraizado nela antes de permitir que algum relacionamento me distraísse.

Contudo, naquele momento, com minha mão tocando a coxa de Jules, eu não conseguia ser minimamente racional e não tinha certeza do que era real naquela altura. Ela era real. Seu longo cabelo loiro e seus olhos verdes ardentes eram bem reais.

Não menti para Jules quando disse que a maioria das mulheres não possuía foco nem equilíbrio. Não tive a intenção de ofender todo o gênero feminino. Mas as experiências que tive não me deixavam pensar diferente. No entanto, Jules e eu éramos idênticos em termos de motivação e determinação e não tinha como não achar isso absurdamente sexy. Sem mencionar o fato de que quando Jules falava, ela me fazia lembrar de mim mesmo: ela era bastante ambiciosa e tinha garra para transformar seus sonhos em realidade. Poderia me relacionar com ela em todos os níveis e não era capaz de me lembrar da última vez que tinha tido essa sensação.

Jules também era engraçada e estava sempre sorrindo. Além disso, ela tinha a risada mais verdadeira e gostosa que eu já tinha visto.

E Jules era linda. Meu Deus, como ela era linda. Dava a impressão que tinha vindo diretamente das areias de uma praia muito quente, usando aquela blusa de alcinha e sandálias no ar gelado de Boston. Ela era uma visão e eu estava tendo sérias dificuldades em manter minhas mãos longe dela. Mas, na realidade, eu nem tentei muito. O que eu queria era ficar sozinho com ela e conhecer cada centímetro de seu corpo.

Isso era algo que não fazia há muito tempo. Minha mão direita e eu tínhamos nos tornado amigos íntimos e já havia me convencido de que as coisas eram mais fáceis daquele jeito. Minha mão se mantinha calada, não pedia que eu a levasse para jantar e nem exigia que eu comprasse presentes caros. Tinha colocado a minha vida sexual em banho-maria para priorizar a minha carreira. Antes daquele momento, estava satisfeito com aquela decisão. Tudo fazia muito sentido.

Mas, naquele momento, olhando para o cabelo cor de mel de Jules, algo me dizia que, se eu a deixasse ir, eu me arrependeria amargamente. E eu odiava arrependimentos.

O que aquela mulher tinha que me deixou tão perturbado? Aquilo tudo não fazia sentido. A minha cabeça queria lutar contra aquele absurdo, não ceder a ele, mas meu corpo me traía o tempo todo. Minhas mãos tinham vontade própria, estavam agindo sem permissão e tocando Jules em cada oportunidade.

Era oficial: eu não era capaz de manter minhas mãos longe de Jules. Ela tinha me hipnotizado como se fosse uma sereia e eu me ferraria se não me entregasse a ela.

# Ele mudou tudo

## Jules

**A MÃO DE CAL AQUECIA MINHA PERNA, ESPALHANDO CALOR** onde pousava. Aquele toque quente era tudo em que eu conseguia me concentrar. Seus dedos se movimentavam pela minha perna, chegando cada vez mais perto das minhas partes íntimas.

Por mais que Cal estivesse me deixando maluca, eu me recusei a ir tão longe em público, passando a mão um no outro sob a mesa como se fôssemos adolescentes. Sendo assim, coloquei minha mão em cima da dele e a apertei levemente, interrompendo qualquer outro movimento.

— O que você está bebendo? — perguntei, olhando o copo dele e me perguntando se estava tomando destilado puro.

— Bourbon.

— Sério? Mas você tem certeza de que tem idade suficiente para beber álcool? — perguntei dando uma risada.

— Já tenho vinte e nove, linda.

Então, Cal me lançou um sorriso malicioso, expondo seus dentes perfeitos, e meu coração ficou aos pulos. Era uma idiotice ficar entusiasmada com algo tão pequeno, mas eu tinha ficado tão concentrada na minha carreira nos últimos anos, que acabei me esquecendo do meu coração ou de como um simples elogio vindo do rapaz certo podia fazê-lo bater mais forte. Naquele momento, ele parecia estar tentando me fazer lembrar da sua existência a cada batida.

Naquela noite, antes de entrar no saguão, teria apostado todo o meu dinheiro contra meu coração se me dissessem que eu sairia dali apaixonada. Estava convencida que não me importava com qualquer coisa além de ser bem-sucedida profissionalmente. E mais do que tudo, não estava nem aí para os homens. Meu coração não precisava e não queria homem nenhum. Ele estava bastante satisfeito, batendo apenas pela minha carreira.

Mas a verdade é que eu teria perdido aquela aposta no exato momento em que conheci Cal Donovan.

Meu coração agora estava claramente destinado a querer. Estava destinado a *sentir*. Estava destinado a fazer mais do que apenas me manter viva. Ah, eu realmente tinha me esquecido de como era essa sensação.

— E você? — ele perguntou, e me esforcei para me lembrar do que estávamos falando.

Abaixei os olhos e ergui um ombro.

— Só tenho dezenove anos. Não tenho idade suficiente para beber. Ao menos, não legalmente.

Por um instante, Cal ficou paralisado. Em seguida, tirou a mão de minha coxa como se estivesse muito quente.

Caí na gargalhada, divertindo-me com a expressão de surpresa em seu rosto, que estava um pouco mais pálido do que estivera um momento atrás. — Estou brincando.

— Ah, você é muito engraçadinha — Cal disse, respirando fundo algumas vezes e exagerando a reação para entrar na brincadeira.

— Tenho vinte e sete anos — disse a verdade, esperando que a mão de Cal voltasse para a minha perna. E voltou.

— Mas ainda é apenas uma garotinha.

— Ih, nem me fale, seu velho.

Ele pôs a mão sobre o coração como se minhas palavras tivessem o machucado. Em seguida, perguntou: — Você toma bourbon?

— Já experimentei, mas não gostei — admiti, esperando que ele tirasse uma da minha cara por causa disso. Todos os outros caras sempre fizeram isso.

— É porque você não bebeu direito — Cal afirmou, cutucando meu ombro.

— Existe um jeito certo de beber esse uísque desgraçado? — perguntei, sem acreditar nele.

Com um sorriso tímido, Cal se inclinou em minha direção, trazendo sua boca para muito perto de mim. — Claro que sim. E eu vou ensinar você.

Perdida em seus olhos, ofeguei. — Tudo bem.

Observei-o levando o copo até a boca e o apertando contra o lábio inferior. Caramba, como eu queria ser aquele copo.

Cal inspirou, mas não bebeu uma gota.

— Faça isso três vezes — ele disse. — Apenas inspire a bebida. Você vai começar a sentir o sabor na boca e também na garganta.

Enquanto Cal repetia o processo outras duas vezes, meu foco permaneceu firmemente direcionado para aqueles malditos lábios. Eles tinham me enfeitiçado. Sério, aquele era um copo de sorte.

Seu sorriso malicioso reapareceu quando ele me pegou olhando fixamente para ele. Provavelmente, eu estava babando e não tinha percebido.

— Bom, agora sim você toma um gole.

Cal inclinou o copo e uma pequena quantidade do líquido âmbar verteu em sua boca. Fiquei surpresa com sua falta de reação, como se o álcool não tivesse nenhum efeito em sua garganta. Não sabia bem como era com os outros, mas, no meu caso, só o cheiro do bourbon já era o suficiente para esquentar a minha garganta.

— Sua vez — Cal disse, colocando o copo sobre a mesa e o empurrando em minha direção.

Sorri ao pegá-lo e o trouxe até os meus lábios, enquanto ela me observava com a mesma intensidade que eu tinha o observado. Mas a maneira que ele me encarava me dava arrepios. Seus olhos castanho-claros expressavam algo que eu não conseguia decifrar e aquilo me deixou perturbada.

— Não quero que você assista — disse com meu rosto aquecido.

— Tudo bem, mas apenas faça como eu expliquei — Cal afirmou, fingindo fechar os olhos.

— Sem espiar — adverti antes de trazer o copo para a minha boca e inspirar. O cheiro do bourbon se misturou com o ar e, depois de percorrer minha garganta, chegou ao meu estômago. Logo depois, repeti o processo outras duas vezes, como Cal tinha sugerido, gostando de sentir o álcool entrando no meu corpo daquela maneira.

— Posso abrir os olhos agora? — ele perguntou, apertando os olhos com mais força.

— Sim — respondi, rindo.

Cal abriu os olhos e, imediatamente, buscou os meus olhos, capturando-me. Era como se não existisse mais ninguém ao nosso redor. Não ouvi mais nada. Não vi mais ninguém. Era como se Robin e os colegas de trabalho de Cal já não estivessem mais ali. Na minha cabeça, ele e eu éramos as únicas duas pessoas em todo o hotel.

Ao olhar para minha boca, Cal umedeceu seus lábios. Queria que meu corpo não reagisse, mas o calor tomou conta dele.

Ele voltou a estender a mão e apertou mais uma vez a minha coxa. Em seguida, descansou sua mão ali, como se fosse o lugar ao qual ela pertencia. Sobre o meu corpo. Tocando-me. Não consegui me lembrar do que tinha feito antes daquele momento. Um toque dele fazia com que meus pensamentos se dispersassem.

— Tome um gole.

*Isso.* Eu estava aprendendo a tomar aquele maldito bourbon. Tentei desviar a atenção da mão dele acariciando a parte interna da minha coxa e olhei para o copo.

Tomei um gole do bourbon exatamente como Cal havia me ensinado. Quase não acreditei quando o líquido não desceu queimando. O gosto parecia completamente diferente. Bastante tolerável, a propósito. Ao seguir os ensinamentos de Cal, senti que o tal do Bourbon podia ser mesmo muito bom.

— E então?

— É, acho que existe um jeito certo de beber bourbon — respondi, empurrando o copo de volta para ele.

— Gostou?

— Gostei de verdade. Estou surpresa.

— Estou bastante impressionado — ele disse e sorriu com malícia para mim. O professor estava orgulhoso da aluna.

Fixei os meus olhos no seu sorriso, querendo fotografar aquela boca para todo o mundo ver. Não, não o mundo. Apenas eu. Eu queria a prova fotográfica daqueles lábios. E se eu nunca mais os visse depois daquela noite? Tinha certeza de que morreria se não conseguisse beijá-los.

Sim, eu estava sendo dramática, mas aquele homem despertou a chama que tinha ficado apagada no meu coração por tanto tempo. A culpa era toda dele se meu coração decidiu ressuscitar no momento em que o encontrou.

— Onde você aprendeu o jeito certo de beber bourbon? — perguntei.

— Lucas, meu melhor amigo, aquele que nos cumprimentou antes de sair correndo daqui mais cedo, é de Kentucky.

Sem entender muito bem, ergui as sobrancelhas, esperando uma explicação. Em vez disso, Cal permaneceu calado. Então, perguntei: — Kentucky?

— Sim, Jules. Kentucky. A capital do bourbon dos Estados Unidos — Cal afirmou, olhando para mim como se eu fosse louca.

— Eu não sabia — disse, dando de ombros. — Acho que só penso em cavalos quando penso em Kentucky.

— Você tem razão: cavalos e bourbon — Cal afirmou, encostando seu ombro no meu. Então, seu tom ficou mais sério. — Quando você vai embora?

— Daqui a dois dias. E você?

— Amanhã de manhã.

— Ah.

Bem, aquilo era muito ruim. Queria que Cal ficasse ali no hotel durante toda a minha estadia. Talvez fosse uma expectativa irrealista, mas era isso o que eu queria. Eu estava adorando a companhia dele e não queria que aquilo acabasse naquele momento. Será que eu estava sendo muito atrevida por querer passar mais tempo com ele?

— Hum, mais dois dias? — ele disse, inclinando a cabeça para o lado.

— Sim.

— E você vai ter algum tempo livre?

— Sim. Preciso ir a algumas atividades e apresentações, mas não a todas. Além disso, estou sempre livre à noite. Mas por que a pergunta, Cal? Em que você está pensando?

Percebi que ele estava processando os pensamentos e mantive o clima leve, fazendo a pergunta num tom sedutor. Também esperava que ele quisesse passar mais tempo comigo.

— Gostaria de vê-la de novo — Cal disse com a voz rouca.

Senti o coração quase sair pela boca.

— Acho que isso pode acontecer — afirmei, tentando não sorrir como uma idiota.

— Acha? — Cal perguntou, chegando mais perto de mim e olhando em meus olhos. — Me diga o que preciso fazer para você ter certeza.

— Me dê um beijo — falei impulsivamente e atribuí a culpa de minha audácia aos seus lábios: eles me deixavam completamente boba.

Sem dizer mais nenhuma palavra, Cal deslizou a mão atrás da minha nuca e me segurou com força, aproximando sua boca da minha.

Caramba, ele realmente vai fazer isso aqui, na frente de seus colegas de trabalho e de minha nova amiga da conferência? Não pensei antes de pedir o beijo, mas, com certeza, não vou impedi-lo de fazer isso, ainda que em público.

Quando Cal tocou seus lábios nos meus, meu cérebro deixou de lado todo pensamento racional. Aqueles lábios eram tão macios. E quentes. Nossas bocas se encontraram e sua língua encostou no meu lábio inferior, me fazendo gemer.

O som de incentivos e gritos de surpresa dos amigos dele nos retirou do nosso transe, fazendo que nos afastássemos abruptamente um do outro. Se o olhar pudesse matar, teria assassinado Charles e Simeon por interromperem aquele primeiro beijo épico.

— Então eu ganhei, certo? — Cal disse para mim com um sorriso de satisfação.

*Ah, não, amigo,* meu cérebro confuso insistiu. *Acho que a vencedora aqui sou eu.*

— Sim — respondi, respirando fundo. — Você ganhou.

— Você me deve uma — Charles disse, no outro lado da mesa.

Cal virou-se e o fuzilou com o olhar. — Devo uma por quê? Você tem é sorte de eu não bater em você por arruinar meu beijo.

— Simeon quis tirar uma foto para publicar nas redes sociais.

— Faça isso e eu vou bater em você de verdade — Cal rosnou.

Com os olhos arregalados, Simeon voltou a enfiar seu celular no bolso. — Eu jamais faria isso.

— Nossa, isso foi intenso, hein? — Robin disse, quebrando a tensão, e eu ri quando vi a expressão em seu rosto. — Sério. Isso foi... Uau! — ela prosseguiu, olhando em volta e se abanando com uma mão.

Eu senti meu rosto ficando vermelho diante daquele constrangimento. Normalmente, não dou espetáculo com caras que acabo de conhecer, mas Cal, naquela noite, conseguiu que eu sentisse e fizesse todo o tipo de coisas que não são características minhas.

Então, Cal arrastou a cadeira para trás e ficou de pé. Com a mão estendida para mim, perguntou alto o suficiente para todos ouvirem:

— Você me dá sua mão?

— Sim?

Com um olhar confuso, aceitei a mão dele estendida esperando pela minha. Sorrindo, ele me puxou e me levantou.

Era a primeira vez que ficávamos de pé desde que nos conhecemos. Então, dei-me conta de como Cal era alto. Ele superava meu um metro e sessenta e oito de altura em muito mais do que alguns centímetros. Cal não ultrapassava um metro e oitenta e cinco, isso eu podia dizer, mas chegava perto. Sinceramente, naquele momento, não teria me importado se tivéssemos a mesma altura. Minha atração por ele não tinha nada a ver com o fato de ele ser bem mais alto do que eu. Cal era totalmente másculo, independentemente de sua altura.

— Você dança comigo? — ele perguntou.

— Sério? — exclamei, vendo todos os nossos colegas de mesa sorrindo para nós. Então, levantei os olhos para Cal e disse: — Sim, claro.

Cal me girou uma vez, com sua mão agarrando com firmeza a minha. Então, me girou outras duas vezes. Em seguida, ele me levou para longe da mesa e, antes que me desse conta, fizemos uma curva e desaparecemos da vista do pessoal.

Não tinha a mínima ideia de onde estávamos indo, mas não me importava. Cal tinha me capturado na aventura e, pela primeira vez na vida, segui em frente, curtindo cada movimento.

Cal sorriu e me levou até os elevadores.

— Só queria ficar a sós com você e aquela sua amiga estava demorando muito para ir embora. Por que ela não quis ir dormir?

Quando Cal chamou o elevador, meu pulso acelerou. Fiquei ali parada, meio aturdida, meio impressionada, observando sua boca enquanto ele falava. Meu desejo pelos seus lábios já estava ficando ridículo.

*Ficando?* Não, eu estava completamente maluca por aquela boca. Sem dúvida nenhuma.

— Onde você está me levando? — perguntei.

— Para o meu quarto. Tudo bem? — ele disse, com a confiança desaparecendo por um instante.

— Mas e o Lucas? Ele não falou que vocês dois estavam dividindo um quarto?

Cal riu.

— Sim, mas ele disse para eu não esperá-lo acordado, lembra? Na realidade, Charles me enviou uma mensagem de texto na mesa, falando para eu agarrá-la antes que você escapasse.

— Ele não disse isso — afirmei, um pouco surpresa.

— Disse. Falou algo sobre nossa linguagem corporal altamente inflamável e que devíamos subir para o quarto antes de colocarmos fogo no bar.

Fiquei boquiaberta e Cal riu de novo. Olhei nos olhos dele, perdida em algum lugar no fundo deles. Realmente, tinha me esquecido de como era me sentir atraída daquele jeito por alguém, a maneira como meu corpo pareceu reacender, sendo tomado pelo desejo. De fato, fazia muito tempo.

Cal me absorvia e eu me deixava consumir, totalmente satisfeita com aquela situação.

O elevador chegou e entramos. Quando as portas se fecharam, Cal apertou o botão de seu andar e, em seguida, me cercou como se eu fosse sua presa. Recuei até não haver outro lugar para fugir. Ao me pressionar contra a parede espelhada do elevador, os olhos de Cal brilharam intensamente, como se ele não pudesse esperar mais um segundo para me beijar.

Ele, então, respirou fundo e pressionou seus lábios contra os meus, ele também estava ardendo de desejo. E aqueles lábios eram mesmo deliciosos. Enquanto nossas bocas se moviam em perfeita sincronia, aquele beijo me inflamou. Uma única faísca e o fogo acendeu por completo.

Cal segurou minha cintura, puxando-me mais para perto. Abraçados, nossos corpos se fundiram e a sensação de sua ereção em minha coxa me excitou ainda mais, fazendo meu sexo latejar, vivo de desejo.

Com as mãos implacáveis, eu puxava, segurava e agarrava cada parte de Cal. Não conseguia me satisfazer. Eu queria tê-lo por inteiro. Se o elevador demorasse um pouco mais para chegar ao seu andar, eu me entregaria a ele ali mesmo.

Suas mãos eram igualmente ávidas: percorreram minhas costas, seguraram meu rosto, puxaram minha nuca, tocando cada parte do meu corpo. Nossas bocas não se largaram, nosso beijo não se interrompeu, independentemente de quão frenéticos nossos toques se tornaram.

Respiramos o mesmo ar, totalmente tomados pela paixão, como se nossas vidas dependessem daquilo. Se as portas do elevador tivessem se aberto no caminho e alguém tivesse entrado, eu não teria notado. Estava completamente envolvida, só queria aproveitar a sensação de sua boca na minha. Então, Cal segurou meus quadris com uma mão e colocou a outra entre os meus cabelos, fazendo com que uma energia impressionante tomasse conta de mim. Mesmo sem ter consciência disso, ele estava fazendo com que eu voltasse a viver.

Quando o elevador parou com um leve solavanco, Cal se afastou de mim com relutância, deixando minha boca formigando e um pouco entorpecida. Ele pegou minha mão de novo, entrelaçando seus dedos nos meus. Cal nos conduziu pelo longo corredor na direção de seu quarto. Junto à porta, colocou o cartão na fenda e a luz verde se acendeu. Ele, então, abriu a porta e deixou que eu entrasse na sua frente.

— Nossa, seu quarto é enorme — disse, percorrendo com os olhos o amplo espaço.

— O seu não é tão grande?

— Acho que não — respondi. Não, meu quarto era muito menor.

No quarto escuro, ao caminhar na direção da janela, me deparei com aquela vista impressionante do horizonte cheio de prédios de Boston. Todos eles estavam iluminados, lançando reflexos sobre a água.

— Sua vista também é essa? — Cal perguntou, pressionando seu corpo contra minhas costas. Em seguida, afastou parte do meu cabelo de um ombro e beijou minha nuca.

— Não. Acho que meu quarto dá para o outro lado. Mas e daí? — disse e virei o rosto para encará-lo.

Sem hesitação, seus lábios pousaram nos meus e nossas línguas voltaram a se enroscar de modo frenético e selvagem, como se precisassem uma da outra.

— Você é linda, sabia? — Cal afirmou, dando um beijo no meu rosto, outro na nuca e depois de novo nos lábios, que estavam ansiosos pelos lábios dele desde que saímos do elevador.

Permaneci em silêncio. Então, Cal se dirigiu para uma das duas camas. Ele tirou os sapatos e eu me peguei fazendo o mesmo.

Cal tirou a camisa e a jogou no chão iluminado pela luz da lua que entrava pela janela. Por um instante, eu me sentei e apenas contemplei a beleza de seu peito nu. Em seguida, ele me pegou e me puxou para cima dele, fazendo meu cabelo cair entre nós. Cal pegou algumas mechas e as colocou atrás da minha orelha.

— Linda — Cal sussurrou e me beijou com delicadeza, desacelerando o anterior ritmo frenético para algo mais íntimo e intenso. Seu beijo assumiu um ritmo diferente, com sua língua em busca da minha de modo gentil.

Se o elevador fosse um campo minado, aquele quarto era o território onde acenávamos a bandeira branca de rendição. A batalha tinha acabado e nós dois éramos vencedores.

Cal tirou minha blusa pela cabeça. Eu o ajudei, sabendo que tinha outra peça embaixo: a regata que se moldava ao meu corpo como uma segunda pele. Depois que ele soltou o ar com força, fiquei paralisada.

— O que há de errado? — perguntei.

Com os olhos, Cal seguiu as curvas de meu corpo, olhando-me de cima a baixo e logo voltou para minha boca.

— Nada. Você escondeu isso de mim mais cedo — ele afirmou, passando as mãos pelas curvas de meus quadris, como se estivesse me avaliando.

Sorri. — Sim, acho que estava sob a minha blusa.

— Fique de pé — ele me pediu. Embora achasse aquilo estranho, eu o obedeci. Quando comecei a me virar para Cal, ele disse: — Não se mexa, Jules. Por favor.

De pé, perto da cama, usando regata justa e jeans, não tinha ideia do que estava acontecendo atrás de mim.

— O que você está fazendo? — perguntei.

— Olhando para você. Memorizando a forma de seu corpo. Sua bunda é uma perfeição. E não tinha ideia de que estava aí esse tempo todo.

Enrubesci com seus elogios descarados. Antes de eu conseguir falar alguma coisa, Cal se levantou e pressionou seu corpo contra minhas costas sem nem avisar. Cada parte dele se encaixou em mim. Cal tocou em meus ombros para me virar para encará-lo, com seus olhos olhando nos meus, da maneira que ele tinha feito toda a noite, como se ele enxergasse o meu *verdadeiro* eu. Aquilo era tão inquietante quanto fascinante.

Com a mão, Cal alcançou a barra de minha regata, tirou-a pela cabeça e a jogou longe, deixando-me apenas com o sutiã de renda e o jeans. Ele deixou escapar um murmúrio de apreciação, deixando claro para mim que estava excitado.

— Desculpe. Não consigo evitar minha reação em relação a você — ele afirmou, e me peguei sem palavras de novo.

Cal se ajoelhou diante de mim. Finalmente, comecei a acariciar seu cabelo macio. Algo que quis fazer durante toda a noite. Enquanto isso, ele se alternava entre beijos em minha barriga nua e lambidas ao longo de minhas costelas. Tomei fôlego e senti um ligeiro tremor enquanto calafrios percorriam minha espinha.

— Preciso me deitar — disse, com a atenção de Cal me deixando desequilibrada.

Eu não confiava que minhas pernas conseguissem me manter de pé por muito mais tempo. Então, voltei para a cama e me deitei, com minha excitação lutando contra o medo de estar indo longe demais, rápido demais.

Cal ficou em cima de mim, beijando-me loucamente e explorando meu corpo com as mãos. Recebi com prazer seus toques, aproveitando cada um deles.

— Eu quero você, Jules.

Fechei os olhos, sabendo que aquele era o momento decisivo. Se as coisas passassem daquele ponto, não haveria volta.

A realidade era que Cal e eu tínhamos acabado de nos conhecer. Éramos perfeitos estranhos. No entanto, decidi subir voluntariamente até o seu quarto e demos um belo amasso no elevador. Porém, transar com uma pessoa poucas horas depois de conhecê-la não era algo que eu costumava fazer.

Essa coisa de transar com desconhecidos e nunca mais vê-los não era para mim. Eu era muito sensível. Não era capaz de entregar meu corpo a qualquer cara que estivesse a fim. Aprendi isso da maneira mais difícil. Na faculdade, eu me entreguei a um rapaz que tinha me perseguido durante meses. Achei que ele realmente gostava de mim, mas assim que transei com ele depois de uma festa ele nunca mais falou comigo. Fiquei traumatizada logo e percebi que o sexo sem compromisso não era algo que funcionava bem para mim. Tami, minha melhor amiga, topava qualquer coisa — amizade colorida, sexo sem compromisso, foda fixa — mas não eu. Realmente, não estava preparada emocionalmente para isso.

— Eu também quero você — admiti. — Mas...

— Mas?

— Acabamos de nos conhecer. Se eu transar com você, isso vai bagunçar minha cabeça — disse. Em seguida, fiz um gesto negativo com a cabeça, reprimindo a maneira como minhas palavras acabaram saindo. Eram muito brutas, muito honestas.

— Bagunçar como?

— Não consigo transar com alguém sem que isso tenha um verdadeiro significado. Sei que você acha que isso é estúpido, sei que nós dois somos adultos e devemos ser capazes de...

Cal pressionou o dedo contra meus lábios, interrompendo minha fala. — Não acho que seja estúpido e eu entendo o que você está dizendo.

— Sério?

— Claro. Não sou um babaca, Jules.

Soltei o ar com força.

— Não acho que você seja ou não estaria aqui com você. Só que tenho certeza que você achou que iria se dar bem, e não é que eu não tenha dado essa impressão, eu sei que eu dei a entender que sim. Mas, se nós transarmos hoje à noite, eu sei que vou acabar me machucando.

— Não quero machucar você — Cal disse, inclinando-se e dando um beijo na minha testa. Em seguida, saiu de cima de mim e se deitou ao meu lado, apoiando-se sobre um cotovelo e oferecendo a mim toda a sua atenção.

— E não seria sua culpa. Seria minha — afirmei, tentando explicar.

— O que você quer dizer?

Eu me virei para poder encará-lo, colocando-me na mesma posição que ele e esperando que minhas palavras fizessem sentido e não o fizessem fugir de seu próprio quarto.

— É que, se nós transássemos, eu gostaria de poder ver você de novo. E não seria capaz de não sentir isso, entende? Sexo não é uma simples diversão para mim. Considero o sexo como algo realmente íntimo e pessoal.

Por que eu senti necessidade de me explicar para Cal? Talvez fosse minha esperança de que ele pudesse entender melhor o meu coração, ainda que tivéssemos acabado de nos conhecer. Ou talvez fosse porque acreditava que as pessoas tendiam a se entregar umas às outras facilmente nos dias de hoje, sem pensar ou hesitar, e eu não conseguia me comportar com indiferença em relação a esse assunto.

Quando transa, uma mulher permite que um homem fique dentro dela e leve um pedaço dela para sempre. Transar significa que um homem vai ficar dentro dela, vai abrir caminho em seu corpo e se tornar parte e extensão dele. Uma mulher não entra em um homem. Ela não o invade. Mas ela recebe o homem dentro de seu corpo e o cobre, o retém e o cerca com suas partes mais ternas e íntimas. E me assustava muito o fato de fazer isso com um homem que eu tinha acabado de conhecer.

— Então, você está me dizendo que quer que eu reserve um voo para Los Angeles agora? Se eu tiver a intenção de vê-la de novo, podemos transar hoje à noite? — Cal perguntou. Logo em seguida, sentou-se, pegou o celular no bolso traseiro da calça e abriu um aplicativo de compra de passagens aéreas.

— Ah, meu Deus, pare com isso — disse, dando um tapinha em seu ombro.

— Não estou brincando, Jules. Eu vou reservar duas idas a Los Angeles agora mesmo. É só você me dizer que é isso que você quer.

— Pare com isso — disse novamente, dando uma risadinha nervosa. Mas na realidade, eu não queria que ele parasse. Se Cal quisesse reservar cem viagens para me ver depois de hoje à noite, eu o encorajaria.

— Tudo bem — ele afirmou, sorrindo. — Mas lembre-se de que insisti para vê-la de novo — prosseguiu. Em seguida, beijou-me intensamente por muito tempo antes de se afastar. — Foi você quem não deixou.

— Cal, se você quiser me visitar em Los Angeles, não vou impedi-lo. E, então, sem dúvida, eu transo com você.

E eu realmente quis dizer aquilo. Não transar logo depois de termos acabado de nos conhecer era uma coisa, mas se voltasse a ver Cal depois daquela noite, eu me entregaria totalmente a ele. Porque o nosso reencontro, por si só, já significaria alguma coisa. E, sim, isso lhe valeria um pouco de sacanagem.

— Mal posso esperar para revê-la — Cal afirmou, fazendo com que eu sorrisse. — Eu adoro tudo em você, Jules. Não há uma única coisa que eu não goste.

Eu me perguntei o quanto daquilo era efeito do bourbon, considerando que tinha o visto virar alguns copos.

— Acabamos de nos conhecer, Cal. Claro que você adora tudo em mim. Me procure dentro de alguns meses.

— Combinado — ele afirmou e, em seguida, me beijou.

# Apenas diversão

## Cal

CARAMBA, SE JULES TIVESSE PAGADO PARA VER, PEDINDO PARA que eu realmente reservasse um voo para Los Angeles, garantindo que voltaríamos a nos ver, para que pudéssemos ter transado esta noite, eu teria feito isso. Eu estava totalmente envolvido naquele momento. Ou talvez estivesse simplesmente apaixonado por ela.

Tentei me livrar daquela fantasia e fiz um pouso forçado de volta à realidade. Foi uma queda difícil, mas necessária. Tinha outros dois dias para ficar com Jules e planejei fazer exatamente isso. Outros dois dias e, depois, nunca mais nos veríamos. Uma droga, mas era assim que as coisas aconteceriam. Jules morava em Los Angeles e eu morava em Boston. Não tinha como existir um futuro para nós. Mas isso não significava que não poderia curti-la enquanto ela estivesse aqui.

Foi muito respeitável a atitude de Jules de não ter transado. Não teria pensado mal dela se tivéssemos transado, mas admirei o fato de ela se conhecer o bastante para saber com o que podia e não podia lidar emocionalmente. Em geral, a maioria das pessoas não tinha esse nível de autoconhecimento, inclusive eu, às vezes.

Além disso, a última coisa que precisava era transar com uma mulher que ficasse pirada por mim. Já passei por isso antes e não foi nada divertido. É também por isso que respeito tanto a minha linha do tempo. Ela já me salvou de todo tipo de drama potencial.

Deitei e estendi a mão para Jules.

— Venha aqui.

Passando o braço em torno de sua cintura, puxei-a para mais perto de mim e Jules pousou a cabeça sobre meu peito, enquanto eu passava meus dedos pelo seu cabelo.

— Quer conversar um pouco?

Jules levantou um pouco a cabeça.

— Sério?

— Sério.

— Só se durante essa conversar eu puder beijar você — Jules afirmou, erguendo os olhos para mim e correndo o polegar pelo meu lábio inferior. — Esses seus lábios mexem comigo — ela continuou. Em seguida, ela pressionou seus lábios nos meus e passou a língua através deles, me provocando.

— Isso é jogo baixo.

Jules sorriu e foi descendo a cabeça de novo para o meu peito.

— Eu sei. Não consigo resistir. Esses seus lábios... Eles vão ser minha ruína.

Dei uma risada. Meu ego estava amando aqueles elogios, mas eu precisava mudar de assunto ou acabaria sendo o tipo de idiota que não para de tentar transar com uma mulher até ela finalmente ceder. E eu queria ser melhor do que isso.

— Não vamos mais falar dos meus lábios. Ou dos seus lábios. Ou de qualquer tipo de lábios — disse de modo firme.

Jules riu, com os ombros sacudindo contra meu peito.

— Tudo o que quero fazer agora é falar deles.

Pigarreei, tentando parar de pensar em sua boca e no que ela poderia fazer em meu corpo e procurando alguma pergunta segura que não renderia uma resposta que me deixasse ainda mais excitado. Mas como eu sou azarado, era capaz de Jules me dizer que tinha uma irmã gêmea idêntica e, então, toda a minha força de vontade e meu plano de me comportar iriam por água abaixo.

Tentando forjar um tom coloquial, perguntei: — Você tem irmãos?

Jules voltou a rir contra meu peito:

— Bela mudança de assunto. Mas, tudo bem, vou cooperar. Tenho uma irmã mais velha. Acho que fui um acidente, mas meus pais nunca vão admitir isso. Mas quem tem duas filhas com dezessete anos de diferença? Ninguém. Pelo menos não de propósito.

— Sua irmã é dezessete anos mais velha do que você? — perguntei, incrédulo. Aquilo pareceu uma loucura para mim.

— Sim! — ela respondeu, voltando a erguer os olhos para mim. Em seguida, pôs sua mão em meu peito e projetou seu queixo sobre ele. — E meus pais dizem: "Nós planejamos você, Jules". Papo furado. Mentirosos! — ela disse, rindo.

— E todos moram perto de você?

— Minha irmã se mudou, por conta do trabalho, para Londres, há cerca de um ano. Não acredito que ela vá voltar algum dia. E meus pais continuam tirando "férias prolongadas" por lá — ela informou, desenhando aspas com os dedos. — Um dia eles vão me enviar um e-mail dizendo que vão ficar para sempre.

— Você pode culpá-los? — perguntei com um sorriso.

— Na verdade, não. Até certo ponto, eu também sou apaixonada por Londres.

Concordei com um gesto de cabeça. — Entendo esse sentimento.

— Você conhece?

— Estive lá só uma vez. Logo depois que me formei. Mas nunca esqueci e sempre quis voltar.

Jules sorriu de novo, como se adorasse cada uma das palavras que eu dizia. — E você?

— E eu o quê? — perguntei, sem saber exatamente o que ela estava querendo saber.

— Irmãos? Você tem algum? — ela perguntou, reafirmando o assunto com um sorrisinho malicioso.

— Tenho um irmão mais velho e um irmão e uma irmã mais novos — respondi, enquanto os pensamentos a respeito de meus irmãos me fizeram sorrir interiormente. — Nós crescemos juntos, mas agora só nos vemos em datas festivas.

— Nossa, vocês são muitos — Jules afirmou, num tom quase assustado.

— Somos irlandeses — disse, como se fosse explicação suficiente. Mas para ser justo, era.

— Não surpreende que você goste tanto dessa cidade. Boston lembra a Irlanda.

Jamais tinha pensado nisso antes, mas Jules talvez tivesse informações a respeito. Em geral, gostava de Boston porque era uma cidade realmente incrível, orgulhosamente cheia de pessoas muito trabalhadoras. Mas ela tinha razão. Os irlandeses dominavam a cidade.

— Sim, eu adoro. É sua primeira vez na Costa Leste?

Jules fez que não com um gesto de cabeça. — É minha primeira vez em Boston, mas não na Costa Leste. Estive em Nova York algumas vezes. Quando era mais nova, quis muito ir estudar lá.

— E por que não foi? — perguntei. Jules não parecia o tipo de pessoa que permitia que algo a impedisse de alcançar seu objetivo.

— Não fui aceita pela faculdade — ela revelou, com a expressão revelando remorso e tristeza.

— Que pena. Sinto muito. Nova York é uma cidade incrível.

— Eu sei. Sempre quis viver lá. Não para sempre, mas ao menos durante alguns anos, sabe? Só para experimentar algo diferente do que estava acostumada.

Assenti com um gesto de cabeça. Eu sabia do que ela estava falando. Foi por isso que me mudei de Nova Jersey. No entanto, num panorama mais amplo, não me afastei tanto assim de casa. Mas, de todo modo, Boston era completamente diferente da minha cidade natal. As pessoas, a cidade, tudo era absolutamente diferente, apesar de as duas cidades estarem relativamente próximas no mapa.

— Também foi por isso que eu quis sair de Jersey. Meu receio era que se não saísse de lá para fazer a faculdade, nunca mais sairia.

Jules suspirou, aparentemente perdida em memórias.

— É difícil quando você planta essa semente na sua mente. Você se convence de que morar em outra cidade é o seu maior desejo e só consegue pensar nisso. Quando não fui aceita pela faculdade, fiquei arrasada. Nem sequer havia me candidatado a outras faculdades além da que eu queria. Simplesmente assumi que seria aceita. Meu Deus, como eu era boba — ela afirmou, fazendo um gesto negativo com a cabeça.

— Então você acabou ficando em Los Angeles para fazer a faculdade? — perguntei, sentindo-me desapontado por ela.

— Sim. O que, no final das contas, foi ótimo. Não me interprete mal. Tive uma experiência incrível. Mas o fato é que o desejo por aventura nunca realmente desaparece enquanto você não tem a chance de satisfazê-lo — Jules afirmou. Então, seu olhar se afastou e ela parecia estar olhando para o nada. — Eu, na verdade, escondo esse desejo no fundo do coração e tento me convencer de que não quero mais isso, mas é mentira. O meu espírito aventureiro ainda está lá. Aparece de vez em quando, me implorando para jogar todas as minhas coisas em uma mala e simplesmente partir — ela revelou. Então, mordeu o lábio e parou de falar, como se só naquele momento percebesse que tinha uma plateia.

— Continue — eu pedi. Sua honestidade era revigorante. A maioria das pessoas não conseguia abrir seu coração com muita facilidade, mas ela o fazia com muita vontade.

Jules deu de ombros e pousou a cabeça no meu peito. — É basicamente isso. Na maior parte do tempo, eu me sinto realmente feliz onde estou. Mas às vezes tenho muita vontade de levantar âncora. Sinto como se eu devesse estar em outro lugar. Você já se sentiu assim? É loucura minha, não? Isso não é muito estranho? — ela me perguntou com um sorriso tímido.

— Acho que se nunca tivesse saído de Nova Jersey, também me sentiria assim, com toda a certeza. Você não está louca — afirmei, pondo minha mão sobre a dela e a apertando. — Na realidade, você se parece muito com a noiva do meu irmão mais novo. Deve ser uma característica dos californianos.

— Como assim?

— Bom, ela dizia a mesma coisa que você a respeito de se mudar para fazer faculdade. Que ela queria cair fora de Los Angeles e experimentar algo novo.

Jules ergueu a cabeça rapidamente. — Espere aí... Ela é de Los Angeles? De que parte?

— Droga. Ela já me disse inúmeras vezes — afirmei. Eu me esforcei para tentar lembrar. — Bur... alguma coisa?

— Burbank?

— Sim! É isso. A Katherine é de Burbank.

— Não é muito longe de onde moro. Onde ela está agora?

A emoção embargou a voz de Jules, fazendo-me sorrir. Ela até pode desejar morar em outro lugar, mas estava claro que amava Los Angeles.

Dava para ver na sua cara. Estava refletido nos seus olhos e no tom da sua voz.

— Ela e Cooper, esse meu irmão, agora moram em Chicago. Ele é jogador profissional de hóquei. Sabe, ele vai jogar em Boston amanhã à noite, se você estiver interessada.

— Sério? — Jules exclamou. Ela olhou para mim, com os olhos verdes bem abertos e confiantes. Então, eu me inclinei para beijar sua testa de novo, adorando a maneira como me fazia sentir protetor dela. — Você está mesmo me convidando para ir ao jogo de seu irmão com você?

— Sim. A menos que você não goste de hóquei — disse. Muitas garotas não gostam de esportes. Assim, eu dei a ela a oportunidade de dizer não. Mas esperava que ela não a aproveitasse.

Jules bufou. — Para ser honesta, eu não entendo nada a respeito. Bem, é claro que sei o que é hóquei, mas nunca me interessei em assistir um jogo.

— Espera aí! — exclamei. Eu me ajeitei na cama para sentar reto e ergui Jules comigo. — O que há de errado com vocês, garotas da Califórnia, que odeiam hóquei?

— Eu não disse que odeio hóquei — ela afirmou, rindo. — A minha família não era muito ligada a esportes e eu não pratiquei nenhum deles. Na realidade, quando eu era pequena, meu pai era grande fã de beisebol, mas depois que os jogadores da liga ficaram em greve por um ano, ele parou de torcer. Largou o beisebol na marra.

Isso fazia sentido. Meu pai – e muitos outros torcedores – também parou de assistir beisebol depois dessa greve.

Abraçando Jules com mais força, afirmei:

— A minha família gosta muito de hóquei, sobretudo agora que Cooper virou jogador profissional. Meu pai era obcecado pelos Rangers desde que éramos crianças. Ele colocou todos nós sobre o gelo assim que saímos do útero, até mesmo minha irmã. Mas Cooper sempre foi o melhor de nós, de longe.

— Parece legal ter vários irmãos — ela disse de maneira quase sonhadora.

— É, sim — concordei de todo o coração.

— Katherine vai estar no jogo amanhã?

— Sim. Ela geralmente viaja com Cooper, principalmente quando ele vem para uma cidade onde um de nós mora.

— Bacana — Jules exclamou, abrindo um sorriso.

— Então você vai me acompanhar?

— Sim, vou adorar.

— Vai ser divertido. Prometo.

— Tenho certeza disso.

Olhando de relance para o relógio no criado-mudo, percebi o quanto era tarde. Ou cedo, dependendo do ponto de vista. Embora eu adorasse a ideia de ficar com Jules até o amanhecer, sabia que ela tinha de participar de uma série de reuniões amanhã; ou, na realidade, mais tarde ainda hoje.

Quando seu olhar acompanhou o meu, seus ombros caíram, em sinal de desânimo. — Acho que é melhor eu ir andando.

Sabia que esse momento chegaria, mas isso não o fez ser menos horrível.

— Você pode ficar — ofereci, sabendo que Jules jamais diria que sim. No entanto, não se pode culpar um homem por tentar. *Quem não arrisca, não petisca.*

— É tentador — ela afirmou com um sorriso largo. Em seguida, me deu um beijo com carinho. — Mas é melhor eu dormir no meu quarto. Assim, eu me certifico de que vou realmente dormir.

Também sabia que aquela resposta chegaria. Não menos horrível, pois eu não estava pronto para deixá-la ir embora.

— Me dê seu telefone — eu disse enquanto Jules saía da cama e ficava de pé, estendendo os braços acima da cabeça. Em seguida, ela me jogou seu celular sem nem questionar.

Muito confiante, pensei. Era como se ela não tivesse nada para esconder, e talvez realmente não tivesse.

— Onde ficou minha blusa? — ela perguntou.

— No lixo — respondi, dando uma risadinha. Em seguida, liguei seu celular, reparando que não tinha nenhuma senha de acesso. Digitei meu número nele e me enviei uma mensagem de texto. Assim, eu também já ficava com o número dela.

— Ha-ha — ela disse, sarcasticamente. — Encontrei minha regata! E não estava no lixo.

Meu celular vibrou com minha própria mensagem de texto. Jules pôs sua regata, se cobrindo. Era uma pena esconder aquelas curvas. Saindo da cama, encontrei a blusa dela e a minha camisa no chão.

Enquanto ela vestia a blusa, eu vesti minha camisa.

— O que você está fazendo? — Jules perguntou.

— Levando você para o seu quarto.

— Você não precisa fazer isso — ela disse, ameaçando sair do quarto.

— Sei que não preciso, mas eu quero.

O sorriso que iluminou seu rosto me deu a certeza de que, ainda que Jules tivesse dito que eu não precisava fazer aquilo, ela queria que eu fizesse. Eu era um babaca total em relação às mulheres. Mas talvez fosse quando não estava interessado nelas, e o caso agora era outro, eu realmente gostei da Jules. Ela trouxe à tona o cavalheiro que existia em mim e eu tinha bastante certeza que homens assim estavam muito em falta em Los Angeles. E a consciência disso só me fez querer ser mais gentil ainda.

Se Jules e eu nunca mais nos víssemos de novo, eu a enviaria para sua casa com lembranças daquele cara incrível que ela conheceu em Boston. Aquele que ela compararia com todos os outros.

Espere: isso era meu ego falando ou meu orgulho? Talvez fosse uma combinação de ambos, eu não podia identificar com certeza. Minha mente estava um pouco confusa, alternando-se entre a realidade de nossa situação e algum país da fantasia, onde não existia ninguém além de nós dois.

Caminhamos abraçados até o elevador. Quando as portas se fecharam atrás de nós, eu fui desesperado ao encontro da boca dela. Não tinha certeza de qual era a questão por trás de Jules e elevadores, mas no instante que aquelas portas batiam uma contra a outra, eu a queria pressionada contra a parede espelhada, entregando-se para mim. Todo o meu autocontrole se escorria pelo ralo quando eu a tinha num espaço confinado como aquele.

Saímos do elevador e, quando chegamos ao seu quarto, eu a beijei carinhosamente, enroscando a minha mão no seu longo cabelo loiro.

— A noite foi realmente incrível — Jules sussurrou, quase como se estivesse constrangida de admitir isso.

Droga, não tinha nenhuma certeza a respeito do que ela estava pensando. Será que ela pensava que minha noite não tinha sido incrível porque não transamos?

— Desculpe, nós não... Você sabe — ela disse, tropeçando nas palavras. — Quero dizer, não me arrependo. Mas espero que você não tenha ficado decepcionado.

Ali estava ela. Adorava como Jules parecia dizer tudo que sentia quando a maioria das pessoas, inclusive eu, guardava esse tipo de sentimento.

— Não estou decepcionado. Eu me diverti muito com você esta noite — afirmei. Então, a tensão de Jules diminuiu com minhas palavras.

— Eu também.

— Vejo você amanhã.

— Mal posso esperar — ela disse com um sorriso tímido.

— Eu também não — respondi. Depois de me inclinar para lhe dar um último beijo, esperei que ela abrisse a porta de seu quarto e entrasse. Depois disso, voltei na direção do elevador.

Alguns minutos depois, quando atravessei a porta de meu quarto, fui quase atingido por um bombardeio de travesseiros.

— Que diabos está acontecendo?

— Onde você estava? — Lucas disse de sua cama, agora sem travesseiro nenhum.

Irritado, caminhei sobre todos os travesseiros no chão e disse: — Eu só fui levar a Jules até o quarto dela.

— Jules, aquela loira gostosa que vi com você no bar?

— Sim. Como foi o seu encontro? Por que você já voltou?

— Por que eu já voltei? — ele repetiu a minha pergunta, em tom de lamento.

— Então foi uma merda? — eu disse com um sorriso. Depois, fui até banheiro para escovar os dentes e me preparar para ir para a cama.

— Conte-me mais sobre essa Jules — Lucas pediu, aparecendo na porta do banheiro. Então, ele se dirigiu para a beirada da banheira e se sentou ali.

Parei de escovar meus dentes e falei com a pasta de dente na minha boca.

— Não tenho nada para dizer. Exceto, ah sim, que você não vai me acompanhar no jogo de Cooper amanhã. Sinto muito — informei logo de cara, esperando que Lucas não ficasse irritado comigo.

— Sério? Você conheceu essa garota, há o quê? Quatro horas, e eu já estou sendo jogado para escanteio? Puta sacanagem. Você é um babaca — Lucas disse, fuzilando-me com os olhos, e eu quase me senti mal.

— Eu sei — disse antes de enxaguar minha boca.

De certa forma, aquilo era de fato uma sacanagem, mas Lucas já tinha visto Cooper jogar cem vezes. E Lucas sequer gostava de hóquei. Ele só ia aos jogos para conhecer os outros jogadores e ver se algum deles jogava em *seu* time.

Um sorriso tímido apareceu.

— Eu estou zoando com você. Tudo bem. Mas não consigo acreditar que você vai levar uma garota que acabou de conhecer para ver um jogo do seu irmão. Você está se sentindo bem?

Tentei não pensar demais nas palavras dele. Em breve, Jules voltaria à Califórnia e tudo estaria acabado.

Quando Lucas ficou de pé e colocou uma mão em minha testa, eu o afastei com um empurrão.

Após secar meu rosto com uma toalha, disse:

— Ela é divertida e vai embora em dois dias. Então, pensei: que se dane.

Mas, na realidade, em absolutamente nenhum momento eu tinha pensado *que se dane*. Convidei Jules para me acompanhar ao jogo do Cooper porque quis que ela estivesse lá. E os motivos disso ainda não tinham me ocorrido. Não até aquele momento.

— Ela vai embora em dois dias?

— Sim. Ela está aqui para uma conferência.

— De onde ela é?

— Califórnia.

— Então você planeja sair com ela até ela voltar para casa? — Lucas me perguntou, sentando-se de novo na beira da banheira e inclinando a cabeça para o lado. E eu logo vi que a testa dele estava enrugada.

Dei de ombros.

— Sim. Por quê? O que há de errado com isso?

Lucas voltou a sorrir.

— Nada. Parece mesmo uma ótima ideia.

— Então por que você está agindo como se eu fosse louco? Desembucha! — exigi, eu já estava perdendo a paciência com aquele papinho idiota.

Ele olhou para mim e disse:

— Você sabe que eu não costumo desembuchar!

— Não sabia, mas agora sei — afirmei, desejando que Lucas simplesmente dissesse o que estava passando por sua cabeça. Ele pode ser macho como qualquer outro cara, mas, porra, de vez em quando ele era idêntico a uma garota.

— Só estou dizendo que esse seu comportamento não é normal. E a sua regra? Como fica?

Abri a boca para me defender, mas preferi ficar calado. Por que ficaria na defensiva se Lucas tinha razão?

— Qual é o problema? — disse, finalmente. — Ela vai embora e, então, tudo voltará ao normal. Minha regra ainda está em vigor. O mundo continua girando.

Mas eu não podia negar que a preocupação de Lucas me incomodou. Afinal, ele era meu melhor amigo desde a faculdade. E depois que nos formamos, fomos contratados pela mesma empresa de investimentos em Boston. E eu odiei. Não o trabalho, eu amo o que eu faço. Mas odiei a empresa. Ela era muito grande e parecia que seu único foco era ficar cada dia maior. Sempre tive a sensação de que não importava o que alguém fizesse ali, nada jamais seria suficiente.

Depois de um ano, eu me peguei desejando algo menor, onde não me sentisse como um dente substituível numa engrenagem qualquer. Mas antes disso, eu teria apostado todo o meu dinheiro afirmando que era exatamente o que sempre quis. Mas, no fim das contas, não era.

Lucas estava tão frustrado quanto eu, o que me ajudou a me sentir um pouco menos louco. Assim, quando ele recebeu uma oferta de emprego em uma empresa menor e a aceitou, ele recomendou meu nome e eu também acabei sendo contratado. Era onde ainda estávamos: a empresa em que estava me matando de trabalhar para me tornar sócio. Mas Lucas não tinha essa mesma motivação. Ele gostava de ser um empregado sem pressão extra, sempre desfrutando bastante de seu tempo livre, algo que ele dizia que eu não sabia o significado.

Lucas ficou de pé e deu um tapinha em meu ombro.

— Acho fofo que você passe seu tempo com uma garota gostosa da Califórnia nos próximos dois dias — ele disse com uma risada.

— Fofo? O que você está insinuando?

— Olha, Cal, eu percebi sua linguagem corporal no bar. Deveria ter tirado uma foto para que você pudesse ver o que todos os outros ao seu redor viram. Tenho medo do que outros dois dias com ela podem fazer com você.

— São dois dias, Lucas. E ela mora do outro lado do país. O que pode acontecer em dois dias?

— Acho que nós vamos descobrir — ele disse, sorrindo para mim enquanto dava uns tapinhas nas minhas costas antes de sair do banheiro. E isso só me irritou ainda mais.

— Acho que sim — disse.

Dei de ombros para suas preocupações, plenamente convencido de que passar dois dias com Jules não me causaria nenhum dano. Eu não consegui entender por que Lucas estava tão preocupado. Eu desfrutaria da companhia de uma mulher inteligente e bonita. E, em seguida, nós dois continuaríamos com nossas vidas.

Seria fácil.

# Lábios de sonho

## Jules

**EU FIQUEI REVIRANDO NA CAMA DURANTE AS POUCAS HORAS** de sono que tive, com minha mente reprisando fragmentos da noite que tinha acabado de ter com Cal: ele tocando meu corpo, dizendo que eu era linda, me contemplando com aqueles lindos olhos castanho-claros. Meu cérebro parecia uma espiral de lembranças que eu não conseguia deter. E nem queria.

Quando o despertador tocou e abri os olhos, meus primeiros pensamentos se voltaram todos a Cal. E então senti um arrepio percorrer meu corpo ante a expectativa de vê-lo de novo mais tarde naquele dia. Se estivesse sendo sincera comigo mesma, como sempre tentava ser, atravessar aquele dia seria pura tortura. Mal podia esperar para encontrar e passar mais tempo com ele novamente. E isso era tudo em que eu conseguia pensar.

Ao entrar para a última palestra do dia, notei Robin acenando para mim. Então, sentei-me ao lado dela.

— O que aconteceu entre você e o bonitão ontem à noite? — ela perguntou, inclinando-se em minha direção e fazendo seu rabo de cavalo balançar.

— Nada — respondi, contendo um sorriso.

— Nada o caramba. Vocês sumiram para onde?

— Fomos para o quarto dele — sussurrei, enrubescendo. — Mas não aconteceu nada — acrescentei rapidamente. A última coisa que queria era que ela ficasse com uma impressão errada de mim.

— Mas por que, diabos, nada aconteceu? — ela perguntou, e eu quase dei uma risada.

— Porque acabei de conhecê-lo. Só por isso.

*Ah, meu Deus.* Por que eu sempre era a única que parecia achar que transar com estranhos não era uma boa ideia?

Robin me olhou nos olhos e suplicou:

— Por favor, diz pra mim que você vai encontrar com esse cara de novo para resolver isso.

— Ele vai me levar a um jogo de hóquei hoje à noite — revelei, sentindo uma onda de excitação tomar conta de mim.

Os olhos de Robin se iluminaram.

— Por favor, transe com ele, e depois me conte todos os detalhes? Estou casada há doze anos, sabe como é — ela disse, me lançando um olhar cansado.

Dei um tapinha em sua mão, com uma compaixão irônica, como se o fato de estar casada por tanto tempo fosse a pior coisa que poderia acontecer a uma pessoa.

A palestrante subiu ao púlpito e começou uma apresentação sobre taxas de juros e como se comportar diante de possíveis problemas entre bancos e clientes. Enquanto ela falava de maneira monótona, minha mente continuou a reprisar as cenas da noite anterior.

Apesar de ter sido apenas uma noite, eu já me sentia dominada por Cal. Chegava a ser preocupante. Minha única desculpa era que, depois de tanto tempo sem querer ficar com ninguém, minhas emoções deviam estar demasiadamente aguçadas.

Quarente minutos depois, meu celular vibrou. Tirei-o do bolso, só para ter certeza de que não era uma ligação de meu escritório. Era uma notificação de mensagem de texto e, quando eu a abri, gargalhei no meio da palestra que tinha prestado pouquíssima atenção.

As pessoas sentadas na minha frente até se viraram para me lançar um olhar de repreensão. Robin olhou de relance para mim e, então, curvou-se para espiar meu celular enquanto eu o afastava de sua visão.

LÁBIOS DE SONHO: Você consegue ficar pronta em uma hora?

Aparentemente, Cal tinha se adicionado à minha lista de contatos como "Lábios de sonho", e foi exatamente isso o que me fez cair na gargalhada.

Rapidamente ajustei as notificações das mensagens de texto de Cal, atribuindo a elas um toque específico que usava só para os paqueras. Como pessoa organizada que era, também tinha atribuído um toque para o meu pai e outros membros da família, e outro para o meu chefe e os colegas de trabalho.

Como naquele momento Cal era o único homem que estava me enviando mensagens de texto, sempre que ouvisse aquele toque, saberia que era dele. Por um breve momento, considerei mudar seu nome ou adicionar "Cal" no fim, mas simplesmente não consegui fazer isso. "Lábios de sonho" me fazia rir e eu não podia discutir com a veracidade daquele apelido. Seus lábios eram realmente um sonho.

Ao digitar uma resposta, sorri:

JULES: Lábios de sonho? Legal. Rsrsrs. Sim, posso.

LÁBIOS DE SONHO: Ótimo. Leve um agasalho. A quadra é gelada.

*Droga, droga, droga.* Eu realmente não estava preparada para aquela cidade ártica. E a minha resposta acabou desencadeando mais algumas mensagens.

JULES: Você pode, por favor, me trazer um casaco? Não fiz a mala direito para essa viagem.

LÁBIOS DE SONHO: É o espírito californiano que não sai de você. Mas eu cuido disso, querida.

JULES: Obrigada. Encontro você no saguão em uma hora.

LÁBIOS DE SONHO: Perfeito. Até já.

Cada vez que meu celular tocava com uma mensagem dele, meu coração disparava e um sorriso idiota aparecia em meu rosto. Eu já ficava besta na expectativa do que ele poderia dizer.

Era ridículo. Eu estava sendo ridícula.

E o mais ridículo ainda era o fato de eu estar gostando daquilo. Cada segundo dessa loucura me deixava cada vez mais... *feliz*. Todos os sentimentos que havia evitado durante anos estavam voltando com tudo e eu estava adorando tê-los de volta. Como se eu tivesse algum controle a respeito disso.

— Bem, vou me arrumar. Depois você me diz o que eu perdi — murmurei para Robin, escapando da palestra vinte minutos antes do fim.

De volta ao meu quarto, vesti um jeans e um suéter azul justo. Na verdade, aquilo não era exatamente um suéter, já que era de um tecido muito fino, praticamente transparente. Era uma roupa feita para impressionar, não para esquentar, e se eu não quisesse que as pessoas vissem os meus seios, precisava colocar uma regatinha por baixo.

Usei um modelador de cachos para fazer ondas soltas ao meu cabelo tipicamente liso. Os cachos davam o volume e a textura de que eu gostava e que tinha perdido por estar longe do clima praiano de Los Angeles.

LÁBIOS DE SONHO: Estou no saguão.

O sorriso idiota reapareceu em meu rosto. Procurei me livrar dele enquanto respondia que estava descendo. Após despentear meu cabelo e borrifar nele um pouco de fixador, sai do quarto.

No elevador, comecei a ficar nervosa. E se estar com ele agora não fosse tão divertido e agradável quanto tinha sido na noite passada? E se nossa ligação fosse apenas porque ele tinha bebido ou porque eu estava cansada? E se eu tivesse imaginado tudo e, quando saísse do elevador e o revisse, não sentisse nada?

Meu Deus, fiquei subitamente nauseada de tanto medo.

O elevador parou e sai no saguão. Logo vi Cal parado ali, segurando uma rosa vermelha.

E então eu fui tomada por um alívio; eu não tinha inventado nada a respeito da noite passada. Tudo tinha sido real.

Cal estava maravilhoso. Usava jeans escuro, camisa preta e jaqueta de couro. Seu cabelo castanho estava muito parecido com a noite passada, num estilo desarrumado que parecia funcionar apenas em alguém como ele. E seus lábios eram tão incríveis quanto tinham sido em minha imaginação durante todo o dia.

— Oi — eu disse com um sorriso.

— Oi — Cal respondeu e se inclinou para me dar um beijo.

Se era assim que aquele noite ia rolar, eu estava totalmente dentro.

— Isso é para você — ele afirmou, entregando-me a rosa, que eu imediatamente levei ao nariz para cheirar.

— Obrigada — agradeci, agarrando a flor, um pouco surpresa com a doçura do gesto. Fazia muito tempo que não recebia uma rosa de alguém que não fosse meus pais.

— Você está linda — Cal disse, num tom tão sincero que eu senti meu rosto enrubescer com o elogio.

— E você está incrível — retribui, fixando meu olhar em sua boca e umedecendo meus lábios.

— Jules — ele afirmou, praticamente murmurando uma advertência, e eu logo desviei meu olhar para os seus olhos. Se eu não me comportasse, acabaríamos no meu quarto e nós dois sabíamos disso.

— Desculpe — menti.

— Você não está sendo sincera. Vamos — Cal disse, colocando uma mão na parte inferior das minhas costas e me dirigindo para a saída lateral. — Tenho um moletom e uma jaqueta no carro para você.

— Muito obrigada. Não trouxe nenhuma peça de roupa de frio. Está vendo? — perguntei, apontando para minhas unhas do pé pintadas e à mostra através das tiras das minhas sandálias.

— O que eu vou fazer com você? — Cal perguntou, balançando a cabeça.

Fiquei calada, com uma resposta muito louca atravessando minha cabeça para dizer em voz alta. *Me amar? Me beijar? Casar comigo? Me dar filhos?*

Cal segurou a porta do hotel aberta enquanto eu caminhava para fora e apontou para o Mercedes cinza-escuro estacionado no meio-fio. Ele abriu a porta do passageiro para mim e eu logo me acomodei no assento de couro. Pus a rosa com cuidado no banco traseiro ao lado das jaquetas. Quando Cal se sentou, fiquei com a sensação de que o banco se ajustou automaticamente ao seu corpo.

Respirei fundo.

— É novo?

— Tem cerca de um ano — ele respondeu, dando a partida e ligando o rádio. Imediatamente, sua mão veio repousar sobre minha coxa, como tinha acontecido na noite passada, e eu coloquei minha mão em cima da sua, desejando loucamente esse contato.

— É que ainda tem cheiro de novo — afirmei, aspirando o ar.

Cal deu um tapinha carinhoso no painel.

— Eu cuido bem dela.

— Dela?

Ele me lançou um olhar.

— É claro que é ela. Seu carro não é uma garota?

Ri, porque não, meu carro definitivamente não era uma garota. Eu sempre considerei todos os meus carros como garotos e até tinha lhes dado nomes masculinos. Mas eu nunca tinha parado para pensar nisso até aquele momento. Era algo totalmente involuntário.

— Meu carro é um garoto.

— Está vendo?

— Somos estranhos — eu disse, sorrindo enquanto o observava dirigir.

— Você pode até ser, mas eu sou bem normal — Cal respondeu, com os dedos se movendo sobre minha perna e seu polegar desenhando círculos enquanto ele dirigia.

Rapidamente, o silêncio preencheu o espaço entre nós. Mas ele não era embaraçoso ou estranho, e nenhum de nós pareceu ansioso para quebrá-lo com algo além de nossa respiração. Era apenas mais um ponto para adicionar à minha lista mental de quão natural era estar ao lado do Cal.

O fato de não sentir a necessidade de forçar meu cérebro a pensar em algo para falar era reconfortante. Eu, às vezes, levava clientes que conhecia há anos para visitar imóveis e certo constrangimento sempre tomava conta do ambiente quando o assunto acabava. E alguém acabava por falar qualquer amenidade só para evitar o silêncio.

O som do rádio tocando baixinho chamou minha atenção. Quando notei o que estava tocando, confirmei:

— Country? Certo?

Para ser honesta, não tinha pensado a respeito do gosto musical de Cal, mas escutá-lo cantarolar a canção que tocava no rádio naquele momento me fez sorrir.

Ele logo parou de cantar e olhou para mim.

— Gosto de todos os tipos de música, mas, nesse momento, estou curtindo country. Mas posso colocar outra coisa se você quiser. Qual é o seu tipo favorito?

— Tenho certeza que você gostaria de ouvir alguma música pop de sucesso. Posso imaginá-lo cantando junto com Bieber e One Direction — respondi, sorrindo para ele. Também gostava muito de música, mas preferia música pop. Sempre preferi.

Cal reprimiu um sorriso enquanto tirava a mão de minha perna. — Você gosta de Justin Bieber e One Direction? Fora do meu carro — ele disse, apontando para a porta.

— Ah, por favor — bufei. — Você provavelmente adora a música deles e nem sabe disso.

Cal riu e recolocou a mão no lugar certo. — Quem sabe? É isso o que você quer ouvir?

— Não. Está tudo bem. Eu gosto de *country*. Gosto de tudo, exceto rock pesado e *heavy metal* antigo. Ugh! — disse, mostrando a língua e fazendo uma careta.

— E eu posso tolerar quase qualquer coisa, exceto *tecno*. As músicas parecem todas iguais e me fazem querer dar um soco na cara de alguém. Repetidas vezes — ele afirmou. Para dar seu recado, fez cara feia e imitou o som de um sintetizador.

— Acho que essa é exatamente a reação oposta à que você deveria ter ao ouvir tecno, Cal. Há algo errado com você.

Pouco depois, paramos atrás de uma longa fila de carros. Ele tirou a mão de minha perna e abriu o porta-luvas, retirando uma espécie de cartão quando avistamos o estádio.

Ao entrarmos no estacionamento, Cal abaixou a janela e parou perto de um rapaz caminhando em nossa direção, usando um colete amarelo brilhante e carregando uma máquina portátil. Cal lhe mostrou o cartão.

— Você sabe para onde ir? — o rapaz perguntou.

— Sim. Obrigado.

— Não se esqueça de deixar o cartão bem visível no painel.

— Pode deixar.

Cal arrancou mais uma vez e percorreu o imenso estacionamento. Eu não fazia ideia de onde estávamos indo, mas já estava admirada antes mesmo de entrarmos no estádio.

# Os irmãos Donovan

## Cal

ASSIM QUE ESTACIONEI O CARRO, PEGUEI O MOLETOM E A jaqueta para Jules, sem saber quanto frio ela poderia sentir durante o jogo, e segurei sua mão.

Jules parecia ainda mais bonita do que a noite passada, com o suéter azul contrastando com sua pele bronzeada. Precisei admitir que fiquei um pouco preocupado com a possibilidade de as coisas ficarem desconfortáveis entre nós, tanto pelo pouco tempo que nos conhecíamos, como pelos acontecimentos da noite anterior.

Mas no instante em que vi Jules sair do elevador, todas essas preocupações desapareceram. Não houve nenhuma estranheza. Sim, existiam muitos outros sentimentos e pensamentos — desejo, carência, luxúria, *droga, ela era um tesão* —, mas não havia embaraço, o que me deixou intrigado e assustado.

Peguei os ingressos na bilheteria e conduzi Jules para o interior da arena, sabendo exatamente onde ficavam os nossos assentos. Os assentos para o time visitante ficavam sempre na mesma seção.

— Você quer comer alguma coisa? — perguntei para Jules, caminhando ao seu lado.

— Estou bem.

— Tem certeza que não está com fome?

Jules sorriu e encostou em mim.

— Ainda não.

— Tudo bem.

De repente, ela deixou escapar:

— Katherine vai gostar de mim, não é mesmo?

Parei e a agarrei pelos ombros, colocando-nos cara a cara.

— Ela vai amar você. Ela é muito legal. Assim como você. Você não tem nada com o que se preocupar — disse. Dei um beijo rápido nela e esperei sua reação, mas ela apenas olhou para mim.

— Está tudo bem? — perguntei.

— Sim. Tudo bem — ela respondeu, abraçando seu corpo com os braços.

— Está com frio?

Jules fez que sim com a cabeça:

— Está bastante frio aqui.

— Por isso trouxe esses casacos para você.

Quando mostrei o moletom, Jules o agarrou e o vestiu correndo. Ficou enorme para ela, cobrindo quase todo o seu corpo. Mas ela ficou ainda mais linda.

Sorrindo, Jules puxou a gola até seu nariz e respirou.

— Tem o seu cheiro — ela disse e se aconchegou ainda mais.

Descendo os degraus em direção aos nossos assentos, avistei o longo cabelo castanho de Katherine. Apontei para ela, e Jules assentiu, enquanto nos dirigíamos até a noiva de meu irmão.

— Katherine — gritei e ela se virou, com um sorriso largo.

— Cal, que bom ver você! — Katherine exclamou. Ela se lançou em meus braços e me apertou com força. Só então percebeu que minha mão ainda estava entrelaçada com a de Jules. — Nada de Lucas hoje? — ela perguntou fazendo beicinho.

— Hoje não. Quero que você conheça uma pessoa — disse, colocando-me de lado.

— Oi. Sou Katherine — ela se apresentou, estendendo a mão para Jules e sem conseguir esconder sua surpresa.

Não tinha avisado Katherine que estava trazendo uma garota. Não que ela precisasse do aviso, mas eu poderia ter ao menos lhe dado um alerta, já que não era algo que eu normalmente fazia.

— Jules. Prazer em conhecê-la.

As duas garotas apertaram as mãos educadamente, mas quando Jules comentou a respeito do anel de noivado de Katherine, isso aparentemente quebrou o gelo. Ambas deram sorrisinhos uma para a outra e se abraçaram.

As garotas são esquisitas. Às vezes, não conseguem se suportar e, às vezes, não conseguem se desgrudar. Você nunca sabe exatamente o que pode acontecer.

Dirigindo-me ao meu assento, disse: — Ia me sentar entre vocês, mas como vocês duas são de Los Angeles, acho melhor deixar que conversem.

E assim Jules e Katherine começaram a conversar a respeito de assuntos dos quais eu não sabia nada a respeito. Mencionaram restaurantes, hotéis e praias que ambas conheciam, numa velocidade de um milhão de quilômetros por minuto. Não fazia ideia de como as mulheres faziam isso e ainda entendiam o que a outra estava dizendo. Mas consegui captar o fato de que elas tinham alguns amigos em comum, o que era surpreendente.

Quando o jogo começou, as duas não falaram mais devagar nem por um segundo. Suas vozes se reduziram a sussurros, mas ainda podia escutá-las conversando como amigas que não se viam há muito tempo.

Concentrei a atenção em meu irmão, que estava destruindo na quadra, como de costume. Cooper Donovan era fodão. Cada vez que ele marcava um gol ou conseguia uma assistência, queria anunciar para toda a arena que ele era meu irmão. Eu era fã de carteirinha dele.

Jules se inclinou e sussurrou em meu ouvido:

— Ei, Katherine é incrível.

— Que bom que você gostou dela.

Como minha mão já estava sobre sua coxa, dei um aperto rápido em concordância e me inclinei para beijá-la. Em vez de me afastar depois desse beijinho, como deveria fazer, intensifiquei o beijo, incapaz de resistir aos seus lábios, mas, da mesma maneira, ela também pareceu incapaz de resistir aos meus. Nossas línguas se tocaram por alguns instantes e então me dei conta de que devia parar. Caso contrário, não conseguiria disfarçar a minha ereção.

Ao me afastar, percebi Katherine nos observando, com a atenção muito mais voltada para mim e Jules do que para meu irmão patinando no gelo. E eu sabia o motivo. Ela tinha me visto com outras mulheres no passado, mas nunca tinha trazido nenhuma delas para um jogo de Cooper antes. As coisas simplesmente nunca deram certo: ou eu estava solteiro sempre que Cooper aparecia em Boston ou o caso com a garota não era sério o bastante para apresentá-la à minha família.

Recusei-me a interpretar o que significava o fato de trazer Jules ali naquela noite, porque não significava nada. Ela iria embora no dia seguinte e então a minha vida voltaria a ser como antes.

Simplesmente queria acreditar nisso.

No fim do jogo, perguntei a Katherine onde nos encontraríamos para comer. Ela sugeriu irmos dali direto pro hotel para que Cooper pudesse decidir. Seu time havia ganhado o jogo e, então, ele estaria de bom humor. Meu irmão ficava um pé no saco quando perdia e geralmente se enfurnava no quarto do hotel. Sabendo disso, agradeci o fato de não termos de lidar com essa situação.

Em vez de esperar no vestiário para que Cooper tomasse banho e desse entrevistas para a imprensa, passei um braço em torno de Jules e fomos para o carro. Tinha oferecido a Katherine uma carona até seu hotel, mas ela recusou, dizendo que já tinha combinado de ir com a mulher de outro jogador do time.

— Foi divertido — Jules disse depois que estávamos a sós dentro do carro.

— Você assistiu o jogo? — perguntei com um sorriso.

— Assisti. Um pouco — ela respondeu, com uma expressão preocupada. — Desculpe. Foi grosseiro de minha parte, não foi? Passar mais tempo conversando com Katherine do que ver seu irmão jogar? Droga. Você nunca mais vai me convidar, não é? Sou uma péssima companhia para um jogo de hóquei. Você me odeia agora. Entendo se você nunca quiser me ver outra vez.

Os pensamentos não filtrados continuaram escapando pela boca de Jules, cada sentença mais paranoica que a anterior, mas, em vez de me assustar, suas palavras realmente me instigaram. — Você está louca. Eu não odeio você.

— Jura?

— Juro — respondi. Inclinei-me sobre o console central e beijei seu rosto macio. — Você vai vir comigo para jantarmos com o meu irmão? — perguntei, sem saber se ela tinha outros compromissos.

Com preocupação, Jules franziu a testa.

— E por que não?

— Desculpe, só queria ter certeza se tudo bem por você fazermos isso. Se não precisa voltar cedo e ir dormir ou tem uma reunião da sua conferência logo cedo? Apenas me dei conta que não tinha lhe perguntado nada — disse. Depois de dar a partida, liguei os aquecedores de ambos os assentos.

Jules deu a impressão de relaxar. — Estou bem. Vai ser legal conhecê-lo. Mas obrigado por perguntar.

Recoloquei minha mão sobre sua perna.

— Pronta?

— Sim. Ah, já lhe disse o quanto amo quem inventou os aquecedores de assento? Eu adoro esse cara.

— E se for uma garota?

— Então eu amo essa garota.

Sem dúvida nenhuma, Jules era adorável.

Chegamos ao hotel do Cooper e deixei o manobrista estacionar o carro. Com base na quantidade de garotas praticamente nuas presentes no bar do hotel, percebi que tínhamos chegado antes do time. Não querendo que Jules percebesse essa bagunça toda, nos dirigimos para o salão de espera perto dos elevadores.

Avistei Katherine antes de notar Cooper caminhando atrás dela. Ele era mais alto do que eu, o que era contra as regras. Irmãos mais velhos sempre devem ser mais altos, mais inteligentes e mais fortes. Porra!

— Aí vem ele — disse para Jules, que respirou fundo.

— Nossa, Cal, ele é um gigante. E ele se parece com você, mas é ainda maior.

Cooper e eu éramos muito parecidos. Ele tinha olhos verdes em vez de castanhos e seu cabelo era um pouco mais escuro que o meu. No entanto, nossas características e o formato dos nossos rostos não deixavam dúvidas de que éramos irmãos.

— Tenho consciência disso — disse, tentando não expressar aborrecimento.

— Mano! — Cooper exclamou de modo retumbante.

Fiquei de pé e o abracei com força. Demos tapas nas costas um do outro e, então, ele passou um braço em torno do meu ombro e olhou com curiosidade para Jules.

— Quem é essa linda senhora?

— Essa é Jules. Jules, esse é o meu irmãozinho, Cooper.

Apesar de irritado com o fato de ser chamado de "irmãozinho", Cooper se aproximou de Jules e abraçou-a com tanta força que chegou a erguê-la do chão. As pernas dela balançaram no ar e Katherine riu.

— Você é muito mais bonita do que Lucas. E não se atreva a contar para ele que eu disse isso — Cooper disse a última frase dirigindo-se para mim. Então, voltou sua atenção de novo para Jules: — É realmente um prazer conhecê-la.

— Também é um prazer conhecê-lo — ela respondeu. Então, depois que Cooper a recolocou no chão, ela acrescentou: — Que jogo, hein?

Contive um sorriso, sabendo que Jules não tinha a mínima ideia de como Cooper tinha atuado.

— Obrigado. O que você está fazendo com esse idiota? — ele perguntou, sorrindo e apontando para mim com a cabeça.

— Baixando de nível — Jules disse de modo impassível, e Cooper caiu na gargalhada.

— Eu gostei dessa garota — ele disse, e tive de me conter para não dizer que também gostava muito dela. Bem, estava claro que eu gostava, mas não estava pronto para declarar aquilo: para ele, para ela ou para qualquer outra pessoa.

Cooper pegou a mão de Katherine, puxou-a e lhe deu um abraço apertado. Eu gostava de Katherine como se fosse minha irmã e fiquei muito feliz com o fato de meu irmão mais novo ter encontrado alguém como ela para dividir a vida. Eles enfrentaram algumas coisas malucas nos tempos da faculdade e quase morreram em um grave acidente. Não sabia direito o que esse tipo de acontecimento fazia com duas pessoas que se importavam tanto uma com a outra, mas tinha certeza que havia criado um vínculo entre eles que não seria facilmente rompido. Tentei me lembrar de alguma vez que os vi discutindo ou brigando, mas não consegui.

— Vocês estão com fome? — Cooper perguntou.

Pisquei duas vezes antes de fazer que sim com a cabeça. — Estou faminto. E você, querida? Está com fome? — perguntei para Jules, com a palavra de carinho saindo com tanta naturalidade que nem me dei conta que a disse até ver a expressão de surpresa nos rostos de Katherine e Cooper.

— Sim! Comida, por favor.

Jules pestanejou para mim e percebi que não lhe ofereci nada para comer durante o jogo. Que idiota, eu só perguntei uma vez quando chegamos e depois nunca mais toquei no assunto. Estava ficando tarde e ela provavelmente estava tão faminta quanto eu.

— Vamos sair ou vocês querem pedir o serviço de quarto? — Cooper perguntou.

O serviço de quarto significava comer desajeitado sobre a cama. E não era bem isso o que eu queria. O hotel até que tinha um bom restaurante, mas alguns dos jogadores provavelmente estariam ali, enganando suas esposas com as torcedoras mais assanhadas e eu não queria expor Jules a essa situação.

— Vamos sair — sugeri. — Tem aquele bar temático de esportes perto daqui, sabem?

Com preocupação, Cooper franziu a testa.

— Ir a um bar desses depois de ter acabado de derrotar o time da casa? Provavelmente vão jogar cerveja em mim.

— Eu protejo você, irmãozinho — brinquei. Peguei meu celular e olhei para a hora. — É bastante tarde. Provavelmente todos que assistiram o jogo no bar já foram embora. Eu dou uma olhada antes de entrarmos. Se tiver muita confusão, vamos para outro lugar. O problema é que nossas opções estão limitadas. Já é muito tarde.

Cooper suspirou.

— Você tem certeza de que não quer ficar aqui?

— Sem essa! — disse. Considerando o acordo fechado, peguei a mão de Jules e a puxei para a saída do saguão. Ela estava muito fofa toda agasalhada com meu moletom.

Ao chegarmos ao bar ali na esquina, o lugar estava quase morto. Os torcedores mais fanáticos já tinham ido embora.

— Cal?

Dois amigos meus do tempo da faculdade acenaram para mim do balcão. Conduzi nosso grupo até eles e lhes dei um aperto de mão firme antes das apresentações.

— Este é o meu irmão, Cooper. Sua noiva, Katherine. E essa é Jules — disse, exibindo a garota que estava usando meu agasalho e enroscada em meu braço.

Fiquei orgulhoso de apresentar Jules. Foi um sentimento estranho, ter alguém que eu queria que as pessoas soubessem que estava comigo, e não simplesmente porque era bonita. Jules era muito mais do que isso.

Conversamos brevemente e, então, pedi desculpas, dizendo que tínhamos de comer antes que matássemos alguém. A nosso pedido, o garçom nos sentou numa mesa mais no fundo do bar para não sermos incomodados. Ele entregou os cardápios e nos trouxe quatro águas e uma cesta gigante cheia de pães variados. Antes de ele se afastar, Jules o deteve.

— Você pode tirar uma foto nossa por favor? — ela perguntou educadamente, passando o celular para ele. — Tudo bem por vocês? — ela perguntou, agora, para Cooper e Katherine, que fizeram que sim com a cabeça.

Nós nos aconchegamos e sorrimos. Então, o garçom tirou algumas fotos, parecendo um pouco irritado quando devolveu o celular.

Enquanto examinava as fotos, Jules fez uma cara risonha. — Ficaram realmente boas — ela disse e, em seguida, entregou o celular para mim.

Ela tinha razão. As fotos ficaram muito boas.

— Envie-as para mim, por favor — Katherine insistiu e, de imediato, Jules obedeceu. Quando diabos elas tinham trocado os números?

Inclinei-me para Jules.

— Você come carboidratos? — perguntei, enquanto ela guardava o celular.

Alcançando o cesto de pães, ela sorriu.

— Eu como de tudo, principalmente carboidratos — respondeu. Então, ela puxou um grande pedaço de pão e o colocou na boca. Eu sorri, retornando minha mão ao seu lugar de costume: sobre a coxa de Jules.

— Com fome?

Jules assentiu com um gesto de cabeça, uma vez que sua boca estava cheia demais para dizer alguma coisa.

— Estou faminta. Desculpe — ela disse, depois de engolir o pedaço de pão. Então olhou para Katherine e Cooper, que sorriram. Ele não podia falar, pois sua boca também estava muito cheia.

— Não precisa se desculpar — Katherine afirmou, passando manteiga num pãozinho.

Depois de engolir seu pedaço de pão, Cooper tomou um gole de água.

— Então, Jules, quando você conheceu meu galante irmão mais velho?

— Nós nos conhecemos ontem.

Cooper quase engasgou e, então, deu uns soquinhos no próprio peito.

— Ontem? — ele exclamou.

Eu sabia o que ele estava pensando: além de ter trazido uma garota para assistir seu jogo e, depois, jantar com ele, estava fazendo isso com uma garota que tinha acabado de conhecer. Essa situação era tão atípica, em se tratando de mim, que tinha certeza de que ainda ia ouvir muito sobre o assunto.

— Sim — disse, intervindo na conversa. — Jules está aqui para uma conferência e eu tinha uma jornada de convívio do escritório. Estamos hospedados no mesmo hotel. Ela me perseguiu tão insistentemente por todos os lugares que acabei me rendendo — afirmei. Dando uma mordida no pão integral, satisfeito por perceber que ainda estava quente.

— Tenho certeza que ela fez isso — Cooper disse, olhando para mim.

— Ah, sim, ela realmente parece uma mulher que persegue homens — Katherine acrescentou com um sorriso.

— Nem sei por que estou aqui. Vocês todos são pessoas horríveis — Jules afirmou, dando uma risada e, em seguida, mordendo outro pedaço de pão.

— Quando você vai embora? — Cooper perguntou.

— Amanhã à tarde.

Quando Jules disse isso, senti algo dentro de mim afundar. Não queria falar a respeito de sua partida enquanto eu ainda a tinha comigo. Apertei sua coxa e ela apoiou sua mão sobre a minha e, depois, entrelaçou seus dedos nos meus.

— Que chato — Katherine disse, franzindo a testa, enquanto Cooper colocava o braço sobre seu ombro e tirava uma mecha do longo cabelo castanho do caminho para não puxá-la. Ele era bastante atencioso com ela.

— Pois é — Jules concordou antes de olhar para mim.

A tristeza estampada em seu rosto me desnorteou. Naquele momento, percebi que não queria que Jules fosse embora. Fiquei tentado a lhe pedir para mudar o voo, a implorar para que ela ficasse, mas não consegui fazer isso.

— Mas isso não significa que vocês não possam se ver depois que Jules for embora — Katherine afirmou, sempre otimista. — Certo?

Olhei de volta para Jules. Aquele pensamento tinha me ocorrido quando ela deixou minha cama ontem à noite, mas acabei não falando sobre isso com ninguém, muito menos comigo mesmo. Quando nossos olhares se encontraram, o dela estava cheio de esperança.

— É verdade — disse, encolhendo os ombros um pouco sem jeito. — Não é como se você estivesse voltando para Sydney ou para algum lugar a mil horas de distância.

— Não. Não é Sydney. É apenas Los Angeles — Katherine afirmou.

Jules podia ter concordado, mas ela permaneceu calada e não consegui interpretar sua expressão. Não gostava de não saber o que ela estava pensando e, naquele momento, eu não fazia ideia do que era.

Talvez Jules não quisesse me ver depois de sua partida. Ela estava tão ocupada com o trabalho quanto eu. Além disso, também como eu, não tinha tempo para um relacionamento. Será que ela também estava lutando contra os próprios sentimentos? Não tinha ideia.

O garçom voltou para pegar nosso pedido de bebidas e nos informou que a cozinha fecharia em breve. Então, precisávamos escolher logo os pratos. Nós nos concentramos em nossos cardápios e rapidamente fizemos nossos pedidos antes da conversa recomeçar.

Katherine virou-se para Cooper:

— Se eu tivesse voltado para casa depois do primeiro ano da faculdade, você acha que teríamos acabado juntos?

— Sim — meu irmão respondeu de pronto. Ele beijou o rosto de Katherine e olhou para ela da maneira que um homem realmente apaixonado olha para sua mulher. Geralmente, o sentimentalismo exagerado deles me deixava um pouco enjoado, mas, naquela noite, até que estava achando aquilo agradável.

*O que diabos está acontecendo comigo?*

— Vocês dois se conheceram na faculdade? — Jules perguntou. Katherine fez que sim com a cabeça. — Por que você cogitaria voltar para casa?

Quando Katherine e Cooper se entreolharam, sabia o que estavam pensando. Os dois guardavam algum segredo entre eles e o acidente que os levou ao hospital e os fez lutarem por suas vidas era apenas parte dele. Havia algo mais na história que eles não compartilhavam com ninguém. Uma história que apenas os dois conheciam.

Por mais que eu tivesse muita curiosidade para saber do que se tratava, jamais os pressionei em busca de detalhes. De qualquer maneira, eles não me contariam. Ao serem pressionados sobre o assunto, sempre diziam que algumas coisas eram muito pessoais para serem divididas.

Katherine lançou um olhar carinhoso para Cooper e voltou a atenção para Jules. — É difícil de explicar, mas o meu primeiro ano na faculdade foi bastante difícil. Passei por muitas coisas e quase não consegui dar a volta por cima.

— Sério? — exclamei. Nunca soube disso antes e fiquei chocado, incapaz de acreditar. Katherine não era o tipo de pessoa que não consegue superar problemas.

Com os olhos tristes, ela assentiu.

— Sim. Foi muito ruim.

— O que você teria feito se ela voltasse para casa? — Jules perguntou ao meu irmão.

— Teria ido para Los Angeles para buscá-la — ele respondeu, trivialmente.

Quando eu ri, ele olhou para mim.

— Do que você está rindo?

— Você diz isso como se fosse fácil. Você era só um garoto. Como você iria para Los Angeles atrás dela? — perguntei.

Cooper se mexeu denotando certa irritação.

— Eu teria pego um avião para lá e teria trazido Katherine de volta para a faculdade, ou teria me mudado para lá, ou exigido que namorássemos à distância. Eu teria dado um jeito.

Jules respirou fundo.

— Essa é a coisa mais fofa que já ouvi — ela disse com um tom sonhador.

— Obrigado, mano — afirmei. Então, atirei um pedaço de pão na cabeça de meu irmão e ele se esquivou com facilidade. Cooper sempre queimava o meu filme.

Dando um sorriso presunçoso, ele disse: — Não é minha culpa se sou o romântico da família. Desculpe, Jules, mas Cal não tem nada de romântico.

Ela olhou para mim e encolheu os ombros, dando um sorriso tímido.

— Não sei se concordo com você, Cooper. Ele tem se saído muito bem até agora.

*Chupa, maninho.*

Cooper fez um ar de espanto.

— Sério? Estou impressionado.

— Ao contrário da crença popular, você não é o único homem do mundo que sabe como ser legal com as mulheres, ok? — eu o provoquei.

Com os olhos semicerrados, Cooper olhou para mim e, em seguida, para Jules.— Tudo bem. Se você está dizendo.

— Ah, meu Deus, parem com isso. Vocês dois são incríveis, românticos e lindos, ok? Ninguém pode vencer um irmão Donovan — Katherine disse, expressando aborrecimento.

— Você ouviu isso, Coop? Sua noiva acha que eu sou lindo — afirmei, reclinando-me e passando o braço em torno de Jules, que estava reprimindo uma risada.

Rindo, Katherine jogou as mãos para o alto.

— Por que eu ainda tento?

— Porque você me adora — disse, olhando direto para ela.

Cooper olhou para minha companheira.

— Jules, por que mesmo você convidou esse babaca?

— Ele parecia solitário — ela respondeu sem pestanejar.

— Percebi isso — Cooper afirmou, fazendo que sim com a cabeça.

Jules sorriu.

— Podemos voltar ao assunto de vocês dois na faculdade? — disse, balançando o dedo entre meu irmão e sua noiva. — Desculpe, mas fiquei curiosa a respeito de vocês. Não conheço ninguém que encontrou a pessoa com quem queria passar o resto da vida tão jovem. Bem, acho que conheci algumas pessoas, mas estão todas na pior ou divorciadas a esta altura e vocês dois ainda parecem tão felizes e satisfeitos um com o outro.

Então, vocês realmente tentariam um namoro à distância naquela idade? Não quero meter o nariz onde não devo. Só estou impressionada.

Cooper assentiu.

— Eu sequer hesitaria. Teria feito qualquer coisa por ela.

— Eu provavelmente teria dito não e lutaria contra isso — Katherine disse com convicção.

Recostei-me um pouco, chocado pela segunda vez naquela noite.

— Sério?

Depois que Katherine assentiu, Cooper acrescentou:

— Sem dúvida, ela seria facilmente convencida. Mas me recusei a perder as esperanças, mesmo quando ela quis desistir.

O sorriso de Katherine desapareceu. — Desculpe por isso — ela disse, como se o que quer que eles tenham passado ainda a incomodasse.

*Droga! O que exatamente aconteceu naquela época?*

— Isso foi há muito tempo — Cooper disse baixinho. — Você sabe que eu já superei — prosseguiu e beijou a testa de Katherine, acariciando seu rosto e brincando com seu cabelo.

Um pouco desconfortável, pigarreei, lembrando-os que ainda estávamos ali. Os dois tendiam a fazer isso de vez em quando, perdendo-se em seu próprio mundo e esquecendo que outras pessoas existiam.

Nosso garçom voltou acompanhado de uma garçonete e eles nos interromperam ao colocar os pratos na nossa frente. Assim que os dois se afastaram, nós quatro atacamos a comida como se fôssemos mortos de fome. O súbito silêncio era quase ridículo e foi o mais longo desde que havíamos chegado ao restaurante.

Após o jantar, Cooper e eu brigamos para ver quem pagava a conta, como de costume. Depois que ele ganhou, voltamos ao hotel em que ele estava hospedado para eu poder pegar meu carro e levar Jules de volta ao hotel dela. Nós nos despedimos logo na entrada, com o ar gelado imitando o frio que eu sentia por dentro. Adorava estar com meu irmão e odiava lhe dizer adeus. Nunca mais tivemos tempo suficiente para ficarmos juntos.

— Foi realmente um prazer conhecê-la — Katherine disse a Jules.

— Digo o mesmo. Boa sorte com o planejamento do casamento e me procure da próxima vez que você passar por Los Angeles. Estou falando sério, hein?

Katherine assentiu.

— Procuro sim, pode deixar.

A visão das duas garotas se abraçando me aqueceu por dentro. Gostei do fato de que elas tinham se dado bem. Isso tornava as coisas muito mais agradáveis.

Abracei meu irmão com força e o soltei com um tapinha em seu ombro.

— Sinto sua falta. E grande jogo esta noite, por sinal.

— Obrigado. E obrigado por vir. Quem sabe você não vai para Los Angeles para visitar Jules e me ver jogar lá.

Cooper fez isso parecer muito inocente, mas eu já sabia o que ele estava tramando. Ele estava tentando me pressionar a me comprometer a vê-la de novo depois que ela fosse embora.

— Nunca se sabe — disse, dando ombros. Naquela altura, não tinha ideia do que aconteceria depois que Jules partisse. Mas eu também não queria pensar naquilo. Pelo menos não naquele momento.

— Estou apenas tentando ajudar, mano — ele disse e me deu outro abraço rápido.

— Não precisa — disse, imitando seu tom.

— Talvez você precise, sim, de um pouco de ajuda — Cooper acrescentou com um sorriso que pareceu exatamente como o de nosso pai. Então, ele se aproximou de Jules. — Foi realmente um prazer conhecê-la — ele disse e sussurrou algo no ouvido dela que eu não consegui ouvir.

Não gostei daquilo. Não mesmo.

Deixando de lado meu aborrecimento, abracei Katherine e dei um beijo em seu rosto. — É sempre bom ver você, maninha.

— Digo o mesmo. A propósito, gostei muito dela. De verdade — ela disse baixinho durante nosso abraço. Assenti com um gesto de cabeça, concordando.

Eu também gostei de Jules, mas ela estava indo embora amanhã. E muito provavelmente a nossa história terminaria ali.

Era assim que tinha de ser. Era a única coisa que fazia sentido.

# Despedida

## Jules

– O QUE FOI QUE O MEU IRMÃO DISSE A VOCÊ?

Cal continuou tentando me fazer falar durante todo nosso caminho de volta ao hotel. Mas torturá-lo estava sendo muito divertido.

— Ele disse que foi legal me conhecer — comentei com um sorriso travesso.

— Não isso. Eu quero saber o que foi que ele sussurrou para você — ele insistiu, e eu banquei a tonta.

— Ele não sussurrou nada. Você está imaginando coisas.

Não, na realidade, ele não estava. Cooper me dissera que nunca tinha visto Cal tão feliz e que esperava que as coisas corressem bem entre nós. Eu não sabia o que isso significava exatamente, já que eu ia embora no dia seguinte, mas a última coisa que eu queria naquele momento era assustar Cal. Se eu contasse a ele o que Cooper havia me dito, Cal provavelmente sairia correndo. E eu não estava pronta para vê-lo fugir ainda.

— Tudo bem, Jules, vou deixar você em paz com o seu segredinho. Por enquanto — ele me provocou, apertando a minha perna.

A noite pareceu passar voando. Meu senso de orientação estava totalmente fora de controle. Eu não sabia onde estava, onde ficava meu hotel e nem mesmo se já havia passado por aquelas ruas antes. Não fazia ideia. Tudo parecia diferente à noite.

— Você está bem?

Quando a voz de Cal invadiu os meus pensamentos, eu parei de olhar para o lado de fora da minha janela e voltei a admirar a outra vista – a do lado de dentro do carro.

— Sim. Eu tive uma noite ótima — eu disse com sinceridade. Sair com Cooper e Katherine foi muito divertido. Eles são um casal maravilhoso.

— Eu também. Aliás, eles adoraram você — Cal disse, arrancando um sorriso de mim.

— Eles são mesmo incríveis. E a Katherine até já pediu para ser minha amiga no Facebook.

— Encrenca à vista.

— Bota encrenca nisso — eu provoco. — Mas eles são mesmo uma graça de casal.

— São, sim. Às vezes aquela paixão toda me irrita, mas ninguém é perfeito.

Enquanto ele ria baixinho, eu olhava com atenção para seus lábios. Ao perceber quanta saudade eu sentiria deles, peguei o meu telefone celular e o fotografei enquanto dirigia. *Deus, como ele é lindo.*

— Ei, você tirou uma foto minha? — ele olhou rapidamente para mim e então voltou a se concentrar na estrada.

— Tirei. Uma foto maravilhosa, aliás, então, nem pense em me pedir para deletar porque eu não vou fazer isso.

— Eu acho que você está interessada em mim só por causa dos meus lábios. — Cal fez um biquinho exagerado e, quando eu comecei a gemer em voz alta, ele pôs a mão na minha perna e a apertou com força. — Jules, eu não vou conseguir me concentrar na direção se você não parar com esses gemidos.

— Desculpe, mas você não pode simplesmente sair por aí fazendo biquinho com esses lábios a torto e a direito. Eles são destruidores.

Ele sorriu e então diminuiu a velocidade do carro até parar. Surpresa, eu olhei pela janela do passageiro e constatei decepcionada que nós já havíamos chegado ao meu hotel. Eu sabia que Cal não tinha motivo para entrar, uma vez que tinha feito o checkout naquela manhã.

— Você não precisa entrar, Cal. Prometo que isso não vai fazer você cair no meu conceito — eu disse, olhando o relógio no painel do carro.

Além do mais, eu estava muito cansada por ter dormido tão pouco. Se Cal entrasse comigo eu não resistiria à tentação de chamá-lo para o meu quarto e nós acabaríamos repetindo a performance da noite anterior. Só que dessa vez eu provavelmente não seria capaz de dizer não a ele. E aí sim eu estaria realmente fodida. *Sem trocadilho*. Não, é melhor que Cal nem saia desse carro.

*E se essa for a última vez que nos vemos antes de eu ir embora?*

Quando esse pensamento me ocorreu, um desespero silencioso tomou conta de mim. Eu não havia me preparado para a possibilidade de ver tudo acabado nessa noite. Eu imaginava que voltaria a vê-lo ao menos mais uma vez no dia seguinte. *Mas e se ele estivesse ocupado ou tivesse planos?*

— Tem certeza? — ele me perguntou, estreitando os olhos. — Eu não gosto da ideia de deixar você entrar sozinha, Jules.

— Eu sei que você não gosta, mas eu já sou bem crescidinha.

Cal respirou fundo.

— A que horas é o seu voo amanhã?

*Ainda bem*, eu pensei, aliviada.

— Às 18h15 — respondi.

— Ok, eu não vou acompanhá-la até o saguão, mas com uma condição — ele disse, olhando fixamente para as nossas mãos que estavam entrelaçadas.

— E qual seria?

Ele voltou o olhar para mim.

— Quero levar você até o aeroporto.

As palavras dele fizeram o meu coração disparar.

— Eu adoraria isso, Cal.

— Ótimo.

Ele se inclinou na minha direção, colocou as duas mãos no meu rosto e me puxou para me dar um beijo. Nossos lábios se abriram e nós sentimos o gosto um do outro, num contato tão eletrizante que me deixou toda arrepiada. Os beijos de Cal faziam o meu corpo inteiro se incendiar.

— Meu Deus, como é bom beijar você — ele disse com a boca encostada à minha, antes de percorrer o meu lábio inferior com a ponta da sua língua.

— Eu acabei de pensar a mesma coisa —sussurrei, roçando os meus lábios nos dele e então mordi de leve o seu lábio inferior. Eu só soltei quando ele voltou a tomar a minha boca num beijo devastador. Nós nos beijamos com desespero, como se as nossas bocas tivessem consciência de que não tínhamos mais muito tempo juntos.

Quando finalmente nos separamos, meus lábios formigavam sem o contato dos lábios dele. Estendi a mão em busca da minha rosa no banco de trás, peguei-a e depois me curvei na direção de Cal para lhe dar um último beijo.

— A gente se vê amanhã — ele disse.

— Ótimo.

Eu me sentia de novo como uma adolescente boba quando abri a porta do carro e saí para enfrentar aquele frio penetrante. O meu corpo ainda estava quente por causa dos beijos de Cal e do seu moletom. Quando percebi que ainda estava vestindo o moletom dele, quase voltei para devolver, mas, em vez disso, acabei decidindo que iria dormir com o aquele agasalho. Já que eu não poderia dormir com Cal, pelo menos dormiria com o perfume dele.

A programação do último dia de conferência estava agitadíssimo e nós tivemos muitas oportunidades para fazer perguntas e *networking*. Eu me mantive focada e aproveitei todas as chances que surgiram, eu realmente queria poder voltar à minha empresa em Malibu com informações e contatos úteis. Se Jonathan, o meu chefe, considerasse a minha viagem uma total perda de tempo, ele provavelmente nunca mais permitiria que eu participasse de uma conferência como essa de novo. E, para ser honesta, tinha sido bem divertido dar uma escapada e conhecer caras novas.

Eu avistei Robin no meio de um grupo de pessoas e quando nossos olhares se cruzaram eu já me preparei para a enxurrada de perguntas que viriam a seguir. Nossas outras duas amigas, Kristy e Sue, tinham partido no dia anterior, então só restávamos Robin e eu do nosso grupinho.

Com uma expressão animada no rosto, ela veio rapidamente até mim.

— Aí está você!

— Aqui estou eu — respondi.

Quando percebeu que eu não pretendia dizer nada sobre o assunto, ela me deu um tapinha no braço.

— Como foram as coisas na noite passada? Me conte alguma coisa que me ajude a enfrentar mais um mês com o meu marido. Qualquer coisa já me serve. — Ela juntou as palmas das mãos como se fosse rezar. — Estou implorando a você, Jules! Minta, se quiser, mas me dê alguma coisa!

Eu ri, um pouco constrangida.

— Ele é fantástico — eu disse por fim. Foi uma resposta pobre, mas eu não sabia ao certo de que outra maneira poderia descrevê-lo.

— Na cama? — ela perguntou, cheia de esperança. — Por favor, termine a frase dizendo "na cama".

— Deve ser, sem dúvida. — Eu sorri. — Mas eu não tenho essa resposta.

— Que merda, Jules. Eu contava com você — ela disse, bufando.

Eu inclinei a cabeça e fiz cara de triste.

— Ah, me desculpe se eu decepcionei você.

— Era o mínimo que você podia ter feito — ela fingiu estar brava, e em seguida caiu na gargalhada. — Você vai vê-lo antes de ir embora? Precisa de uma carona até o aeroporto?

Não pude evitar que um largo sorriso se estampasse no meu rosto. Robin arregalou os olhos.

— Pai do Céu! Vocês ainda vão se ver, não é? — Eu fiz que sim com a cabeça. — Então eu vou querer saber de cada detalhe! Não pense que só porque vai voltar para a Califórnia você vai escapar de me manter informada sobre absolutamente tudo. Vou esperar os seus e-mails.

— Tá bem, eu vou escrever pra você — prometi.

Na verdade, eu estava de fato animada com a ideia de mandar e-mails para Robin falando sobre Cal. Afinal, ela me fazia rir e me encorajava a ter confiança no que se referia a ele. Não que eu precisasse desse tipo de ajuda. Eu não costumava ficar assim tão empolgada com caras como o Cal, mas eu não estava sendo eu mesma desde o momento em que resolvi me sentar na mesa dele, há duas noites.

De repente, meu celular repetiu várias vezes o toque das mensagens de Cal e então abri correndo a caixa de diálogo.

LÁBIOS DE SONHO: Quando posso ir buscar você?

LÁBIOS DE SONHO: Agora? Que tal agora?

LÁBIOS DE SONHO: Você já está pronta? Jules!

Eu sorri. Um sentimento de ternura tomou conta de mim.

— É mensagem dele? — Robin perguntou. — Ah, se você pudesse ver a sua cara agora...

Eu não precisava ver a minha cara. Eu tinha total consciência de que estava parecendo uma idiota. Porém, sentindo aquilo que eu sentia, não poderia ser diferente.

Enquanto eu respondia a mensagem dele o meu coração disparou:

JULES: Já estou pronta. Venha quando quiser.

LÁBIOS DE SONHO: Então estou indo.

Guardei o celular no bolso e dei um abraço em Robin.

—Vou ficar com ele até a hora de partir. Foi legal demais conhecer você, Robin. Você é hilária.

— Foi ótimo conhecer você também, querida. Não se esqueça de que eu dependo das suas histórias para viver. Se você não me enviar e-mails contando detalhes dessa história, eu vou atormentar a sua vida e vou fazer um telefonema para o seu chefe.

Eu balancei a cabeça e caí na risada. Robin era completamente maluca.

Andando um pouco mais rápido do que o habitual, fui até a recepção e entreguei o meu ticket ao funcionário do hotel. Ele logo foi buscar as minhas coisas e eu fiquei ali, tamborilando sobre o balcão, impaciente para dar o fora.

Quando eu estava carregando a minha bagagem pelo saguão, Cal apareceu ao meu lado e pegou a mala das minhas mãos.

— Você já estava aqui? — olhei para ele com expressão de surpresa.

Ele balançou a cabeça com ar inocente, sem olhar para mim, mas seus olhos travessos o entregaram.

— Eu juro que não — ele disse.

*Espertinho.*

— Você esqueceu o seu moletom comigo na noite passada — eu disse, torcendo para que ele não quisesse o agasalho de volta.

Isso mesmo, eu havia me tornado aquele tipo de garota que quer ter uma peça de roupa de um cara só para poder se lembrar e sentir o cheiro dele. Se eu jamais voltasse a ver o Cal de novo, pelo menos eu carregaria comigo a droga de uma lembrança dele.

— Pode ficar com ele — Cal disse sem hesitar. — É o que você quer, não é? — ele acrescentou, aparentemente incapaz de resistir à tentação de bancar o espertinho essa noite.

— Como você está petulante hoje — eu comentei, olhando-o de maneira ambígua.

— E você está adorando — ele retrucou.

Eu parei de andar de repente e olhei para ele. Quando percebeu que eu havia ficado para trás, ele se voltou e olhou para mim com um sorriso convencido estampado no rosto.

— Ok, não posso dizer que não estou gostando — respondi sem dar muita importância ao assunto.

— Também não pode dizer que não queria ficar com o moletom. Admita — ele disse, aproximando-se e estendendo a mão para mim.

— Realmente, eu não tinha a menor pretensão de devolvê-lo a você — eu menti, entrelaçando os meus dedos nos dele.

Cal deixou escapar uma gargalhada rápida.

— Eu acho que vou sentir um pouco de falta disso — ele disse, beijando a minha mão.

Um pouco? Puxa. Eu vou sentir uma falta imensa disso.

— Eu também. Mas só um pouquinho — menti mais uma vez, escondendo os meus verdadeiros sentimentos. Para me proteger, eu os estava tentando manter bem abafados no meu íntimo, recusando-me a deixá-los escapar por enquanto. Porque se eu os libertasse, talvez não conseguisse mais pegá-los de volta.

— Eu sei que sou meio antiquado — ele disse —, mas eu gostaria de levar você ao meu *diner* favorito antes da sua partida.

— Você tem um *diner* favorito? Ainda existem restaurantes do tipo diner em Boston?

Mas que coisa interessante. Nós não tínhamos *diners* em Los Angeles, pelo menos não os tradicionais e genuínos, como aqueles que vemos na televisão.

— Sim, ainda existem alguns *diners* em Boston. Por que é tão difícil de acreditar?

— Sei lá. Só acho que você não parece ser o tipo de cara que curte *diners*.

Ele me lançou um olhar desdenhoso, quase sarcástico.

— Eu sou de Nova Jersey. É claro que eu curto *diners*. E fique sabendo que esse *diner* em particular serve os melhores hambúrgueres de toda a cidade. Sem mencionar que conta com as garçonetes mais simpáticas, que fazem você se lembrar de comer quando você já gastou horas sentado numa cadeira estudando para os exames.

— Tudo bem então, Cal Donovan. — Eu aperto a mão dele. — Leve-me ao seu *diner* e me apresente o seu prato favorito.

— Você é quem manda, garota.

O *diner* era exatamente como eu havia imaginado: intimista e antiquado. Toalhas quadriculadas cobriam as mesas e bancos giratórios se enfileiravam diante de um longo balcão.

Cal e eu pegamos dois bancos vazios e quando eu comecei a girar o meu, assim que me sentei, ele riu.

— Jules...

— Cal? — eu disse, dando mais uma voltinha. — Tudo bem, eu vou parar.

— Não pare por minha causa. Nem por causa desse cara aí. — Ele apontou para um homem musculoso sentado no banco ao lado do meu.

— Desculpe — eu disse ao meu vizinho, sentindo-me uma idiota.

O homem se inclinou na minha direção e falou como se estivesse me contando um segredo:

— Eu entendo. Também costumava girar neles quando era criança.

Eu estava exibindo um sorriso de vitória quando Cal me entregou um cardápio, mas eu o recusei.

— Hum... Não, obrigada.

— Você não está com fome? — Ele perguntou desapontado.

Olhei para ele e sorri.

— Ah, não, eu estou com fome. Mas você disse que é o seu local favorito na cidade, então eu quero que você escolha para mim.

Essa atitude era novidade para mim. Eu nunca na vida permiti que um cara escolhesse a minha comida. É claro que para tudo sempre há uma primeira vez, mas neste fim de semana eu estava vivenciando uma centena de "primeiras vezes".

— Ah, pode deixar comigo. — Ele piscou para mim e então cumprimentou a garçonete quando ela se aproximou.

Cal acabou pedindo a mesma coisa para nós dois: seu hambúrguer de Boston favorito, com picles de fabricação própria e batatas fritas. Não sei dizer exatamente por que aquele lanche estava tão absurdamente gostoso, mas o fato é que ele estava. Talvez fossem os condimentos, ou quem sabe o pão; mas o fato é que foi um dos hambúrgueres mais deliciosos que já comi na vida. A batata frita e os picles também estavam excelentes.

Quando enfim terminei, eu empurrei meu prato para a frente e soltei um longo gemido de satisfação, sentindo-me totalmente saciada.

— Nossa, isso é bom demais.

— Eu não falei? Mas guarde um pouco de espaço no estômago porque ainda não acabou.

Eu dei um tapinha na minha barriga.

— Tarde demais, não tem mais espaço aqui. Estou completamente cheia.

— Mas você não pode ir embora sem provar a *Boston cream pie* que eles fazem.

— Cal, eu estou mesmo cheia; como se fosse um peru no dia de Ação de Graças — respondi, e reforcei as minhas palavras com uma careta de desagrado.

— Então eu só peço um pedaço e a gente divide. Você precisa experimentar. Não vai se arrepender. — Ele ergueu as sobrancelhas, já sabendo que eu ia ceder.

— Tá bom — eu concordei, bufando. — O que tem nesse doce?

Ele olhou para mim como se não acreditasse no que havia acabado de ouvir.

— Quê? Você nunca comeu *Boston cream pie* na sua vida?

— Não, nunca. Eu já vi essa sobremesa, claro, mas nunca cheguei a experimentá-la.

Com uma expressão de pena no rosto, Cal balançou a cabeça e estalou a língua.

— Jules, eu não sei como você conseguiu viver todos esses anos se privando de coisas tão boas. Deixe-me apresentar a você a melhor coisa que as suas papilas gustativas vão experimentar em toda a sua vida.

A garçonete nos trouxe um pedaço do que parecia ser um pão-de-ló recheado de creme e coberto com chocolate.

— Primeiro as damas — Cal disse, colocando o prato na minha frente.

Ansiosa para agradar, eu tirei um pedaço da sobremesa com o meu garfo e o levei à boca. *Misericórdia!* Era inacreditável, tão úmido e leve, e doce na medida certa, sem ser enjoativo.

— Jules?

Eu ouvi Cal dizer o meu nome, mas pareceu um som tão distante. Quando ele falou de novo, eu ergui a mão entre nós, avisando-o para parar.

— Não fale comigo. Estou ocupada. — Então ele riu e tentou enfiar o garfo no bolo. — Ei! Não se aproxime ou eu vou ter de machucá-lo — eu disse, aproximando o meu garfo da mão dele.

— Essa é boa! Você nem queria comer, está lembrada?

— Eu disse isso quando eu era uma pessoa ignorante, mas agora abri meus olhos para o mundo e fiquei muito mais inteligente. Peça um pedaço para você, porque este é todinho meu.

Olhei para ele com uma expressão ao mesmo tempo séria e divertida. Mas quando ele acenou para a nossa garçonete a fim de pedir outro pedaço de bolo, eu fiquei realmente aliviada por não ter de dividir o meu.

Alguns minutos depois, eu me peguei olhando com tristeza para as migalhas que deixei no prato e precisei lutar contra a ideia de ficar catando cada uma delas para colocar na boca. Por fim, eu me rendi e apoiei o garfo no prato.

— Terminou? — ele perguntou, com um sorriso malandro.

Eu fiz que sim com a cabeça, tão cheia que nem conseguia falar. Cal pagou a nossa conta e então nós deixamos o *diner*. A expectativa da minha partida pesava sobre nós, como uma pequena nuvem de tristeza pairando acima das nossas cabeças.

— Obrigada por me trazer aqui — eu disse a ele. — Foi tudo o que você afirmou que seria, e ainda mais. — Fiquei na ponta dos pés para beijar o rosto dele.

Ele passou um braço em torno dos meus ombros e me levou até o seu carro.

— Obrigado por ter vindo comigo. Você gostou da sobremesa?

— Se eu gostei? Por pouco eu não lambi o prato todo. Então... sim, acho que posso dizer que gostei.

Cal diminuiu a velocidade até parar o carro diante do terminal do aeroporto, ligou o pisca-alerta e abriu o porta-malas.

Nenhum de nós fez menção de sair do carro. Ficamos sentados ali, olhando melancolicamente um para o outro, como se uma despedida fosse a última coisa que nós quiséssemos naquele momento. Eu não tinha ideia de como Cal se sentia, mas dizer adeus definitivamente era a última coisa que eu queria. Eu odiava pensar na possibilidade de nunca mais voltar a vê-lo.

— Mais uma foto? — eu perguntei, pegando o meu celular.

— Claro.

Ele encostou a cabeça dele na minha, ambos abrimos um sorriso sincero, e eu posicionei o celular e bati a foto. Depois ele colou os lábios no meu rosto num beijo e eu bati outra foto. Ele então segurou o meu rosto e o virou e nós ficamos cara a cara. Os lábios dele tocaram os meus e eu me senti flutuando. Tirei outra foto.

— Agora com expressão séria — eu avisei, rindo.

— Por quê? — ele disse, repuxando os lábios como se estivesse irritado, mas eu sabia que ele não estava.

— Seus lábios. Quero registrá-los de todas as maneiras — eu insisti.

Cal concordou com a cabeça e fez cara de mau, e então eu bati mais uma foto de nós dois, morrendo de rir. Acabei saindo toda desfocada na foto, mas nem liguei. Os lábios dele ficaram incríveis nas imagens e eu sabia que essas fotos seriam muito importantes para mim quando eu estivesse novamente em casa, a milhares de quilômetros dele. Elas me ajudariam a suportar essa despedida. Seriam uma válvula de escape.

Uma entre tantas outras.

Terminada a sessão de fotos, ele me olhou bem nos olhos.

— Os momentos que eu passei com você foram fantásticos.

— Eu também adorei ficar com você. Foi tão divertido. O jogo foi muito legal — eu admiti. Dali em diante, sempre que me falassem sobre hóquei eu me lembraria do Cal e do seu irmão. — Bom... eu preciso ir.

— Eu sei. É que eu não quero que você vá — ele confessou, e eu respirei fundo.

O que Cal me disse era lindo demais e exatamente o que eu queria ouvir. Algumas palavras simples, colocadas na ordem certa, e quando dei por mim eu já estava agindo como uma garota que sempre havia acreditado no amor, como uma mulher que sempre havia desejado entregar seu coração — mas eu, definitivamente, não era esse tipo de mulher.

Por fim, eu abri a porta e saí do carro, direto para a noite fria. Cal também saiu, e ficou parado ao lado da porta, observando-me com um olhar triste. Nós andamos até o porta-malas e ele então pegou a minha bagagem e a colocou no chão.

— Obrigada.

— Foi um prazer — ele disse, aproximando-se mais para me abraçar. Seus braços me envolveram com força e eu inalei seu perfume. — Você pode me ligar quando chegar? — ele sussurrou, e eu precisei me controlar para não vibrar enquanto interpretava esse simples pedido dele.

Cal não pediu que eu lhe mandasse uma mensagem, ele pediu para que lhe telefonasse, o que significava que eu poderia ouvir a voz dele assim que chegasse em casa. No meu estado. A mais de quatro mil quilômetros de distância. Nossa comunicação não terminaria no instante em que eu entrasse no aeroporto, e isso me deixava muito entusiasmada.

— Ligo — eu disse quando interrompemos nosso abraço.

Ele se curvou e colou novamente seus lábios nos meus. E eu deixei que ele decidisse quão profundo seria o nosso beijo de despedida e quanto tempo demoraria. Eu até fiquei tentada a perder o voo para que o nosso beijo durasse mais tempo.

Mas qual era o significado disso na nossa história? Seria esse o nosso último beijo?

No instante em que esse pensamento me ocorreu, Cal separou seus lábios dos meus lentamente. Havia desapontamento no seu semblante.

— É melhor você ir, Jules.

— Sim, você tem razão.

Emoções conflitantes brotaram dentro de mim. Eu estava feliz por tê-lo conhecido, triste por ter de partir, confusa quanto ao significado de tudo aquilo e com esperança de voltar a vê-lo. Tudo ao mesmo tempo. Eram muitas sensações de uma só vez.

*Eu não vou chorar.*

*Eu não vou ficar sentimental.*

Porque só uma doida de carteirinha choraria àquela altura do campeonato, e eu não era esse tipo de pessoa.

Enchendo-me de coragem, eu peguei a minha mala e a arrastei comigo, afastando-me de Cal, da sua Mercedes e dos seus lábios de sonho.

Antes de alcançar o terminal, porém, eu ouvi Cal chamar o meu nome.

— Jules!

Ao ouvir a voz dele, eu parei e me virei para trás, e o vi caminhando com pressa na minha direção, com ar decidido. Um homem e sua missão. Será que eu era essa missão?

Quando me alcançou, Cal agarrou a minha nuca com uma mão e me puxou para perto ele, colando sua boca na minha em mais um beijo devastador. Ele me beijou com fúria e sofreguidão, como se fosse a última vez. Esse, sim, era um beijo de despedida; eu podia senti-lo nos meus ossos e isso me deixou surpresa e triste ao mesmo tempo. Ah, eu daria tudo para que esse beijo não fosse o último.

Sem pensar em mais nada, eu me entreguei ao calor da sua língua, à maciez dos seus lábios, à sensação de prazer que a boca dele me trazia. Desejei que o mundo parasse naquele momento para que eu pudesse ficar assim com ele por mais tempo, sem ligar para as consequências.

— Me desculpe — ele sussurrou, encostando sua testa na minha. — Eu simplesmente não podia deixar que você fosse embora sem um último beijo.

*Um último beijo.*

Cal me soltou e eu comecei novamente a caminhar na direção do aeroporto, com o coração apertado. Não me virei mais para olhar para ele, nem uma vez — eu não podia fazer isso; eu não seria capaz de partir se o visse parado e olhando para mim, e eu sabia que era assim que ele estava.

Dentro do avião, a caminho de casa, eu finalmente permiti que as emoções represadas nos últimos dias me dominassem. Eu apanhei o meu celular e comecei a rever as fotografias que havia tirado de nós dois juntos. Meu coração bateu forte, como se aplaudisse essa atitude. Cal e eu estávamos tão bem nas fotos. Eu continuei rolando as imagens até chegar à foto do nosso beijo dentro do carro e então eu encostei a ponta do dedo na tela, desejando entrar nela e reviver aquele momento.

Não faz nem uma hora que essa foto foi tirada e já parece um acontecimento tão distante. *Cal* parece um acontecimento distante.

O coração da gente fica em pedaços quando percebemos que os capítulos da nossa realidade se transformaram em lembranças. Todas as situações que eu havia acabado de viver com Cal, todo o tempo que nós passamos juntos, agora existiram apenas na minha mente.

Pelo menos eu tinha as fotografias. E o moletom.

Fechei os olhos e o sono que eu havia evitado nas duas últimas noites rapidamente tomou conta do meu corpo. Eu já estava dormindo antes mesmo da comissária de bordo terminar as orientações para a decolagem. Só acordei quando as rodas se chocaram contra a pista em Los Angeles e o avião balançou.

Puta merda... Eu dormi o tempo todo num voo que atravessou o país de ponta a ponta. Isso jamais havia acontecido comigo.

# Lar é onde o seu coração está

## Jules

**A AERONAVE ESTAVA TAXIANDO PELA PISTA QUANDO EU DESA**tivei o modo avião do meu celular e os ruídos de notificações de mensagens começaram quase imediatamente. Uma mensagem de texto de Cal foi a primeira que apareceu.

LÁBIOS DE SONHO: Eu odeio que você não esteja aqui.

Meu coração começou a martelar no meu peito de novo e eu não conseguia parar de sorrir como uma tonta. Sete palavras e eu já estava enlouquecida de alegria, com tanta emoção fervilhando dentro de mim que achei que acabaria explodindo o avião inteiro.

Notificações de e-mail também começaram a chegar.

CAL DONOVAN SOLICITOU A SUA AMIZADE.

CAL DONOVAN AGORA ESTÁ SEGUINDO VOCÊ.

Agora era oficial: eu tinha um *stalker*. Um verdadeiro perseguidor. Mas, espera, um cara pode ser considerado seu perseguidor se você está totalmente a fim dele?

Calculando a diferença de fuso horário, escrevi uma mensagem para Cal, embora ele tivesse pedido para que eu telefonasse. Agora que estava do outro lado do país, eu me perguntei se ele iria mesmo querer uma ligação. Já era muito tarde aqui e eu não queria acordá-lo se ele estivesse dormindo.

JULES: Acabei de pousar. Saudade do seu rosto. E de outras coisas.

LÁBIOS DE SONHO: Eu pedi pra você me ligar.

A resposta dele foi instantânea, como se ele já estivesse com o celular na mão, esperando por notícias minhas. Eu teclei outra mensagem rapidamente.

JULES: Desculpe. Eu ainda estou no avião e a maluca da minha melhor amiga vem me buscar. Podemos conversar amanhã?

Sorrindo, eu apertei ENVIAR e o meu celular tocou imediatamente. Meu coração quase saiu pela boca. Eu olhei para o celular achando que fosse Cal, mas era a minha melhor amiga, Tami.

Nós nos conhecemos na época da faculdade, quando eu arranjei um emprego temporário de telefonista num escritório de advocacia. Diferente de outras pessoas que haviam acabado de se formar e que sabiam exatamente o que queriam fazer no "mundo real", eu não tinha ideia de que caminho seguir. Então eu passei por vários empregos ao longo de um ano, pulando de empresa em empresa até encontrar algo que realmente me interessasse — o mercado imobiliário de alto luxo.

Tami estava fazendo um estágio naquele escritório no tempo em que eu trabalhei lá, e nós logo nos tornamos amigas por conta das coisas que tínhamos em comum: nós não confiávamos em pessoas que preferiam chá a café e não tínhamos sorte nenhuma com os homens.

— Alô. Oi, acabei de pousar. Ainda estou no avião — tentei sussurrar, mas para mim era um grande desafio abaixar a voz a um nível aceitável quando falava ao telefone. Eu sempre pensava que estava sendo silenciosa, quando na verdade as minhas ligações eram um completo escândalo.

— Ótimo. Eu estou quase chegando. Nos encontramos na frente do aeroporto ou no estacionamento?

— Ali na frente está ótimo. Eu só vou pegar a minha mala e saio logo em seguida.

— Eu mal posso esperar para ouvir tudo sobre esse homem maravilhoso que você conheceu! — ela disse em voz alta. — Eu tô morrendo de curiosidade aqui, Jules! Acelera aí! Vamos dando o fora desse avião, pessoal! Depressa! — E então ela desligou o telefone.

Olhei timidamente para o senhor de idade sentado ao meu lado e lancei a ele um sorriso amarelo. Eu sabia que ele tinha escutado Tami. Bem, provavelmente metade do avião a escutou.

Eu havia enviado a Tami uma mensagem de texto logo depois que conheci Cal e dei a ela apenas a versão resumida dos acontecimentos. Ela era a minha melhor amiga e eu precisava contar a alguém a respeito do Cal ou acabaria explodindo. Claro que a Tami alucinou, no bom sentido, e exigiu saber tudo sobre a história, mas eu estava ocupada demais na ocasião para lhe dar atenção. Agora — é desnecessário dizer —, Tami estava desesperada para que eu contasse cada detalhe a ela e eu também estava desesperada para que esse momento chegasse.

Já com a minha bagagem, eu segui até a saída do aeroporto. Assim que as portas se abriram e eu saí do terminal, eu me encolhi à espera de um vento frio, que não veio. Eu acabei me acostumando com Boston e me esqueci completamente de que não morreria de frio agora que estava em casa de novo.

Uma buzina soou e eu vi um braço acenando da janela do motorista do carro de Tami. Ela era mesmo uma doida. Seus gestos engraçados me lembravam os de Robin e eu ri ao imaginar as duas juntas. Elas iriam adorar se conhecer. Aparentemente eu gostava de ter amigas extrovertidas e confiantes.

Tami saiu do seu BMW e gritou como uma adolescente enquanto corria na minha direção. Ela parou diante de mim e me abraçou. Notei que os seus olhos, normalmente castanhos, hoje estavam azul-celeste graças às lentes de contato coloridas que ela estava usando.

Ela me examinou de alto a baixo e então começou a tagarelar.

— Você parece diferente Ah, meu Deus, você transou, né? Sua assanhada!

— Fala baixo! Eu não transei coisa nenhuma. Aliás, que lindos olhos — eu respondi, sabendo que ela iria adorar o elogio e também para desviar a atenção da minha vida privada até entrarmos no carro.

Tami era filipina, por isso tinha aquele cabelo incrível, bem preto, liso e reto. Quando nós cortávamos o cabelo juntas, o dela sempre crescia de novo três vezes mais rápido que o meu. Eu me sentia injustiçada.

A pele de Tami era perfeita e ela nunca usava base. Ela não precisava disso. Certo dia eu a obriguei a usar um pouco, mas o rosto dela ficou esquisito demais e todo manchado. Foi como se a sua pele se zangasse com aquela substância desconhecida. Eu, por outro lado, sempre precisava usar base para tentar deixar a minha pele perfeita. No meu caso, a perfeição dava trabalho. No caso de Tami, era natural.

A minha amiga doida tinha obsessão por lentes de contato coloridas e as usava nas cores mais bizarras sempre que nós saíamos. Era hilário ver os caras elogiando os olhos roxos dela e perguntando se eram reais. *Eles perguntavam se os olhos roxos dela eram reais!* Eu não sei dizer se eles eram realmente burros ou se ficavam burros por estar diante de Tami. A única vantagem que eu levava sobre ela era no quesito bebidas alcoólicas. Eu podia beber uns drinques sem que as pessoas olhassem para mim e soubessem que eu havia bebido. Já a Tami ficava com o rosto vermelho no mesmo segundo em que punha álcool na boca, não importava a bebida. E podia ser uma quantidade ridícula: uma gota de cerveja, por exemplo, e o rosto dela se coloria inteiro. Eu achava isso fantástico, mas ela ficava brava e ao mesmo tempo tentava manter a dignidade, o que a deixava ainda mais engraçada.

Eu prendi o meu cinto de segurança. Tami pôs o carro em movimento, mas logo ficamos paradas no trânsito. Ela apertou um botão no volante que ligava o rádio e então se virou para mim e me deu total atenção.

— Pode começar a falar. Estou louca para saber tudo sobre o senhor Calvin-Não-o-Klein.

Eu ri.

— O nome dele não é Calvin. É só Cal. E agora, por sua causa, fico imaginando o Cal só de cueca em um outdoor numa campanha publicitária. Muito obrigada. — Quando essa imagem se instalou na minha mente, eu passei a mão nos lábios para ter certeza de que não estava babando.

— A-há! Como você poderia saber como ele fica de cueca se não transou com ele? — ela diz num tom de voz incisivo. — Peguei você, sua mentirosa!

Eu bufei.

— Por que diabos eu mentiria pra você sobre isso? Se eu tivesse ido pra cama com ele, por que não contaria? — Tami sabia que eu confiava nela e lhe contava absolutamente tudo. Não que nos últimos anos eu tivesse muita coisa para contar sobre homens na minha vida.

— Eu sei, eu sei — ela disse, abanando a mão num gesto de pouco-caso. — Eu só estava torcendo pra que você finalmente tivesse se descuidado um pouco e deixado as coisas rolarem. Faz muito tempo que você não baixa a guarda, você sabe disso.

— Claro que sei. Mas você me conhece. E sabe que não curto essa coisa de sexo sem compromisso.

— É um absurdo. Jogando tanta coisa boa no lixo. — Ela contornou o meu corpo com a mão. — Ah, você é uma ridícula.

— Claro que sou. — Ela disse, abrindo um largo sorriso. — É isso que me torna sensacional.

Os carros começaram a andar e ela voltou a sua atenção para o trânsito, xingando alguém de "barbeiro de merda" em voz alta. Quando o tráfego se firmou e os veículos à nossa frente começaram a rodar num ritmo constante, ela voltou a conversar comigo.

— Mas me fale mais sobre ele. Como ele é? Vocês se encontraram de novo antes de você vir embora?

— Ele me levou até o aeroporto.

Então me lembrei do último beijo que eu e Cal trocamos, como se fosse um filme passando na minha cabeça. Estremeci, e devo ter feito a maior cara de boba, por sorte o carro estava escuro e Tami não percebeu nada. Eu pressionei meus lábios com os dedos. Quem dera eu ainda pudesse senti-lo.

Balancei a cabeça e deixei de lado essa lembrança deliciosa, pelo menos até terminar de contar a Tami tudo o que me aconteceu no fim de semana em Boston e de responder às perguntas dela sobre Cal e seu irmão. Era legal ter alguém com quem conversar sobre o assunto, mas isso começou a estimular a minha mente além do esperado. Quando Tami comentou que eu finalmente tinha encontrado um cara que não me fazia querer fugir dele, eu quase chorei.

— Sei lá, Tam, é que eu... — Não terminei a frase, porque não sabia o que dizer. Muita coisa se passava dentro de mim e eu não sabia como dar aos meus pensamentos uma direção minimamente coerente.

— Você o quê? — ela perguntou.

— Não acho que seja uma boa ideia. Não mesmo.

Agora que Cal e eu estávamos separados pela distância e pelo tempo, a aflição começava a tomar conta de mim. O meu coração ansiava por ele, cada parte de mim sentia falta dele e isso me assustava. Eu sempre fui uma pessoa independente, sempre tive o comando do meu próprio destino e agora estava sendo arrastada por algo que eu não conseguia controlar. O bom senso me dizia que era melhor esquecer Cal em vez de desejá-lo cada vez mais.

— Mas do que é que você está falando, Jules? — A expressão no rosto de Tami era de total confusão.

— Eu sei que vou acabar me machucando com esse cara, mais cedo ou mais tarde. — Reconhecer essa possibilidade foi devastador. Senti o impacto dessa verdade cruel chegar até os meus ossos.

— Mas por que você está dizendo isso? — ela perguntou com a voz abrandada pela preocupação, parecendo quase triste.

Eu respirei fundo, escolhendo as palavras para tentar fazer o mínimo de sentido.

— Ele mora em Boston e eu moro aqui. Nós dois somos viciados em trabalho e não temos muito tempo para namorar. Tudo indica que eu vou acabar me dando mal nessa situação. O fato é que eu sabia que me magoaria e mesmo assim fui em frente. Achei que, por ele, valeria a pena encarar o sofrimento que viria depois.

Tami bufou de impaciência e balançou a cabeça.

— Você é doente, sabia?

— Acho que estou sendo realista, apenas isso — respondi.

— Mas eu acho que você não tem como saber o que vai acontecer. Ele pode provar que você está errada.

— Quem é você? — eu digo em tom de surpresa, tentando disfarçar a minha irritação —, e o que você fez com a minha melhor amiga?

Tami já havia namorado bastante, mas nunca manteve um relacionamento por muito tempo. Ela estava longe de ser uma romântica incorrigível. Ela era pragmática e eu adorava essa sua característica. Ela foi a única que compreendeu a minha decisão de blindar o meu coração contra o amor e não ficou me enchendo por causa disso.

Tami deu sinal de seta para sair da via expressa.

— Eu só estou dizendo que é melhor levar em conta todas as possibilidades, Jules. Nunca se sabe. Você obviamente se aproximou dele por algum motivo, certo? E se divertiu quando esteve com ele, não foi?

— Sim, eu me diverti muito. Foram momentos ótimos — respondi toda simpática, com voz amena, deixando minhas lembranças me dominarem num instante de descuido.

— E quanto tempo faz que você não se diverte assim com um cara? — ela perguntou. — Eu não consigo me lembrar da última vez em que isso aconteceu, Jules. Honestamente.

— Eu sei, tá? Eu sei de tudo isso.

— Vocês dois já falaram na possibilidade de se encontrarem novamente?

Eu senti a minha garganta se fechar, como se um pedaço de bolo seco estivesse entalado nela. Um bolo recheado de decepção.

— Não. Nós não conversamos nada a respeito disso.

— Que droga.

— É — eu disse em voz baixa. — Que droga.

Olhei pela janela quando nós nos aproximamos do meu condomínio. A minha mente estava tão cheia de pensamentos que eu me perguntava como a minha cabeça ainda não tinha explodido.

Suspirando, Tami parou diante dos portões da garagem e digitou o código de segurança, que ela conhecia muito bem. O pesado portão se abriu e ela entrou no condomínio, dirigindo até o meu prédio. Ela estacionou atrás do meu carro, bloqueando a saída da minha vaga privativa. E então se voltou para mim e ficou me observando por um momento.

— Algo me diz que isso ainda não terminou. Se fosse para terminar assim, por que motivo ele entraria na sua vida? — Então ela sorriu com alegria. — A menos que o único propósito dele fosse reativar o seu coração morto para o próximo cara que aparecesse — ela disse, rindo.

Três dias atrás eu também teria rido, mas não esta noite.

— Eu não quero nenhum "próximo cara". A minha história com esse cara ainda não acabou — eu disse sem pensar, e quando percebi as palavras já haviam escapado da minha boca. Mas era verdade.

Um sorrisinho convencido apareceu no rosto dela.

— Eu sabia. Eu tenho certeza de que vocês vão se ver de novo. Quer apostar quanto?

Eu fiz que não com a cabeça.

— Eu não vejo como isso poderia acontecer, Tami. Ele é muito focado no trabalho. Não tem lugar para mim nessa equação.

Eu queria estar errada, mas lá no fundo sabia que não estava. No entanto, não podia reclamar da ambição de Cal. Afinal de contas, eu não era diferente.

— Hum... Esse cara lembra muito alguém que eu conheço — Ela cutucou o meu ombro com o dedo indicador.

— Sim, eu sei. Acho que isso explica em parte por que nós dois nos sentimos tão atraídos um pelo outro. Nós temos um jeito parecido de pensar. Temos muitas coisas em comum, sabe?

— Uau, que delícia! Estou falando sério, isso é excitante. Aliás, falando nisso, temos imagens, né? Por favor, me diga que você tirou uma foto do Cal.

Eu bati a mão na testa.

— Não acredito que você ainda não viu as fotos! Era a primeira coisa que eu queria mostrar.

Peguei o meu telefone celular e acessei a galeria de fotos, rolando as imagens até encontrar a minha favorita. Era aquela em que ele havia encostado a cabeça na minha, dentro do carro. Nós estávamos sorrindo e nossos sorrisos eram genuínos e se refletiam nos nossos olhos. Nós parecíamos realmente felizes.

Quando passei o celular para Tami, ela engasgou.

— Nossa, Jules. Esse Cal-Não-o-Klein é gostoso pra caramba. Vocês dois são fofos demais juntos.

Eu tentei sorrir, mas não fui muito bem-sucedida.

— Nós somos simpáticos, não acha?

— É, bom, "simpáticos" não é a palavra que eu usaria, mas tudo bem, vamos de "simpáticos" mesmo. — Em vez de me devolver o telefone, ela começou a conferir as outras fotografias. — Você estava ocultando informações de mim! — Ela disse, enquanto dava zoom na foto em que Cal está me beijando. — Eeei! Essa é de babar! Também quero achar um Cal desses pra mim!

E como é que eu poderia ajudar a minha amiga a achar um gostosão quando o meu estava em outro estado? Sem mencionar que, tecnicamente, ele não era meu coisíssima nenhuma?

Tami jogou o telefone celular no meu colo e disse a coisa mais útil e sensata de toda a noite.

— Amiga, você está encrencada.

Eu fiz que sim com a cabeça.

— Exatamente, Tam. É isso o que eu estava tentando dizer a você.

# Não suporto mais

## Cal

NÃO FAZIA NEM VINTE E QUATRO HORAS QUE JULES HAVIA partido e eu já estava quase perdendo minha maldita cabeça. A primeira coisa que fiz essa manhã — depois de ficar remoendo o meu desapontamento diante do fato de ela não estar mais na cidade — foi escrever uma mensagem de texto para Jules, que ela deveria ler quando acordasse. Uma atitude delicada, um gesto que até o meu romântico irmão aprovaria. Eu apertei a tecla ENVIAR do meu celular antes que acabasse mudando de ideia.

O fuso horário parecia ser a minha salvação. Saber que entre nós havia uma diferença de tempo de cinco horas tornava mais fácil resistir à tentação de telefonar para ela apenas para poder ouvir a sua voz.

*Mas, espera aí Só para poder ouvir a voz dela? Como assim? O que estava acontecendo comigo?*

Vendo-me agir dessa maneira agora, ninguém acreditaria que eu nem sempre fui assim. Jules me infectou ou me contaminou, sei lá. Só sei que essa situação estava me deixando louco. Eu não conseguia parar de pensar nela. O sorriso dela voltava a todo momento para os meus pensamentos, onde quer que eu estivesse: no meio do trabalho: negociando ações ou checando o portfólio de algum cliente. Quando eu me dava conta, já estava sentado na minha mesa com o olhar perdido, sonhando acordado. Sonhando com Jules.

Que grande merda!

Para ser sincero, eu odiava que ela tivesse partido e também detestava o fato de querer que ela ainda estivesse aqui. Nenhuma mulher jamais havia me colocado de joelhos assim tão rápido. Nem três dias com Jules e eu já havia me acostumado com a ideia de vê-la o tempo todo, de tê-la como minha companhia.

Era normal uma coisa virar hábito em tão pouco tempo? É que Jules tinha simplesmente se tornado um hábito que eu não queria perder, apesar de não existir essa alternativa.

Minha mente não me dava trégua e me fazia lembrar o tempo todo da risada adorável dela, da sensação de tê-la nos meus braços e do modo como seus olhos verdes brilhavam quando olhavam para mim. Eu lutava para me livrar desses pensamentos, mas no final eles sempre venciam. Eu era um homem desesperado, que sentia falta de uma pessoa que mal conhecia. Depois que a deixei no aeroporto, na noite anterior, algo aconteceu comigo e me fez perder a noção da realidade, prendendo-me num mundo de sonho.

Eu até já acessei a página de uma floricultura na internet, dividido entre a vontade de enviar flores a Jules para que ela soubesse que eu estava pensando nela e a sensação de que essa era a ideia mais idiota que já havia me ocorrido na vida.

— O que você está fazendo, seu idiota?

Ao ouvir a voz de Lucas, parei na hora o que estava fazendo. Saí da página rapidamente antes de olhar para ele e indicar com a mão os papéis espalhados na minha mesa.

— O que acha que eu estou fazendo, seu ridículo?

— Parece que você estava querendo mandar umas flores para alguém.

— Não estava, não — menti.

Lucas se encostou na parede da minha sala e cruzou os braços na altura do peito.

— Ah, mas eu acho que você estava, sim.

— Pois você se enganou.

— Duvido muito — ele disse com ar confiante.

— Você quer alguma coisa?

— Eu queria, sim, mas esqueci o que era. Esse seu comportamento romântico acabou me distraindo. — Ele veio até a minha mesa, abriu espaço entre a papelada e se sentou no tampo.

— Não consigo parar de pensar nela. Satisfeito? — eu admiti, sentindo-me um tanto derrotado, como se tivesse perdido uma importante batalha interior. Eu queria que o meu amigo me dissesse que era loucura ficar caído por uma garota que eu havia acabado de conhecer, mas sabia que ele não faria isso.

— É isso o que acontece quando você gosta de verdade de uma garota — ele declarou, como se isso fosse alguma novidade para mim.

Eu me recostei na minha cadeira e fiz que não com a cabeça.

— Eu não quero gostar dessa garota. Ela mora a mais de quatro mil quilômetros daqui. Não dá para negar a realidade, não existe a menor possibilidade de isso dar certo.

— Nesse ponto vou ter que discordar de você, cara. Para o coração, essas questões de realidade ou distância não têm muita importância, Cal — ele disse, falando devagar e de modo cadenciado, como se eu fosse uma criança pequena —, o coração é essa coisa que fica bem aqui. — Ele apontou para o próprio peito. — E é no coração que as pessoas, em sua maioria, acreditam que sentem as coisas relacionadas ao amor. E o amor? Ah, o amor! O amor é...

— Cale essa boca, pelo amor de Deus — eu o repreendi, em tom de súplica, e ele caiu na gargalhada, e mesmo rindo tanto ainda tentava continuar me provocando. — Chegue mais perto pra ver se não te acerto. — Fiz um movimento súbito para tentar pegá-lo, mas ele já estava fora do meu alcance e eu quase caí da cadeira.

— Isso é crime de ódio! — Lucas apontou para mim, rindo.

— Isso é prestar um favor à humanidade — retruquei.

— Eu não falei? Crime de ódio.

Eu bufei, com ar de tédio, depois inclinei a cabeça para trás e esfreguei as têmporas.

— Você é tão idiota — eu disse por fim.

— Eu sabia que devia ter apostado uma grana que isso acabaria acontecendo — ele prosseguiu, com um sorrisinho triunfante no rosto. — Eu poderia ser um homem rico agora.

— Por favor, cale essa boca.

— Cal, pelo menos uma vez na sua vida, deixe de lado as suas malditas regras, e seja flexível.

Eu continuava massageando as minhas têmporas com os dedos e, então, olhei para ele.

— Você está dando uma importância exagerada a essa história, Lucas.

— Acho que não.

— Nós nos divertimos juntos, tivemos bons momentos na companhia um do outro, mas foi só isso. — Eu não sabia ao certo quem é que eu estava tentando convencer, mas a expressão de Lucas indicava que ele não estava acreditando em uma palavra do que eu dizia.

Ele deu de ombros e então disse uma coisa que me surpreendeu:

— Talvez você tenha razão.

Eu me inclinei na direção dele e levei a mão em concha ao ouvido, como que para ouvir melhor:

— Perdão, o que você disse? Será que poderia repetir? — pedi.

— Eu disse que "talvez você tenha razão". Talvez esse lance com a Jules tenha ficado tão imenso porque ela mora longe daqui. Talvez você tenha apenas metido na cabeça que gosta dela e só precise de algum tempo para que tudo volte ao normal.

— Isso mesmo! Eu estou maluco desse jeito porque pensei que fosse algo perfeito, mas, na realidade, só parecia perfeito porque Jules não mora aqui. Você, meu amigo — eu disse, apontando para ele —, você é um gênio. Daqui a uma semana eu provavelmente não vou nem me lembrar da existência dela.

Enquanto eu estava falando isso, meu telefone celular vibrou na minha mesa e eu estendi a mão para pegá-lo. Era uma mensagem de texto de Jules:

> JULES: Bom dia, ou boa tarde, no seu caso. Essa coisa de fuso horário é esquisita. Espero que você tenha um ótimo dia. Eu vou mostrar uma casa de três milhões de dólares hoje para clientes novos. Me deseje boa sorte! :)

*Diabos.* Uma única mensagem de texto dela e lá se vai toda a minha teoria pelo ralo.

Lucas me olhou com um grande sorriso no rosto.

— É ela? Velho, olha só a sua cara!

— Não, é a sua mãe! — eu respondi, mostrando o dedo do meio para ele.

— Seu mal-educado.

Olhei para o celular e hesitei, perguntando-me se devia responder a Jules agora ou mais tarde, mas não fui capaz de resistir.

LÁBIOS DE SONHO: Só três milhõezinhos? Isso é trocado. LOL. Legal! Boa sorte, gata. Você vai conseguir!

Eu sorri e apertei ENVIAR. Então, uma resposta que eu não esperava chegou segundos depois:

JULES: Eu estou meio que com saudade de você.

*Nossa.* Meu corpo entrou em transe no instante em que eu li essas palavras. Eu não sabia até esse momento o quanto eu queria que Jules se sentisse assim. Saber que ela também tinha saudade de mim fazia com que eu me sentisse um pouco menos vulnerável. Eu tinha tentado me convencer de que a esqueceria com o tempo, mas esse tempo com certeza não era hoje.

LÁBIOS DE SONHO: Também tenho saudade de você.

— O que ela está dizendo? — Lucas quis saber, esticando-se todo para espiar minhas mensagens por cima dos meus ombros. — O que você está dizendo?

— Ela disse que está com saudade de mim — eu tento responder, mas a minha voz soa engraçada. Eu me sinto como um moleque de quinze anos ainda em plena puberdade.

— E quem não sentiria? Dã! — ele comentou, olhando-me como se eu tivesse acabado de dizer uma coisa óbvia, e então sorriu e me deu um soco de leve no ombro. — Aliás, se fosse você eu faria isso.

— Isso o quê? — Eu olho para o Lucas, confuso, e ele aponta para o meu computador.

— As flores. Você devia enviar flores para ela. É um belo gesto.

Eu suspirei e, de novo, balancei a cabeça negativamente.

— Um belo gesto para quê? Qual seria o objetivo disso?

Lucas apoiou um braço na mesa e me fitou com ar de superioridade:

— Nenhuma garota jamais reclamou por receber flores de um cara que acabou de conhecer. E é óbvio que você gosta dela, mesmo que continue tentando se convencer de que não gosta.

— Mas eu não quero que ela fique com uma ideia errada.

— E qual seria essa ideia? Que você adorou conhecê-la?

Eu olhei feio para ele e o empurrei para fora da minha mesa.

— O que acharia se eu enviasse flores a você? — perguntei.

Ele riu e piscou para mim.

— Eu iria pensar que você gosta de mim.

— Exatamente.

— Mas você realmente gosta de mim — ele argumentou.

— Claro que gosto de você. Só não tenho certeza se eu deveria revelar isso.

— Revele! — Lucas disse depois de um instante de silêncio. — Sim, você deve sem dúvida revelar. E, só para constar, eu gosto de flores brancas — ele disse em voz alta, mas fingindo cochichar, e depois saiu do meu escritório.

Por fim, deixei as minhas dúvidas de lado e abri de novo a página da floricultura. Enviei um buquê gigantesco de flores de vários tipos para o escritório de Jules. Para a minha sorte, ela havia mencionado o nome da empresa e eu só precisei realizar uma busca rápida para encontrar o endereço.

Eu sabia que não devia tomar esse tipo de atitude. Não devia, mas, ao mesmo tempo, eu não podia evitar. Eu queria fazer isso. Por causa de Jules eu estava quebrando todas as regras e fazendo o tempo todo coisas que eu não considerava sensatas. Uma dura batalha estava em curso dentro de mim e eu já não sabia mais o que era certo ou errado.

O resto do dia de trabalho transcorreu numa mistura indistinta de números, pesquisas e a lembrança dos olhos verdes de Jules. Havia algo de cativante no modo como uma mulher olhava para um homem quando o desejava.

Depois que saí do trabalho, passei algum tempo com as crianças no programa extracurricular, depois fui treinar na academia, e agora estava no meu pequeno apartamento, terminando de preparar o meu jantar. Era legal que o fuso horário me favorecesse mais do que a Jules, deixando-me tempo de sobra para cuidar das minhas coisas e depois poder conversar com ela livremente.

Eu tinha enviado a Jules uma mensagem perguntando a ela quando poderia telefonar, e sua resposta foi que ela mesma ligaria para mim no fim do dia. Então eu fiquei ali, olhando para o relógio e esperando que o telefone tocasse. Exatamente como um adolescente apaixonado.

Logo depois que o meu filé ficou pronto, o telefone tocou. Era Jules. Meu coração bateu mais forte quando vi o nome dela na tela do celular, mas eu ignorei o fato e atendi.

— Olá!

— Alô — Jules disse, e pelos sons que se misturavam à sua voz eu pude perceber que ela estava no carro.

Mesmo com os ruídos do trânsito ao fundo, a doçura da voz dela se sobressaía. Eu não tinha me dado conta de que gostava tanto do som dessa voz até ouvi-la de novo agora.

— Caramba, que saudade de ouvir a sua voz.

Ouvi a respiração dela do outro lado da linha.

— Também estava com saudade da sua. Ai, isso é ridículo — ela disse, dando uma risadinha.

— Como foi o seu dia? E como foram as coisas com os novos clientes e a casa de três milhões de dólares? — perguntei enquanto cortava a comida no prato.

Ela bufou.

— Nossa, eles estão ficando cada vez mais complicados. Eu amo os meus clientes de paixão, mas às vezes é difícil conseguir que as pessoas sejam razoáveis.

Eu não entendi exatamente o que ela quis dizer, mas o meu desejo era aproveitar cada momento para aprender mais sobre o que ela fazia.

— Em que sentido?

— No meu primeiro encontro com os clientes, eu faço algumas perguntas a eles e elaboro uma lista de prioridades. Ou seja, uma lista apontando quais itens são indispensáveis e quais seriam bem-vindos, mas poderiam ser deixados de lado. O que eu faço basicamente é identificar situações que poderiam causar problema. Por exemplo, algumas pessoas não abrem mão de uma garagem para três carros e uma piscina do tamanho do mundo. E se a propriedade não tem nenhuma dessas coisas, eu já nem mostro.

Eu fazia que sim com a cabeça enquanto ela falava.

— Certo. Entendi. Isso faz sentido. Continue.

— Bem, a propriedade que mostrei aos clientes hoje tinha tudo o que estava relacionado na lista de exigências indispensáveis, mas não era majestosa o suficiente para eles. Eles nunca haviam mencionado antes que desejavam algo extremamente majestoso ou luxuoso e de repente isso se tornou uma exigência imprescindível. Mas tudo bem, eles têm esse direito, a questão é que eles não querem pagar mais do que o que havia sido estimado anteriormente. E é difícil explicar às pessoas que por três milhões de dólares você não pode comprar em, digamos, Beverly Hills o mesmo que você compra em Malibu. Existem diferenças.

— Quer dizer que agora você precisa buscar para eles outras opções na mesma faixa de preço?

— Sim, mas eu também vou ter de mostrar a eles algumas opções acima dessa faixa, para que vejam a diferença. É como se eu dissesse "ei, gente, se vocês gastarem meio milhão a mais poderão ter também isso, isso e aquilo". Esse tipo de situação costuma irritar as pessoas, mas às vezes é a única maneira de fazê-las entender.

— Nossa, gata, eu não invejo você.

Lidar com pessoas assim podia ser mesmo um porre. Eu também trabalhava com clientes difíceis às vezes, mas não costumava acontecer com frequência. Como eu era um especialista no meu campo de trabalho, a maioria dos meus clientes escutava as minhas recomendações. Mas quando o bicho pegava eu acabava fazendo o que os clientes queriam, já que, no final das contas, o dinheiro era deles.

— E o seu dia, como foi? — ela perguntou.

— Foi bom. A bolsa não oscilou muito e isso sempre ajuda.

— Explica para mim, de novo, exatamente o que você faz. Sei que você trabalha com finanças e que lida com o dinheiro das pessoas, mas quando você e os seus colegas estavam conversando sobre esse assunto na outra noite eu não consegui entender uma palavra. Para mim pareceu que vocês falavam em chinês.

Eu dei risada.

— É, a gente estava falando sobre investimentos. Tecnicamente eu sou um consultor financeiro, mas eu gosto de pensar que faço muito mais que isso pelos meus clientes.

— Como assim? Digamos que eu seja uma cliente. O que você faria por mim?

— Eu começaria da mesma maneira que você começou com os seus clientes, preparando uma lista de prioridades.

— Sério?

— Sim. Eu provavelmente começaria perguntando a você quais são as suas metas para o futuro. Por exemplo: você pretende comprar alguma propriedade nos próximos cinco anos? Você planeja viajar? Se a resposta for "sim", para onde? Pensa em iniciar um negócio? Quer um carro novo? Vai se casar ou adotar uma criança? Em resumo, eu faria um levantamento das suas metas para curto e longo prazos.

— Certo. E depois?

— Depois eu começo a criar estratégias. Invisto o seu dinheiro de várias maneiras e a oriento a respeito de coisas em que talvez você não tenha pensado ainda, como, por exemplo, a importância de se fazer um seguro de vida ou um testamento. Tudo depende das necessidades dos clientes e do que eles querem de mim. Mas eu me mantenho em contato com eles o tempo todo e me dedico totalmente ao sucesso deles. Já que o sucesso deles é o meu sucesso.

— Isso parece tão chique — ela disse, impressionada. — E complexo, mas é um trabalho incrível.

— Ah, obrigado — respondi, deliciado com o elogio. — Eu adoro isso.

— Não tenho dúvida.

— Eu tenho de construir relacionamentos com os meus clientes da mesma maneira que você faz com os seus. A única coisa chata que vejo no seu trabalho é que você corre o risco de gastar uma quantidade enorme de tempo e de energia com as pessoas e no final sair de mãos abanando, sem fazer a venda. Como você consegue lidar com isso?

— Ah, isso acontece mesmo, mas não com muita frequência. E outra coisa: o que é que se pode fazer? Se o negócio não dá certo, é uma droga, mas é preciso tocar o barco. Se ficar remoendo o fracasso vou acabar pirando.

O ruído do trânsito ao fundo desapareceu e eu supus que ela havia desligado o carro.

— Você está em casa?

— Sim. Acabei de chegar.

— O que é que vai fazer agora?

Olhei para o relógio e quando dei por mim já estava aborrecido por constatar que ainda era bem cedo em Los Angeles enquanto aqui em Boston já era tão tarde. Senti um pouco de inveja por saber que ela ainda tinha toda uma noite pela frente e eu, por outro lado, já estava quase indo para a cama.

— Eu vou à academia, jantar e provavelmente começar a pesquisar novos lugares para mostrar aos meus clientes.

Eu sorri ao saber que ela continuaria trabalhando em casa. Claro que continuaria. Nós dois éramos farinha do mesmo saco.

— Então acha melhor desligarmos agora? — eu perguntei, tentando ser compreensivo, afinal, a noite de Jules estava apenas começando, embora a minha já estivesse quase no fim.

— Na verdade, eu não queria, mas é melhor desligarmos, sim — ela disse, com voz triste. — Senão vou ficar no telefone com você a noite inteira e vou acabar não fazendo mais nada.

— Tudo bem, eu entendo. Nós nos falamos amanhã?

— Eu adoraria.

Enquanto eu ouvia a respiração de Jules ao telefone o rosto dela se desenhou na minha mente e de repente eu me lembrei de algo.

— Jules?

— Oi?

— Envie pra mim algumas daquelas fotos que você tirou de nós dois juntos. Não importa quais, pode escolher as suas prediletas. — Não era justo que ela pudesse olhar para nós sempre que quisesse e eu não.

— Pode deixar — ela respondeu, sua voz soando novamente otimista. — Mas já vou avisando: é bom tomar cuidado, porque essas nossas fotos são de tirar o fôlego. Elas podem dominar a sua mente.

— Ainda bem que você me avisou! — eu disse, rindo. Então ouvi a porta do carro dela bater e em seguida ela começou a respirar mais aceleradamente, como se estivesse carregando coisas. — Bom, a gente se fala amanhã, Jules.

— Combinado. Até amanhã — ela disse, e depois desligou.

Eu fiquei olhando impaciente para o telefone, esperando as fotografias chegarem. Quando chegaram, eu não fiquei desapontado. A gente parecia tão bem juntos...

Nós fomos feitos um para o outro, porra!

# Ah, que falta ele me faz

## Jules

OUVIR A VOZ DE CAL FOI DIVINO, MAS TAMBÉM FOI UM INFERNO. Ouvindo-o falar eu pude imaginá-lo perfeitamente, visualizar aqueles lábios fatais em movimento e seus dentes lindamente brancos. A parte infernal era ter que aceitar o fato de que talvez eu nunca mais ouvisse aquela voz nem visse aqueles lábios pessoalmente de novo. Eu já ficava triste só de pensar nessa possibilidade, mas era preciso encarar a realidade.

O que estava acontecendo entre nós dois, independente do que fosse, talvez não durasse muito tempo. Eu não sabia aonde iríamos chegar, muito menos se chegaríamos a algum lugar, mas o fato era que conversar com ele só me fazia querê-lo ainda mais. A cada mensagem de texto que ele me enviava, Cal parecia um pouco menos fora de alcance — mais próximo, de alguma maneira. E eu tinha de admitir que gostava da ideia, não importava quão ilusória pudesse ser.

Gostar de alguém de verdade me parecia uma ideia tão impraticável e distante que raramente passava pela minha cabeça, se é que já passou alguma vez. Mas isso foi antes de conhecer Cal. Agora, quando eu não estava cuidando das necessidades ou dos desejos dos meus clientes, todos os meus pensamentos se voltavam para ele. Era um sentimento ao mesmo tempo estranho e excitante.

E eu estava entusiasmada. Uma simples conversa com Cal era capaz de fazer com que eu me sentisse bem e feliz, de um jeito que eu não me sentia havia muito tempo.

Jamais tinha me ocorrido que eu não era realmente feliz antes de conhecê-lo. Eu sempre acreditei que não precisava de mais nada além do meu trabalho. Foi necessário um encontro ao acaso para me mostrar que a vida era muito mais do que apenas trabalhar. Claro que racionalmente eu já sabia disso; eu apenas achava que seria impossível encontrar um cara que me entendesse de verdade. E eu já estava conformada com isso, já tinha aceitado esse fato.

Pelo menos era o que eu pensava. Mas, de repente, um estranho apareceu na minha vida e me fez questionar as coisas que eu considerava imutáveis.

Enquanto eu vestia a minha roupa de ginástica, o meu celular tocou e eu vi o nome de Tami na tela. Respondi e acionei o viva-voz.

— Olá, garota — eu disse, amarrando os meus tênis de corrida.

— E aí? Só liguei pra saber como foram as coisas com os clientes hoje e pra perguntar sobre aquele gostosão do Cal. Vocês já se falaram?

— Eu telefonei pra ele a caminho de casa.

— Você telefonou pra ele? — ela disse quase gritando, com voz esganiçada, parecendo indignada. — Não, Jules, ele é que tem de ligar pra você. Por que você foi fazer isso, amiga? Por quê?

Eu levei a mão à testa e ignorei o melodrama dela.

— Porque o Cal me pediu que ligasse para ele depois que eu saísse do trabalho — respondi, perguntando-me que diabos eu havia feito de errado na Tamilândia.

— Ah, graças a Deus. Isso muda tudo. Lembre-se, Jules, ele é quem tem de correr atrás de você, amiga, não o contrário.

Era engraçado ouvir Tami me dando instruções como se fosse uma especialista em matéria de relacionamento. Ela não era e eu sabia muito bem disso, mas decidi entrar na brincadeira.

— E se forem mensagens de texto?

— O que você quer dizer?

— Tenho permissão para ser a primeira a mandar uma mensagem? — Tentei reprimir uma risada enquanto esperava a resposta dela.

— Você está rindo, mas a coisa é séria, Jules. Mandar mensagem? Depende.

— De quê?

— Eu não sei! Quem escreveu primeiro?

Eu mordi o lábio inferior quando me lembrei que vi uma mensagem dele assim que acordei essa manhã.

— Ele escreveu. Eu acordei e lá estava essa mensagem dele dizendo "bom dia, minha linda".

— Ah, merda. Então escreva pra ele sempre que sentir vontade. Faça filhos com ele — ela disse, mudando de opinião tão rápida e completamente que me deixou confusa.

— Você é horrível nisso — eu disse, e dessa vez não fiz o menor esforço para conter o riso. — Eu preciso desligar.

— Não, espera! E a casa, como foi?

Minha risada morreu na garganta, dando lugar a um gemido de irritação.

— Não deu em nada. Eles não gostaram. Não era imponente o bastante. Tenho que buscar outras opções.

— Que saco. É uma pena. Bom, quando você conseguir encontrar alguma coisa "imponente o bastante" — ela disse com uma entonação ridiculamente pedante —, nós vamos sair pra comemorar.

— Eu mal posso esperar. Sério. E o seu dia no trabalho, como foi? — perguntei, sabendo que ela não entraria em detalhes a respeito do seu dia, como sempre.

Como advogada, Tami não podia falar muito sobre os seus casos até que fossem concluídos. Eu sabia que hoje não seria diferente, mas não queria que ela pensasse que eu não estava interessada nos assuntos dela.

— Você sabe, o mesmo de sempre, nada de mais. Vê se vende logo aquela casa para a gente poder sair e comemorar!

— Eu não preciso vender uma casa para termos motivo para sair — eu respondi.

— Sei disso, mas é mais divertido quando damos a impressão de que saímos só pra comemorar alguma coisa. Os caras se amarram nisso.

— Você está ficando cada vez mais doida varrida, mas eu te amo mesmo assim. Depois a gente se fala, tchau.

Eu desliguei o telefone e fiquei me perguntando pela milionésima vez o que foi que fiz de tão bom na vida para merecer a sorte de ter uma amiga como Tami. A minha melhor amiga podia ser meio maluquinha, mas se preocupava genuinamente com o meu bem-estar e eu sabia que podia contar com ela para qualquer coisa.

# Trabalho em equipe

## Jules

ACORDAR TODO DIA E LER A MENSAGEM "BOM DIA, MINHA linda" nas últimas semanas tinha se tornado uma rotina muito bem-vinda. Pensando bem, como poderia uma atitude tão doce se tornar rotineira ou cansativa? Saber que Cal se dava a esse trabalho para que eu recebesse uma mensagem dele sempre que acordasse, dia após dia, fazia com que eu me sentisse especial e desejada.

Essas mensagens rapidamente se tornaram um hábito que eu não podia imaginar que chegaria ao fim num futuro próximo. Para falar a verdade, eu não podia imaginar *nada* chegando ao fim com Cal num futuro próximo. Se eu alguma vez pensei que esse lance entre nós dois acabaria desaparecendo com o tempo, eu estava redondamente enganada. Fazia poucas semanas que eu havia deixado Boston e o meu interesse por ele não tinha diminuído nem um pouquinho. A bem da verdade, meu desejo por ele só crescia a cada conversa que tínhamos e a cada mensagem que trocávamos.

Ele até me mandou flores. Eu fiquei espantada quando as recebi e a minha surpresa ficou tão clara no meu rosto que os meus colegas de trabalho me provocaram durante dias e insistiram — ou melhor, suplicaram — para que eu lhes contasse detalhes da história. Eles haviam me dado apoio na época em que Brandon terminou comigo e agora estavam animados com as novas possibilidades que se abriam para mim.

Cal foi se tornando cada vez mais importante na minha vida e isso aconteceu com tanta naturalidade que eu me flagrava contando com ele de um jeito que eu nem poderia imaginar. A nossa conexão não se limitava a conversar sobre os detalhes dos nossos dias e a compartilhar os nossos pensamentos. Sempre que algo acontecia no meu trabalho eu queria telefonar para ele e lhe contar tudo. Ele sempre fazia observações ótimas e se mostrava disposto a me ouvir sem parecer entediado ou irritado.

A boa vontade de Cal em relação a mim e sua disposição para me ajudar eram coisas extremamente positivas, mas não chegavam a ser propriamente uma surpresa para mim, porque eu agia da mesma maneira quando ele precisava falar sobre acontecimentos do seu dia a dia e sobre a sua carreira. Eu queria que ele fosse bem-sucedido e se eu pudesse ajudá-lo de alguma maneira eu não hesitaria em fazê-lo.

Nós dois buscávamos juntos ideias e soluções para que eu obtivesse mais clientes e para que ele aumentasse a clientela dele. Cal me incentivava de várias maneiras e eu nunca tinha me dado conta de que precisava desse estímulo. Ele me ajudava a pensar "fora da caixinha" e a resolver de maneira simples problemas que só pareciam complicados porque eu os havia superestimado. Ele também queria o meu sucesso e ficou impressionado com as metas que eu havia traçado para mim mesma. Receber tanto apoio era algo bem estranho para mim, mas também me enchia de energia.

— Obrigado pela ajuda, Jules. — Cal pareceu genuinamente satisfeito com o conselho que eu tinha acabado de dar a ele sobre maneiras de obter novos negócios para a sua empresa.

— Não tem de quê. Você faz o mesmo por mim o tempo todo. — Eu me ajeitei melhor no sofá e puxei o cobertor até o queixo.

— Eu sei. Nossa, é muito bom saber que você me entende e se importa comigo.

— Eu pensei exatamente isso uma noite dessas. Eu nunca tive alguém que se importasse com o meu sucesso — admiti.

E era verdade. Eu nunca namorei alguém que agisse como um companheiro de equipe, e não sabia que precisava de um. Brandon, meu ex-namorado, definitivamente não entendia o meu estilo *workaholic* e não queria ouvir nada relacionado a trabalho quando estávamos juntos. "O seu expediente já terminou, Jules", ele dizia sempre que eu mencionava a terrível palavra de oito letras.

Essa atitude de Brandon acabou gerando uma grande tensão no nosso relacionamento. Eu estava animada com a minha evolução na empresa e queria poder compartilhar isso com a pessoa que supostamente mais me amava e desejava o meu sucesso. Mas Brandon não estava interessado e ainda por cima me fazia pensar que havia alguma coisa errada comigo. Mas, no fim das contas, eu entendi que era *ele* que via problema em tudo.

Quando Cal e eu tivemos uma rápida conversa sobre os nossos ex-namorados, eu falei um pouco sobre isso.

— Qual foi o problema com o seu ex? — Cal perguntou.

— Ele odiava quando eu falava sobre trabalho.

— Como pode um homem odiar isso?

— Acho que eu era bem mais motivada que o Brandon. Eu nunca parava, Cal. A minha vida se resumia a trabalhar, o tempo todo, não importava o dia nem a hora. O meu cérebro nunca desligava.

Depois de ser condicionada durante tanto tempo a acreditar que eu era uma pessoa estranha, eu me sentia obrigada a enxergar as coisas de acordo com o ponto de vista de Brandon e a imaginar como ele deve ter se sentido quando me namorava. Eu definitivamente não ofereci a ele a quantidade de atenção que dediquei ao meu trabalho, nem de longe. E talvez fosse difícil para um homem tolerar essa situação por muito tempo.

Cal fez um barulho com a boca, algo como um grunhido seguido de um lamento.

— Jules, eu acho que pessoas como você e eu precisam ficar com alguém que se dedique com a mesma intensidade ao trabalho, caso contrário não vai funcionar.

— E por que você acha que eu não namoro? — eu digo, rindo.

Embora a nossa conversa fosse bastante franca e honesta, eu ainda estava muito insegura para falar com Cal a respeito de certos assuntos — por exemplo, o que ele sentia por mim. Eu tinha um grande receio de que ainda fosse cedo demais para abordar um assunto como esse, principalmente porque nós passamos apenas um fim de semana juntos.

— Porque os caras de Los Angeles são idiotas — ele disse sem vacilar.

O elogio me fez sorrir e eu senti um calor repentino no rosto.

— Então as garotas de Boston devem ser umas idiotas também — eu respondi sem pensar.

Afinal, que mulher não iria querer namorar Cal? Claro que eu não queria que outra mulher o ganhasse; pelo menos não até que o lance que rolava entre nós tivesse uma definição. Eu sentia um nó no estômago só de cogitar a possibilidade de ver Cal namorando outra mulher.

Ele soltou uma sonora gargalhada, que terminou com um bocejo. Eu consultei as horas no meu relógio de parede e constatei que já passava da meia-noite em Boston.

— Eu não quero ser chato e encerrar nosso papo — ele disse —, mas é preciso.

— Eu sei. Já é tarde aí. Obrigada por esse papo tão bom. Formamos um belo time, eu me pergunto se a gente não devia mandar fazer um uniforme.

— "Os imbatíveis" seria o nosso nome — ele sugeriu, e eu dei risada.

— Eu gosto do modo como você pensa.

— Ainda bem. Você pensa igualzinho.

*Touché, Cal Donovan. Touché.*

— Muito bem — eu disse, afastando o cobertor e me sentando no sofá. — Vá dormir. Você é uma tremenda distração. Eu nem consegui malhar ainda.

— Preguiçosa.

— Nem me fale.

— Falo, sim, mas só amanhã. — Ele bocejou de novo antes de me desejar boa-noite e desligar o telefone.

Se eu já achava que tinha me encrencado quando Tami me trouxe do aeroporto, agora eu sabia que estava numa completa enrascada. E qual era a pior parte disso?

Eu estava amando cada segundo.

Meu celular apitou e eu ouvi o familiar toque de mensagens de Cal. As batidas do meu coração se aceleraram e os meus dedos ansiosos tentaram responder rapidamente. Eu sempre corria para abrir as mensagens de texto do Cal, na ânsia de ver o que ele tinha a dizer. Não importava quantas mensagens ele enviasse, o meu corpo sempre reagia como se fosse a primeira.

LÁBIOS DE SONHO: Já chegou em casa?

JULES: Não, ainda estou no trabalho. Só vou pra casa daqui a uma hora mais ou menos. Mando uma mensagem quando chegar?

LÁBIOS DE SONHO: Sim, por favor.

Eu sorri, guardei o celular e tentei me concentrar de novo na papelada amontoada na minha mesa. Era inacreditável como esse homem era capaz de me distrair. Eu não era assim antes; eu jamais perdia o foco nem me desconcentrava.

Eu sempre ouvi dizer que o cara certo podia tirar o seu mundo dos eixos e fazer você querer mudar as prioridades da sua vida. Bem, parecia ser esse o efeito que Cal exercia sobre mim.

*Merda.* Que belo problema eu havia arranjado. O meu lado lógico e racional insistia para que eu evitasse esse tipo de atitude e não me comportasse como uma mulher que se deixava levar pelas emoções, mas meu coração implorava para que eu não afastasse Cal. Implorava para que eu o deixasse entrar na minha vida.

E, pela primeira vez eu estava realmente inclinada a ouvir o meu coração e não o meu cérebro.

# Longa distância

## Cal

DESDE QUE JULES MENCIONOU QUE NÓS ÉRAMOS COMO UM time, eu não conseguia tirar essa ideia da cabeça. Quando ela disse brincando que nós devíamos vestir o mesmo uniforme, minha reação intuitiva foi gritar "Os imbatíveis" ao telefone como se essa fosse a coisa mais natural a fazer.

Eu já tinha um companheiro de equipe, que era Lucas, mas com Jules era diferente. Antes dela, nenhuma mulher que eu conheci mostrou verdadeiro interesse em investir em mim, no meu sucesso.

Não, estou sendo um pouco injusto. Na verdade, eu conheci mulheres interessadas no meu sucesso, mas apenas porque elas desejavam colher os frutos do meu trabalho duro. Elas não queriam se envolver com os esforços necessários para se chegar lá, mas queriam compartilhar os resultados.

Jules não poderia ser mais diferente delas. Ela não ligava para o meu dinheiro, porque tinha o seu próprio. Ela me incentivava a melhorar porque simplesmente é isso que se deve fazer por aquele de quem se gosta.

*Caramba, de onde será que eu estou tirando esses pensamentos?*

Apertei o botão do meu interfone de mesa.

— Lucas?

Instantes depois, a cabeça de Lucas surgiu na porta da minha saleta.

— Você me chamou, Cal? Me diga uma coisa, por que é que eu sempre tenho de vir até você? Você sabe muito bem que a minha mesa fica logo ali. Você também poderia ir até mim.

— É, mas você se senta perto daquele otário e eu não quero que ele fique bisbilhotando a minha vida.

Lucas concordou com uma careta.

O cara que se sentava próximo de Lucas era parente de um dos proprietários da empresa e tinha de usar a fofoca a seu favor. Eu imaginei que ele adoraria saber que a minha atenção agora estava dividida entre o trabalho e Jules e que ele não hesitaria em dizer isso aos sócios-proprietários.

— Eu tive uma ideia e quero a sua opinião.

Lucas se apoiou na minha mesa.

— É sobre Jules? — ele perguntou.

Fiz que sim com a cabeça.

— Sou todo ouvidos — ele disse, inclinando-se um pouco mais na minha direção.

A minha cabeça girava. Jules não saía dos meus pensamentos e eu estava me acostumando com isso com uma rapidez impressionante. No início eu tentei resistir, mas logo percebi que se tratava de uma batalha que eu jamais venceria. Ela entrava na minha mente sem pedir licença e ficava bem à vontade, como se estivesse em casa.

Quando eu a deixei no aeroporto, várias semanas atrás, a ideia de vê-la novamente me parecia ridícula. Para ser bem franco, nunca passou pela minha cabeça que nós acabaríamos conversando todo santo dia como vínhamos fazendo. Mas, a esta altura, nem me passava pela cabeça a possibilidade de *não* conversar com ela. Ela se tornou parte da minha rotina diária. E, sem dúvida, a melhor parte.

Mas essa história de falar com ela sem vê-la pessoalmente estava me enlouquecendo. A princípio, eu imaginei que viveríamos apenas uma aventura de fim de semana, mas a coisa acabou ficando maior e eu não sabia exatamente quando isso tinha acontecido.

Eu queria ver Jules de novo. Não, eu *precisava* vê-la de novo. Eu sentia falta dela, tinha vontade de tocá-la. Sentimentos como esses normalmente faziam com que eu me sentisse um idiota, mas não quando se tratava de Jules. Quando eu pensava nela eu não me sentia um idiota. Era como se o meu desejo por essa mulher fosse absoluto e superasse qualquer outra emoção que eu sentisse. E só conseguia pensar em uma coisa: eu precisava muito tê-la nos meus braços outra vez.

Eu inspirei profundamente e então soltei o ar bem devagar, observando a reação do Lucas.

— Eu estou pensando em dar um pulo na cidade dela para vê-la. Acha que é uma ideia idiota?

— E por que eu acharia que essa ideia é idiota? — Ele me olhou com uma expressão sarcástica no rosto, que claramente me dizia "você é mesmo um tonto". — Eu estava esperando que você fizesse isso desde que ela foi embora.

— Por favor, fale sério comigo pelo menos uma vez na vida — eu murmurei em tom enérgico.

Ele inclinou a cabeça para o lado e olhou bem para mim.

— Eu estou falando sério, Cal. Pare de ser tão teimoso.

— Você não está ajudando.

— Ajudando? Que ajuda você quer de mim? Eu não posso garantir nada. Mas se você quer vê-la, então, não vejo motivos para não fazer isso. Vá! Ela provavelmente quer ver você também. — Lucas ergueu os antebraços com as palmas da mão voltadas para a frente. — A minha parte eu já fiz.

— Tem certeza de que não é uma ideia estúpida? — insisti, dando a ele mais uma chance de me fazer desistir.

Lucas colocou a mão no meu ombro e o sacudiu de leve.

— Não, cara, não é uma ideia estúpida. É a melhor ideia que você teve desde que ela se foi. Vá logo ver essa garota. E agora eu tenho que trabalhar. Nós conversamos sobre isso mais tarde. — Enganchando os polegares nos passadores da calça, ele voltou gingando para a sua sala, aparentemente muito satisfeito com a nossa conversa.

Eu me recostei na minha cadeira e sorri. Tomei a decisão de falar com Jules a respeito do assunto logo mais à noite. Eu esperava que ela também quisesse voltar a me ver, apesar de não ter me dito nada a respeito.

Mas será que isso significava que ela não tinha vontade de me ver de novo? Eu provavelmente iria descobrir isso mais tarde, quando perguntasse a ela se voar até Los Angeles era uma boa ideia ou se era uma das piores que já tive na vida.

O dia custou a passar e tudo ficou ainda pior depois que a bolsa de valores fechou com números bem ruins. Os clientes sempre surtavam quando o mercado de ações entrava em queda. Eu passei quase todo o fim de tarde tentando acalmá-los e avisando a eles que se vendessem suas ações nos preços atuais acabariam perdendo mais dinheiro no longo prazo. Seria bem mais inteligente aguentar firme e esperar que o mercado se estabilizasse e voltasse a subir. Porque mais cedo ou mais tarde o mercado se recuperaria. Talvez levasse anos, mas a maioria dos meus clientes podia esperar esse tempo. Eles só precisavam que alguém os lembrasse disso.

Quando fechei o meu e-mail, desliguei o computador e me levantei para ir embora, percebi que Lucas ainda estava no escritório, falando ao telefone. Entrei na sala dele e esperei que terminasse a conversa, aliviado por ver que o mala sem alça do Jeremy já tinha ido embora.

Lucas desligou o telefone e virou a cadeira para falar comigo.

— Você não está pensando em abandonar a ideia da viagem, está?

Sim, o meu amigo me conhecia muito bem. Isso podia ser ótimo, mas às vezes era simplesmente irritante — como agora, por exemplo.

— Talvez — eu respondi, sentando-me na beirada do tampo da mesa dele, como ele sempre se sentava na minha. — Essa ideia ainda não me convenceu totalmente. Por que motivo eu iria até lá para me encontrar com ela?

Essa dúvida ficou martelando na minha cabeça a tarde inteira sem parar. Seria idiotice dar ao meu coração o que ele tanto desejava quando a minha mente sabia que não havia futuro nenhum nisso? Estava eu me preparando para um fim inevitável?

— Como assim, "por que motivo"? O que você quer dizer com isso? — Lucas perguntou, olhando-me com desconfiança.

— Ela está lá — eu disse, levantando uma mão na linha do ombro, e em seguida fiz o mesmo com a outra mão. — E eu estou aqui. Se eu for até lá para vê-la, quem garante que não vou acabar complicando as coisas?

— As coisas já estão complicadas — ele respondeu, bufando. — E você só está fingindo que não estão.

Lucas tinha razão, mas eu não queria admitir isso. Pensei em argumentar e negar, mas ele enxergaria a verdade por trás das bobagens que eu diria. Ele sempre enxergava.

— Apenas me diga que eu não estou agindo como um idiota, Lucas — eu balbuciei, confuso, como se não tivesse feito esse pedido antes.

— Não, você só está sendo romântico pela primeira vez na sua vida. Você já está praticamente num relacionamento com essa garota, mas não quer ver isso. Ou melhor, não quer admitir.

Baixei a cabeça, levei a mão à testa e fechei os olhos.

— Nós não estamos em um relacionamento — resmunguei.

— Estão, sim. E para ser honesto, acho que tem sido perfeito para os dois.

Olhei de lado para ele, confuso.

— O que é que você está vendo de perfeito nisso?

Lucas rolou a cadeira e se aproximou de mim um pouco mais.

— Estou falando sério. Pense bem. Vocês dois conversam todas as noites como se fossem um casal, mas você não precisa voltar correndo para casa e para ela, porque ela não está lá esperando por você e...

— Essa história vai levar a algum lugar? — eu interrompi.

— Agora você vai me escutar, certo? — Ele me olhou com cara feia. — Você está ocupado demais nesse momento para uma garota que more aqui. Imagine todo o chororô e as cobranças: "Por que você não passa mais tempo comigo? Você está sempre ocupado demais para me dar atenção. Eu preciso de você. Sinto a sua falta. Venha ficar comigo. Onde você está?".

Essa imitação de mulher carente feita pelo Lucas foi tão perfeita que me fez cair na gargalhada. Não foi fácil conseguir parar de rir.

— Com a Jules, porém — ele continuou, sério —, você não precisa passar por nada disso, nem mesmo se você quisesse. Sendo assim, você pode se concentrar no trabalho e nas atividades como voluntário, sem que isso interfira no seu relacionamento com ela.

Eu quis rebater o ponto de vista do meu amigo, mas percebi que o raciocínio dele fazia realmente sentido.

— O que exatamente você quer dizer com isso? — perguntei, animado com as possibilidades.

— O que eu quero dizer — ele respondeu com uma expressão sorridente — é que uma garota que mora em outro estado é a solução perfeita para um cara como você. É o melhor dos dois mundos, um relacionamento à prova de pressões.

— Caramba, Luc. Essa foi a coisa mais inteligente que você disse hoje! — Eu agarrei o seu ombro, apertando-o.

— Opa, agora eu fiquei ofendido — ele retrucou, brincando. — Eu digo coisas inteligentes o tempo todo. Você é que não presta atenção.

— Bom, quer dizer então que eu não sou um idiota por querer ir até ela? — perguntei novamente, pela terceira ou quarta vez.

Ele pôs a mão na testa, como se estivesse com dor de cabeça por causa das minhas perguntas.

— Não, Cal. Você não é. Você quer ver a garota, não quer? Não sente falta dela?

Olhei em volta do escritório vazio para ter certeza de que ninguém poderia me escutar, mas mesmo assim falei em voz baixa.

— Sinto falta dela demais, demais! E estou morrendo de vontade de vê-la.

— Então, ir até lá para encontrá-la não é idiotice, entendido? E agora você está proibido de me perguntar isso de novo. É perfeitamente normal querer estar com alguém, Cal. Isso não vai fazer de você uma pessoa menos motivada ou menos ambiciosa aqui dentro. — Ele fez um gesto com a mão, indicando a área do escritório quase vazio.

— Eu sei disso — retruquei.

— Será que sabe mesmo? Porque não está parecendo.

Nesse momento as palavras dele começaram a fazer sentido para mim. Talvez Lucas tivesse razão — talvez eu estivesse tão comprometido com o meu trabalho que a simples ideia de deixar alguém entrar na minha vida me assustava. Ser levado a sério no trabalho e ter uma vida pessoal não precisavam ser coisas incompatíveis. Muitas pessoas bem-sucedidas estavam casadas ou tinham um relacionamento sério.

Lucas me olhou com uma expressão bastante irritada.

— Cal, se você está em busca de permissão para fazer pela primeira vez na sua vida o que o seu coração deseja, tudo bem. Você tem a minha permissão. Vá e faça isso. Reserve um voo. Tire uma folga e vá ver a sua garota.

— Por que é que eu ainda peço conselhos a você? — retruquei, mal-humorado, saindo bruscamente de cima da mesa dele.

— Porque eu sou o seu melhor amigo e os meus conselhos são os melhores. Tudo o que eu digo vale ouro e devia ser tuitado e retuitado — ele disse com um largo sorriso no rosto.

Eu bufei com descaso e caminhei até a porta.

— Eu já nem sei mais do que é que você está falando — disse, de costas para ele, enquanto já ia voltando para a minha mesa para pegar minhas coisas.

Mais tarde, nessa mesma noite, eu enviei uma mensagem de texto para Jules. Eu nunca sabia até que horas ela seguiria trabalhando, já que ela planejava o seu horário de acordo com a agenda dos clientes e com a disponibilidade dos imóveis que pretendia mostrar.

LÁBIOS DE SONHO: Você já chegou em casa?

JULES: Ainda não. Vou ficar no escritório por mais uma hora mais ou menos. Te mando uma mensagem quando eu chegar?

LÁBIOS DE SONHO: Sim, por favor.

Eu havia acabado de sair do banho quando Jules me mandou uma mensagem para avisar que tinha chegado em casa. Antes mesmo de pular na cama eu já estava ligando para ela.

— Oi! — ela disse com vivacidade sensual, e isso me deixou com mais vontade ainda de vê-la.

— Oi, tudo bem? Como foi o seu dia?

— Corrido, mas foi tudo bem. E o seu?

— A mesma coisa de sempre.

— Eu sei que o mercado sofreu um revés — ela disse, e eu ri, porque eu sabia que Jules estava acompanhando o mercado de ações para saber se o meu dia tinha ou não sido bom.

— A-há! E como você ficou sabendo? Andou me perseguindo de novo?

— Só persegui o seu mercado. Mas e com você, está tudo bem?

— Tudo certo. Alguns clientes entraram em pânico, mas eu consegui contornar a situação. Faz parte do meu trabalho repetir um monte de vezes as mesmas coisas para eles, sabe? Tentar acalmá-los e estar disponível para ouvi-los desabafar.

— Ah, mas dá pra entender. Eu ficaria maluca se fosse o meu dinheiro. Não ia gostar nada de ver a bolsa caindo e o dinheiro indo embora.

— É aí que eu entro. Eu faço o que é preciso para minimizar as perdas e monitoro tudo para que não haja surpresas.

— Nossa. — Ela suspirou. — É tão sexy ouvir você falar de trabalho.

Eu dei risada.

— Sei, acredito...

— Não, é sério mesmo. Acredite.

— É legal ouvir isso, obrigado. — Eu hesitei por um momento antes de começar a falar sobre a minha intenção: — Eu estive pensando em uma coisa e queria contá-la a você, para saber se você vai concordar ou não.

— Tudo bem...

A voz dela soou um tanto nervosa e apreensiva e eu não queria provocar essa reação nela.

— Eu quero ir até aí para ver você — eu disse sem rodeios.

— Oi? Você o quê? — ela exclamou, agora num tom de voz bem diferente, de total surpresa.

— Você não gostou da ideia? Se não gostou, não tem problema, a gente esquece isso. — De repente, eu me senti mais inseguro do que nunca.

*Merda.* Eu quero ver essa mulher de novo, e muito, mas quem disse que ela também deseja isso? E se ela não quiser tanto quanto eu quero?

— Esquecer? Ficou louco? Eu adorei a ideia. Essa foi a melhor coisa que você já me disse. Venha amanhã. Venha agora mesmo! — Ela soltou aquela sua gargalhada espontânea que eu adorava. — Que saudade dos seus lábios, Cal!

Eu deixei escapar um grande suspiro de alívio, sentindo-me leve de novo.

— Eles também estão com saudade de você — eu disse. — E também estou com saudade do seu corpo — acrescentei sem pensar.

— Ele também tem saudade de você.

— Então... Tudo bem mesmo se eu for até aí? — perguntei novamente, apenas para que o meu ego pudesse ouvi-la respondendo "sim".

— Claro que sim — Jules respondeu, e eu desejei poder pegá-la nos braços naquele exato momento para que ela soubesse quanta falta ela estava me fazendo.

— Eu mal posso esperar por isso.

— Cal, eu estou tão feliz! Quando você vai vir?

Eu já havia consultado a minha agenda e estava pronto para responder a essa pergunta.

— Eu pensei em viajar daqui a duas semanas, no fim de semana, se você achar que tudo bem — respondi.

— Só me dê um segundo, eu vou dar uma olhadinha na minha agenda — ela disse, e eu pude ouvi-la teclando no *laptop*. — Sim, para mim está ótimo.

— Ótimo. De sexta até domingo é legal pra você?

— Perfeito.

— E compro o voo para o aeroporto de Los Angeles ou algum outro?

— Ida e volta pelo aeroporto de Los Angeles é o ideal — ela disse, e então praticamente gritou no meu ouvido: — Cal!

Eu ri.

— Diga, querida.

— Eu quero tanto ver você! Não sei nem explicar o quanto.

— Sim, eu acho que tenho uma ideia do que você está sentindo — respondi, sorrindo.

— Você está tão animadinho — ela me disse.

Nesse momento eu imaginei que ela pudesse estar se tocando, e fiquei excitado na hora.

— Talvez eu apareça aí amanhã mesmo — comentei em tom descontraído, e ela riu. Mas eu não estava brincando.

Bem, pelo menos o meu membro não estava brincando. Se dependesse dele, nós já estaríamos a caminho do aeroporto.

# Os olhos do demônio

## Jules

EU NÃO CONSEGUIA ACREDITAR QUE CAL ATRAVESSARIA O país para me ver! Claro que eu tinha vontade de me encontrar com ele desde que voltei de Boston, mas não estava certa de que isso iria realmente acontecer. Eu não fazia ideia do que isso significaria para nós dois, mas a essa altura já não me importava mais com nada. Agora, só o que me interessava era que eu veria de novo aqueles lábios de sonho e sentiria os braços dele envolvendo o meu corpo.

Liguei para Tami assim que terminei de falar com Cal, sabendo que estava excitada demais para me contentar com uma simples troca de mensagens. Eu precisava de alguém que enlouquecesse de alegria junto comigo.

— E aí? — Tami atendeu, e eu logo ouvi o barulho do trânsito ao fundo e percebi que ela estava dirigindo.

— Eu acabei de falar com o Cal por telefone e adivinha o que rolou?

— Hum... Ele disse que ama você? Que não pode mais viver sem o seu doce amor? — Tami despejou uma avalanche de respostas malucas e eu fiquei balançando a cabeça, quase arrependida de ter sugerido a ela que adivinhasse.

— Ele vai vir pra cá! — revelei por fim.

Ela surtou na mesma hora e por um momento eu só escutei uma gritaria quase ininteligível saindo do viva-voz.

— Que demais! Minha Nossa, Jules, quando? Quando ele vem? Quanto tempo vai ficar?

— Ele virá daqui a duas semanas e vai ficar só por um fim de semana. — Perdida em pensamentos, eu puxei sem perceber o tecido do meu edredom e suspirei. Era como se eu estivesse em um sonho.

— Que merda é essa, Jules? Você tá morrendo?

— As minhas emoções estão à flor da pele, eu estou meio descontrolada. Neste exato momento eu me sinto capaz de fazer qualquer coisa — eu disse, rindo.

— Que coisa fofa — ela comentou num tom de voz exageradamente meigo.

— Você tá tirando onda com a minha cara.

— De jeito nenhum. É sério, eu tô achando essa história maravilhosa. Mal posso acreditar que finalmente vou conhecer esse cara — ela disse. — Epa, espera um pouco! Eu *vou conhecer* o cara, não vou?

Nesse detalhe eu ainda não havia pensado. Será que Cal se sentiria incomodado se eu lhe apresentasse a minha melhor amiga? E se ele pensasse que eu estava indo rápido demais? Eu odiava ter tão poucas certezas sobre o nosso relacionamento e não queria perguntar esse tipo de coisa a ele, com medo de correr o risco de afastá-lo. A última coisa que eu desejava era que Cal se sentisse pressionado e desistisse de vez de levar isso adiante.

— Eu não sei — respondi, e me preparei para a reação dela.

— Como assim? Você não sabe? E por que é que eu não poderia conhecê-lo? Me dê uma boa razão. Só uma!

— Porque eu nem sei direito o que nós dois vamos fazer — eu disse. — E se conhecer você for demais para o cara e ele acabar travando?

— E por que isso aconteceria? Porque eu sou uma gata ousada e muito gostosa? É, você tem razão, isso acaba intimidando as pessoas.

— Exatamente — eu respondo rindo. — Você é tudo isso mesmo. Mas o meu receio é que ele ache um pouco cedo para ser apresentado à minha melhor amiga. Não quero que o Cal pense que estou avançando rápido demais.

— Se ele tiver essa impressão, Jules, então é um grande babaca. Estou falando sério, eu quero conhecê-lo. A gente reserva uma noite para sairmos juntos. Podemos jantar ou então ir a uma boate. Merda... Ele chega em duas semanas, foi isso o que você disse?

Quando escutei o som de leves batidas ao fundo, eu ralhei com ela:

— Nada de mexer no celular enquanto dirige, Tami!

— Não estou fazendo isso!

— Está, sim. Eu tô ouvindo. Você é a motorista mais distraída que eu conheço. Preste atenção na estrada!

— Ah, não enche. Eu só estava consultando a minha agenda. E parada no sinal vermelho.

— Mentirosa.

— Fique quieta e ouça. A minha agenda me diz que nós temos aquela festa VIP na Colossal em duas semanas. Você tinha um convite com direito a um acompanhante e me convidou. E é melhor você tratar de conseguir mais um convite com o Ron.

*Merda.* Um dos meus clientes, Ron, era proprietário de uma casa noturna de sucesso em Hollywood e estava organizando um evento fechado. Nós havíamos trabalhado juntos por anos e acabamos ficando muito amigos. Ele sem dúvida perceberia se eu faltasse à festa dele, certamente não ficaria zangado comigo por isso, mas não me agradava ser aquele tipo de pessoa que promete que vai a um evento e na hora dá o cano. Pelo menos eu sabia que não seria difícil conseguir lugar para mais um convidado meu, o que era um alívio.

— É, Tam, você tem razão. Parece que nós iremos à Colossal no sábado. E então você vai conhecer o Cal. Por favor, não me deixe constrangida — eu supliquei, e ela deu uma risadinha.

— Pra sua grande sorte eu não tenho nenhuma foto sua de quando você era uma garotinha, porque se tivesse eu ia fazer você passar vergonha de verdade. "Olha, Cal, essa foi tirada quando ela pegou a tesoura e cortou o próprio cabelo. Não ficou uma graça assim, mais comprido de um lado do que do outro?"

Eu nunca parava de me impressionar com a quantidade de bobagens que a cabeça da Tami conseguia produzir.

— Neste exato momento, eu estou agradecendo aos céus por não ter conhecido você na escola, Tam. Só peço uma coisa: não use aquelas suas lentes de contato cor-de-rosa, por favor.

Eu engoli em seco quando pensei naquelas lentes coloridas ridículas dela. Eu detestava quando Tami as usava. O castanho natural dos olhos dela se misturava ao rosa e o resultado era um vermelho intenso. Ela ficava parecida com um demônio ou com uma pessoa que tivesse sido possuída por ele. Quando ela estava usando aquelas lentes, sempre que eu olhava para ela, achava que estivesse me lançando um feitiço ou que estivesse tentando imaginar maneiras de roubar a minha alma.

Ela começou a rir sem parar:

— Tudo bem, eu não vou usar — ela respondeu. — Mas, pensando bem, seria muito engraçado ver você a noite inteira alucinada. Eu poderia te perseguir por todos os cantos da festa e o Cal pensaria que você é uma lunática! — Ela riu mais ainda. — É tão tentador...

— Se você fizer isso, eu garanto que o seu nome estará na lista de pessoas indesejáveis em qualquer uma das casas do Ron. Eu juro. — Tentei parecer brava e não rir muito ao falar.

— Não, você não pode queimar o meu filme na minha própria cidade! Tá bom, tá bom. Nada de lente cor-de-rosa. Eu prometo.

Eu deixo escapar um suspiro de alívio:

— Obrigada, Tami.

A risada dela finalmente cessou:

— Ei, eu estou chegando na academia. Posso ligar daqui a pouco?

— Não se preocupe. Eu só queria contar a você que ele vai vir. — Bastava lembrar que ele viria e uma onda de alegria e excitação tomava conta de mim novamente.

— Jules?

— Oi!

— Eu estou muito feliz por você.

Eu mordi o lábio e corei como uma colegial.

— E eu mal posso esperar para que vocês dois se conheçam.

— Acho bom esse cara não pisar na bola! — Tami disse. — Tchau! — E ela desligou.

A minha melhor amiga era doida. De pedra.

Difícil acreditar que aquela garota maluca que eu conhecia era uma advogada que ganhava quase todos os seus casos. Diferente da Tami-melhor-amiga, a Tami-advogada não tinha nada de engraçado nem de alegre. Não usava lentes de contato de cores absurdas nem cabelo de sereia. Não, a Tami-advogada era séria, implacável e odiava perder.

Eu só esperava que ela não bancasse a durona com Cal quando o encontrasse. Apesar disso eu estava certa de que Cal podia lidar com a Tami e de que ela provavelmente ia gostar dele assim que o visse.

Nem ela seria capaz de resistir ao poder daqueles lábios de perdição.

Os textos diários que o Cal me enviava agora vinham com contagem regressiva. Na manhã seguinte, assim que acordei, li essa mensagem:

LÁBIOS DE SONHO: Bom dia, minha linda. 13 dias!

Uma alegria louca e infantil tomou conta de mim. Eu respondi:

JULES: 13 dias!!!

Esta prometia ser a melhor e a pior contagem regressiva da minha vida. A melhor porque no final dela nos encontraríamos e a pior porque treze dias soavam praticamente intermináveis.

Felizmente, o trabalho me mantinha ocupada. Todos os dias eu mostrava casas aos clientes e captava novos imóveis. O foco no trabalho mantinha a minha mente atarefada e afastada do risco de mergulhar na contagem regressiva de Cal e não conseguir mais sair. Mas evitar que isso acontecesse não era uma tarefa fácil. O cara de Boston atraía os meus pensamentos como um ímã.

Eu vinha mantendo contato com a Robin, que conheci na conferência daquele fim de semana, e quase pude sentir seu entusiasmo quando respondeu ao meu e-mail sobre a visita iminente de Cal. Com seu jeito inconveniente de sempre, ela me lembrou de que agora eu era responsável não só pela minha vida mas pela dela também; isso me fez rir e também me fez sentir saudade dela. Ela me oferecia um emprego o tempo todo, caso eu quisesse "cair de boca naquele homem antes que ela decidisse largar o marido para ficar com ele".

Durante uma pausa entre as visitas a imóveis, eu parei o carro no estacionamento de uma loja de bebidas e mandei uma mensagem de texto para Cal. Torci para que ele respondesse rapidamente para que eu não precisasse voltar ali depois.

JULES: Qual é o seu uísque favorito? Ou você adora todos?

Para a minha sorte, ele respondeu quase imediatamente:

LÁBIOS DE SONHO: Blanton's é o meu favorito. Mas eu também coleciono os melhores. Eu sei, sou um nerd.
JULES: Os melhores? Não faço ideia do que você está falando, mas obrigada! Tchauzinho!

Eu queria que Cal encontrasse na minha casa alguma coisa que ele adorava e imaginei que uísque era um bom ponto de partida. Além do mais, nós já havíamos tido uma pequena aventura com essa bebida e eu estava aprendendo a gostar dela desde que Cal me ensinou a bebê-la da maneira correta.

Sem saber absolutamente nada sobre uísques, eu percorri com cuidado as prateleiras da loja, e me espantei ao descobrir que existiam muito mais opções do que eu imaginava. Eu encontrei o Blanton's quase imediatamente. Era uma garrafa que se destacava dentre as demais, mais baixa que as outras, com uma base redonda e um design ao mesmo tempo sofisticado e clássico.

Paguei pela garrafa e saí da loja. Coloquei o uísque no banco do passageiro do carro e abri a galeria de fotos do meu celular para ver pela milésima vez as nossas fotos juntos. Como sempre, eu me peguei sorrindo ao ver aquelas imagens cheias de felicidade. Eu nunca me cansava de olhar para elas, independentemente de quantas vezes eu as admirasse todas as noites antes de ir dormir nem de quantas vezes eu as conferisse durante o dia. Assim que eu punha os olhos nessas fotos, o meu coração batia mais rápido. Isso sempre acontecia; não falhava nunca.

Faltavam apenas treze dias para a chegada de Cal, mas como eu conseguiria sobreviver até lá sem ficar totalmente louca?

Esse pensamento me fez rir enquanto eu dirigia pela Pacific Coast Highway, a caminho do meu escritório. Não fazia muito tempo que Cal e eu nos conhecíamos, eu sabia, mas isso não parecia importar, já que ele fazia com que eu me sentisse tão bem. Eu estaria mentindo se dissesse que não contava os minutos para que chegasse o momento de conversarmos por telefone toda noite.

E agora eu ansiava pelas nossas conversas ainda mais. Saber que em breve eu iria vê-lo mudou tudo para mim. Dava à nossa comunicação um pouco mais de significado, como se houvesse uma luz no fim do túnel. Uma luz e os mais lindos lábios.

Meu telefone tocou dentro do carro, trazendo-me de volta ao planeta Terra. Eu fiquei surpresa ao ver que a ligação era de Tami; ela não costumava ligar a essa hora da tarde. A essa hora ela deveria estar no tribunal ou se preparando para entrar no tribunal.

— Oi, garota! — eu atendi.

— Olá! Eu acabei de sair do tribunal.

— Mas já?

— A juíza está vomitando na sala dela. Eu nunca tinha visto uma pessoa ficar com o rosto verde antes, Jules. Bom, já vi personagens de desenho animado ficarem verdes, claro, mas pensei que fizessem isso só para dar um efeito engraçado. Nunca soube que isso acontecia de verdade.

— Você não vale nada.

— Eu sei. Escute, acho que vou dar um pulo na sua casa. Até que horas vai trabalhar hoje?

— Estou voltando ao escritório agora e tenho que mostrar um imóvel às três e meia. Devo chegar em casa por volta das cinco, no máximo.

— Certo. Então vou indo para sua casa e a gente se encontra lá — ela disse, bocejando. Tami tinha permissão para entrar no meu condomínio fechado e conhecia a senha de segurança do portão, e além disso possuía a única cópia da chave da minha casa.

— Tudo bem. Vejo você daqui a pouco.

Depois que Tami desligou, eu me perguntei se a encontraria dormindo quando chegasse em casa. Ela gostava de pensar que o quarto de hóspedes, que também era o meu escritório, pertencia a ela. Eu sempre encontrava peças de roupa dela penduradas no armário depois que ela passava a noite lá. Às vezes, Tami deixava tanta coisa para trás que eu ficava na dúvida se ela havia se mudado de vez para a minha casa.

Eu costumava torcer para que ela esquecesse ali as suas lentes de contato cor-de-rosa e eu tivesse a chance de dar um fim nelas. Ela esqueceu as lentes apenas uma vez, e foram as azul-turquesa, também ridículas. Ela usou essas lentes certa noite, quando saímos, e, como sempre, uns caras ignorantes elogiaram a cor incomum dos olhos dela.

Malibu não oferecia muitas opções para quem desejasse alugar um imóvel a preços acessíveis e os condomínios da área, em sua maioria, eram antigos. Quando visitei pela primeira vez o meu condomínio, eu me apaixonei pelo lugar. Embora não tivesse — infelizmente — vista para o mar, todo o projeto paisagístico e a área em torno da propriedade haviam sido concebidos para dar ao morador a sensação de que ele estava em um resort numa ilha tropical. As árvores eram exuberantes, vibrantes, e perfeitamente alinhadas com os bancos, áreas de piquenique, fontes e redes que se espalhavam pelo lugar, tudo para dar aos espaços comuns um ar relaxado, zen.

O meu apartamento, de dois dormitórios, era quase tão grande quanto a casa em que eu cresci. Não que eu precisasse de tanto espaço apenas para mim, mas a outra opção era alugar um de três dormitórios ainda maior. A Jules mais simplista queria recusar o imóvel, mas a Jules prática levou em conta que poderia arcar com o aluguel sem dificuldades e que as opções em Malibu eram um tanto limitadas.

Além disso, essa unidade tinha vantagens que eu dificilmente encontraria em algum outro lugar. Levando em conta o hall de entrada com piso de mármore, assoalho em madeira-de-lei, eletrodomésticos em aço inoxidável, uma grande sacada e um closet do tamanho de um quarto eu simplesmente não pude resistir. Esse imóvel era de longe o mais lindo em que eu já havia morado na vida. Eu adorava entrar pela porta da minha casa no fim do dia.

Depois de mostrar o meu último imóvel agendado para aquela tarde e de cuidar de algumas tarefas administrativas, eu fui para casa bem antes das cinco horas. Olhei para a garrafa de uísque no banco do passageiro e sorri. *Treze dias.* Quando entrei no meu condomínio, logo avistei a BMW de Tami numa vaga para visitantes. Foi bom ver que ela não havia deixado o carro na minha vaga privativa, como às vezes fazia.

Eu subi as escadas de dois em dois degraus até o meu apartamento no terceiro andar e quando cheguei na frente da minha porta eu me peguei mais uma vez sorrindo de orelha a orelha.

— Querida, eu estou aqui! — gritei.

— Oi, amada! — Tami apareceu para me receber já com um copo de vinho na mão. — Ah você me trouxe um presente?

Ela avançou para mim e tentou pegar a garrafa de uísque que eu estava segurando, mas eu logo escondi a bebida atrás das minhas costas, tirando-a do alcance de Tami.

— Sai pra lá. Isso aqui é pro Cal.

— Mas o Cal não está aqui — ela argumentou, com um brilho travesso nos olhos castanhos.

— Desde quando você bebe uísque?

Eu a empurrei com o quadril, passei por ela e fui guardar a garrafa em um dos muitos armários vazios da cozinha. Eu sinceramente nem imaginava como alguém podia ser capaz de usar tanto espaço, a menos que uma família de dez pessoas morasse ali.

— Desde agora? — ela respondeu, sorrindo com animação.

— Não vai rolar, sério — eu disse, bem-humorada. — É um presente.

— Você é uma estraga-prazeres — ela retrucou, fingindo-se magoada e fazendo biquinho.

Quando eu mostrei a língua para ela em resposta, ela foi pegar uma taça de vinho para mim como se estivesse levantando a bandeira da paz.

— Obrigada.

Tomei um grande gole de vinho e saí para a sacada, equipada com lindos móveis de jardim, apesar de já estarem meio gastos, uma vez que não perdíamos uma oportunidade de aproveitar aquele espaço da casa. Eu me joguei sobre uma das enormes cadeiras e Tami se instalou confortavelmente na cadeira ao meu lado, apoaiando os pés numa banqueta.

— Como você está se sentindo hoje? — ela perguntou depois que nos acomodamos. — Mais animada do que estava na noite passada? Ou está começando a entrar em pânico?

— Por que eu entraria em pânico?

— Porque só faz um mês que você conheceu esse cara? — ela disse, arregalando os olhos. — E ele vai vir pra cá e vai dormir na sua casa e misturar as coisas dele com as suas coisas e sabe-se lá como isso vai acabar.

Balancei a cabeça numa negativa e olhei para a minha melhor amiga como se ela fosse uma louca transtornada, o que, aliás, ela realmente era.

— Eu nem vou me dar ao trabalho de te responder, Tam. — Fiz uma careta de desprezo e tomei mais um gole de vinho.

— Sério mesmo que você não está surtando nem um pouquinho?

Isso me fez pensar se alguma coisa estava errada comigo. Seria uma reação mais normal ficar imaginando o pior e surtando porque Cal estava vindo se encontrar comigo? Mas, na realidade, eu simplesmente não conseguia ver as coisas dessa maneira, não mesmo.

— Pra falar a verdade, eu estou bem animada. E surtando, sim, mas de felicidade.

Essa resposta a fez sorrir.

— Isso é bom, Jules. Estou feliz por você. E muito animada também. Um brinde à sua felicidade! — Ela ergueu a sua taça na minha direção e nós fizemos tim-tim.

— E ao sucesso! — eu disse, e então deitei a cabeça sobre o encosto acolchoado e respirei profundamente o ar da tarde.

Do meu apartamento não era possível enxergar o mar, eu sabia que ele estava logo depois da rua principal. Infelizmente a rua era ampla e o acesso à praia era difícil, ao contrário do que o folheto publicitário do condomínio tentava fazer parecer. *De frente para o mar o cacete.* Mas ainda assim eu podia sentir a brisa no ar. A única coisa que faltava para que a minha experiência na sacada fosse perfeita era poder escutar as ondas quebrando na praia, mas isso não acontecia, nem mesmo quando não havia barulho de trânsito e eu me esforçava para ouvi-las.

— Você vai transar com ele, não vai? — Ela apontou para o meio das minhas pernas. — Ou será que isso aí tá quebrado?

— Como poderia estar quebrado? — eu respondi, dando risada. — Sim, transar com o Cal está nos meus planos.

E não estava mentindo, eu definitivamente tinha a intenção de dormir com o Cal quando ele estivesse aqui. Eu não fiz isso em Boston porque nós tínhamos acabado de nos conhecer e para mim isso seria precipitado demais. Mas desde então nós vínhamos conversando todos os dias já fazia quase um mês e de algum modo isso mudou as coisas. Agora eu me sentia mais próxima dele e não via motivos para não transarmos; eu estava mais preparada para isso.

— Graças a Deus. — Ela piscou para mim. — Não seria nada legal da sua parte fazer o pobre coitado voar uma distância enorme até aqui pra voltar pra casa passando vontade e na seca.

— Eu devo merecer isso. Me diga uma coisa: de onde foi que você veio?

— Do Bob e da Lila Cheng, ora. Que pergunta é essa? — ela disse descontraída. Esses eram os nomes dos pais dela.

— Porque às vezes parece que você veio de Marte. Ou de Plutão. Ou de algum outro planeta.

— Vamos ver o que os meus pais vão dizer quando souberem que você pensa assim. — Ela me lançou um sorriso descarado, e então jogou a cabeça para trás e tomou de um só gole o que restava de vinho em sua taça.

O meu telefone tocou e eu fui atender. Tami deu uma espiada e viu o nome de Cal no visor.

— Ele telefona para você todas as noites?

Eu fiz que sim com a cabeça enquanto atendia a ligação:

— Oi! — Eu praticamente ronronei ao telefone.

— Oi, querida. Adivinha só?

— O quê?

— Treze dias! — ele anunciou com entusiasmo.

Eu soltei um grito de excitação:

— Eu e a Tami estávamos falando sobre isso agora mesmo. Nós estamos tão animadas!

— A Tami está animada também?

Cal sabia exatamente quem era a Tami. Em mais de uma ocasião eu falei sobre a Tam e sobre as palhaçadas dela, do mesmo modo que ele havia compartilhado comigo os desastres dos últimos relacionamentos do Lucas.

Pensando bem, era mesmo impressionante o tanto que nós já sabíamos sobre o dia a dia um do outro. Era incrível o que você podia aprender sobre uma pessoa simplesmente falando com ela ao telefone, sem vê-la pessoalmente. Ver alguém podia causar distração, mas, quando tiramos de cena o elemento físico, somos forçados a prestar mais atenção a outros detalhes.

— Não dá para acreditar que ele *telefona* mesmo pra você — Tami disse, totalmente pasma.

— O que ela está dizendo? — Cal perguntou num tom de voz descontraído.

— A Tami está chocada com o fato de você sempre me ligar — eu respondo.

— E que alternativa eu teria?

— Mensagens de texto? Sei lá.

Ele bufou:

— Eu sou homem, Jules. Diga a ela que homens de verdade sabem como conversar ao telefone e não usam os seus aparelhos apenas para mandar mensagens de texto.

Quando eu abaixei o telefone e comecei a repassar a ela o que Cal tinha me dito, a minha melhor amiga gemeu de impaciência.

— Ai, Jules, me dá logo esse telefone! — E ela pegou o aparelho da minha mão.

— Olá, Calvin Klein — ela disse, falando com cuidado para não deixá-lo perceber que estava bêbada. — Eu sei. É impressionante. Os caras realmente não telefonam mais. Eles só mandam mensagens.

Fiquei espantada quando percebi que o tom de voz dela mudou completamente. Ele a havia enfeitiçado pelo maldito telefone! Fiquei ouvindo a conversa de um só lado, curiosa para saber exatamente o que Cal estava dizendo a ela. Com o coração acelerado, esperei enquanto a minha melhor amiga flertava com o meu... bem, o meu Cal.

Toda alegrinha, Tami se despediu dele e me passou o telefone.

Quando retomei a conversa com o Cal, ele deu uma risadinha.

— Ela é maluquinha — Cal comentou.

— Você nem faz ideia — respondi, rindo também.

— Melhor deixarmos o nosso papo para depois, já que a Tami está aí. Me ligue mais tarde se quiser ou então nos falamos amanhã.

Eu não queria desligar o telefone, de jeito nenhum. Mas ele tinha razão. Tami veio me fazer uma visita e eu também queria dar atenção a ela.

— Está bem. Obrigada por ligar.

— Foi um prazer. E sabe de uma coisa, Jules?

— Sim?

— Estou sentindo a sua falta.

— E eu a sua.

— Espere! — Cal chamou, elevando a voz para que eu o ouvisse antes de desligar.

— O quê?

—Mande para mim uma foto sua e da Tami juntas.

— Mesmo? Tá bom!

— Até já, querida.

— Até!

Quando eu desliguei, Tami me lançou um olhar expressivo de satisfação.

— Uau, cara... Fiquei louca pra conhecer o nosso amigo pessoalmente! — ela disse.

— Você vai adorar o Cal. Ele quer uma foto nossa, aliás. — Levantei o meu celular e o segurei no alto para tirar uma *selfie*.

— E quem não iria querer uma foto nossa? Até eu ia querer — ela brincou, sorrindo e segurando no ar a sua taça de vinho.

Depois de me certificar de que a imagem estava bem legal, eu a enviei para o Cal.

Em menos de um minuto Cal me enviou uma *selfie* dele. Eu virei o celular na direção de Tami, que riu quando viu que ele a imitava na foto, segurando uma cerveja no alto e fazendo biquinho.

Tami praticamente arrancou o celular da minha mão.

— Jesus, me abana! Que lábios — ela disse.

— Você ainda não viu nada — comentei. Bebi o resto do meu vinho e me levantei da cadeira. — Quer mais?

— Nós precisamos comer alguma coisa — Tami disse, e também se levantou.

— Tem razão — respondi, e esfreguei a barriga enquanto caminhávamos para dentro.

Preparei rapidamente um macarrão integral com azeite de oliva, que engordava mais do que as pessoas imaginavam, mas era uma delícia. Para justificar a minha escolha, usei a desculpa de que o prato combinava bem com vinho. Tami no início reclamou das calorias, mas quando eu comentei que ela nunca ganhava peso, ela se sentou e devorou o seu prato.

Depois do jantar, nós escolhemos uma comédia romântica para assistir. Tami acabou pegando no sono no sofá, com roupa e tudo. Eu a deixei lá e fui para o meu quarto, na esperança de adormecer pensando em Cal. Sonhar com ele era gostoso demais, tão gostoso quanto os seus lábios.

Ah, Deus! A vontade de ver Cal crescia mais a cada dia que passava.

# Tempestade de gelo

## Jules

*OITO DIAS*. OS DIAS ESTAVAM PASSANDO MUITO MAIS RÁPIDO do que eu podia imaginar. Cal e eu conversávamos todas as noites sem exceção e falávamos sobre tudo e qualquer coisa, desde os nossos pratos favoritos até os lugares que gostaríamos de conhecer.

Ao longo do dia, nós trocávamos mensagens, e quanto mais se aproximava o dia da chegada dele mais frequentes elas se tornavam. Na maioria das vezes eram apenas mensagens rápidas, do tipo: "estou com saudade" ou "estou pensando em você", mas nem por isso eram menos adoráveis. Na verdade, talvez isso as tornasse ainda mais adoráveis. Saber que ele pensava em mim tanto quanto eu pensava nele era reconfortante.

Eu ficava grata por meu trabalho me deixar tão ocupada . Se os meus clientes precisassem, eu agendava visitas para a noite, e trabalhar nos fins de semana era praticamente obrigatório, pois as pessoas geralmente preferiam visitar o máximo de imóveis possível antes de tomar uma decisão, mas não tinham tempo para fazer isso durante a semana, também por conta dos seus compromissos de trabalho. Então, aos sábados e domingos eu trabalhava o dia inteiro, sem parar, mas eu não podia reclamar. Isso ajudava a acalmar o meu coração e a manter a minha mente focada e em bom funcionamento.

Quando eu chegava em casa, porém, a coisa mudava totalmente. Todo o meu ser entrava em sintonia com Cal Donovan e com o número de dias que faltava para que eu pudesse, finalmente, vê-lo em carne e osso. Faltavam oito dias, aliás, um número pelo qual eu não podia passar batido, já que me deparava com uma contagem regressiva toda manhã ao acordar. Quando os dias restantes se tornaram números de um dígito eu quase chorei de felicidade, a mais completa e genuína felicidade. Foi ridículo, mas eu adorei a sensação e me recusei a reprimi-la.

Os meus sentimentos por Cal eram inesperados, desconhecidos e tão intensos que chegavam a me deixar sem fôlego. Cal aconteceu na minha vida como uma exceção, ele não fazia parte da vida que eu pensava que queria para mim e eu não podia simplesmente me enganar e tentar me convencer de que ele não significava nada. Isso seria mentir, e mentir para mim mesma, para piorar. E eu era péssima nisso.

Então, a cada noite que ele me telefonava era mais difícil guardar para mim os pensamentos e sentimentos que me agitavam; era cada vez maior a minha vontade de colocá-los para fora sem nenhum tipo de censura. A atenção de Cal estava muito concentrada em seu trabalho e, embora tenha sido dele a iniciativa de vir até aqui para me ver, eu não queria correr o risco de assustá-lo demonstrando a intensidade dos meus sentimentos.

Eu planejei coisas para fazermos enquanto ele estivesse aqui e fiz escolhas considerando o provável cansaço dele ou ainda programas que ele possa ter mais vontade de fazer. Pensei em cada detalhe: das roupas que vou vestir até mesmo a *lingerie* que vou usar a cada dia e noite. *É bom voltar a ser só uma garota às vezes.* Eu até chequei se o time de hóquei de Cooper vai estar na cidade ou não, mas eles não estarão, o que me deixou um pouco triste.

Numa das nossas últimas conversas eu perguntei a Cal quais eram as coisas que ele mais gostava de comer. Isso na verdade foi um truque para tirar informações dele e poder comprar os seus alimentos favoritos para a estadia dele aqui. Ele adorava comida italiana e frutos do mar, o que combinava perfeitamente com as ideias que eu tinha. Eu não era a melhor cozinheira do mundo, mas, graças à minha avó, tinha uma boa mão para preparar bons pratos italianos. E morar em Malibu me garantia acesso a alguns dos melhores restaurantes de frutos do mar das redondezas. No que dependesse de mim, Cal teria uma viagem inesquecível.

Eu torcia muito para que o meu coração sobrevivesse a tudo isso sem ficar perdido de paixão por esse homem. Mas já era tarde demais.

*UM DIA.* Quando abri os olhos de manhã, logo vi que meu celular tinha mensagens não lidas.

LÁBIOS DE SONHO: Um dia!

Eu digitei rapidamente uma resposta:

JULES: Ah, meu Deus. Um dia! Eu não vejo a hora, Cal!
LÁBIOS DE SONHO: Eu também não.
LÁBIOS DE SONHO: Ah, já ia me esquecendo. Bom dia, minha linda.

A nossa contagem regressiva tinha sido prazerosa, um ótimo recurso para ajudar a atravessar os dias de espera, mas agora a realidade começava a se aproximar cada vez mais de nós. Cal chegaria no dia seguinte!

Respirei fundo e avaliei as minhas emoções e, para a minha surpresa, eu não estava nem nervosa nem preocupada. Eu não me perguntava se nós nos daríamos bem ou como as coisas seriam quando finalmente nos víssemos de novo depois de tanto tempo. Se nós não tivéssemos mantido contato diariamente talvez eu não enxergasse as coisas assim. Eu só tinha uma certeza: estava extremamente otimista e cheia de esperança. Essa combinação de sensações poderia ser perigosa, mas não havia nada que eu pudesse fazer para evitar isso. E eu também não queria tentar.

Eu sabia que Cal estava trabalhando e nós normalmente não nos falávamos durante o horário de expediente, por isso eu hesitei por um instante antes de ligar para ele.

Quando ele respondeu com um "Oi!" entusiasmado, eu tive de disfarçar o meu espanto. Estava convencida de que a ligação cairia direto na caixa postal e eu teria de deixar uma mensagem.

— Oi! Peço desculpas por ligar em horário de trabalho, mas é que eu estou tão ansiosa pra ver você amanhã!

— Eu também estou ansioso. Mal posso esperar pra ter você nos meus braços, querida — ele murmurou com uma voz rouca ao telefone, e eu me senti derreter como se fosse sorvete.

— Mal posso esperar para estar nos seus braços e sentir os seus lábios em mim — eu sussurrei, modulando a voz. — Meu Deus, que saudade desses lábios. Eu quero senti-los por todo o meu corpo. — Fiquei quase sem ar quando admiti isso.

— Não faça isso, Jules. — Ele abaixou a voz, e eu me esforcei para escutá-lo. — Você não pode me dizer essas coisas quando estou no trabalho, assim eu não consigo me controlar, estou ficando todo duro aqui.

Eu ri.

— Ai, peço desculpas de novo. Vou deixar você trabalhar. Só queria dizer que estou contando os segundos para nos encontrarmos. É tão bom saber que você vem pra cá! Estou muito feliz.

— Eu também. Nos vemos amanhã, mas ligo pra conversarmos mais tarde.

— Tudo bem. Tchau.

Desliguei o telefone e fui me arrumar para o trabalho cheia de energia, sob efeito de uma overdose de Cal.

Eu encerrei o expediente de trabalho mais tarde essa noite, pois fui mostrar para um casal de clientes uma nova propriedade que havia acabado de ser desocupada. Quando um imóvel estava vazio, era mais fácil agendar visitas porque eu não precisava combinar nada com os moradores e nem contornar eventuais situações constrangedoras. O meu horário era flexível, e, se um cliente me pedisse para lhe mostrar uma casa às oito horas da noite, eu o atenderia sem problema nenhum.

Quando eu finalmente entrei no meu carro para ir para casa, já era quase meia-noite em Boston. Eu hesitei por um instante, perguntando-me se era uma boa ideia ligar para ele assim tão tarde. *Que se dane*, eu decidi por fim. Liguei e o acordei, é claro. Foi impossível não rir quando escutei a voz completamente grogue dele e logo percebi que Cal certamente não se lembraria da nossa conversa pela manhã.

*HOJE!* Quando eu acordei e vi a mensagem de Cal na manhã seguinte, percebi que estava errada. Pelo visto ele tinha uma ótima memória.

LÁBIOS DE SONHO: Bom dia, minha linda! É HOJE! Peço desculpas pela conversa de ontem, eu estava meio fora de órbita. E não consigo acreditar que estou indo até aí pra ver você!

Foi um pouco mais fácil dar conta do trabalho naquele dia, sabendo que ele estaria voando e não poderia usar o celular. Eu o imaginei dentro do avião e me perguntei se ele era do tipo que papeava e fazia amizade com o passageiro da cadeira ao lado ou se preferia ficar quieto e na sua.

Eu ri sozinha quando o imaginei papeando com alguma senhora idosa enquanto ela tricotava um cachecol no assento ao lado; a certa altura essa senhora decidia que o tal cachecol ficaria melhor nele do que em seu sobrinho. Cal graciosamente aceitaria o presente, claro, e o colocaria em torno de seu pescoço, sorrindo. Ninguém nunca vai poder dizer que eu não tenho imaginação.

Mais à tarde, quando eu cheguei ao aeroporto e parei o carro na calçada perto da entrada, meu coração batia acelerado. Para ser honesta, eu não achava nada legal esperar por ele do lado de fora. Parecia meio impessoal. Mas, por outro lado, era muito mais rápido e prático do que estacionar, entrar e tentar encontrá-lo.

LÁBIOS DE SONHO: A caminho da saída.
JULES: Espero você na frente da porta A-2. Audi preto.

Em pé ao lado do meu carro, enquanto esperava Cal aparecer diante de mim, eu tentava me convencer de que o frio na minha barriga era passageiro. Quando finalmente o enxerguei vindo em minha direção, vestindo terno e com uma bolsa de viagem pendurada no ombro, precisei de todo o meu autocontrole para não sair correndo e me atirar em seus braços como uma louca. No instante em que eu o vi, o friozinho na minha barriga se transformou numa tempestade de gelo.

Cal correu os olhos pelo lugar até avistar o meu carro e foi com satisfação que vi um sorriso se estampar em seu rosto. Ele, então, apressou o passo para vir até mim. Eu sempre achei homens bem-vestidos muito charmosos, mas o charme de Cal era diferente, era gritante. Senti todo o meu corpo se aquecer enquanto ele caminhava até mim. Apertei um botão na minha chave e o porta-malas se abriu.

Mas quando chegou mais perto ele veio direto até mim, ignorando o porta-malas, e me agarrou e puxou para junto do seu corpo. Não dissemos nem mesmo uma palavra um ao outro. Os lábios de Cal — meus lábios de sonho — entraram em ação. Macios e perfeitos, exatamente como eu me lembrava deles. Eu retribuí o beijo dele com entrega e foi como se o tempo não tivesse passado desde o nosso último encontro. A nossa sintonia parecia perfeita e as nossas bocas e línguas se exploravam como numa dança lindamente coreografada.

Perdida nesse momento, eu só voltei à realidade quando ouvi uma buzina soar. Então me lembrei de que estávamos na porcaria de um local público. Nós paramos de nos beijar devagar, com relutância, e eu abri os olhos. O frio na minha barriga parecia que nunca mais iria me deixar.

— Oi — ele disse com os olhos brilhando e com um largo sorriso no rosto. Então, colocou a bolsa dentro do porta-malas e o fechou.

— Oi — eu respondi, sorrindo como se a minha boca tivesse vontade própria.

— Meu Deus, eu senti tanta saudade de você.

Ele me segurou e me beijou mais uma vez, tocando de leve com os dentes o meu lábio inferior. Quando ele fez isso, tudo dentro de mim pareceu amolecer, principalmente o meu coração. Foi uma sensação estranha, como se as últimas pontas de dúvida e resistência no meu coração se derretessem por completo.

— Também senti demais a sua falta. Mal posso acreditar que você está realmente aqui! — Corri os dedos pelo rosto dele, sobre a sua barba por fazer, e gostei de sentir os pelos me espetando. Então eu deslizei a mão para baixo, alcancei sua gravata frouxa e a puxei.

— Pois é. Eu não tive tempo de me trocar depois do trabalho.

— Você está lindo assim.

— Você está fantástica.

O olhar dele passeou pelo meu corpo e, de repente, eu fiquei ansiosa para vê-lo todo nu e tê-lo só para mim. Já fazia muito tempo desde a última vez em que eu havia estado com um homem, mas mesmo assim eu não me sentia nervosa. Eu desejava Cal e estava mais do que pronta para me entregar a ele.

— Então vamos, Cal.

Sentei-me ao volante do carro e ele se acomodou no banco do passageiro.

Eu me juntei ao tráfego intenso de carros. Cal levou a mão à minha coxa e a manteve ali, acariciando-me lentamente com o polegar. Na mesma hora eu me recordei da noite em que nós nos encontramos e do nosso fim de semana juntos em Boston. Olhei rapidamente para ele, como se ainda não acreditasse que ele estava mesmo ao meu lado. Sim, nós falamos o tempo todo sobre esse nosso encontro nas duas últimas semanas, mas ver tudo acontecer — ver Cal dentro do meu carro — era quase surreal. Tudo aquilo parecia um sonho.

— Em que você está pensando — ele perguntou sorrindo.

— Que é difícil acreditar que você está mesmo aqui. E que é tão bom não precisar mais me contentar apenas com a sua voz ao telefone. Agora eu posso olhar para você enquanto você fala. É como se o nosso encontro em Boston tivesse acontecido há cem anos.

— Foi exatamente isso que eu disse ao Lucas noutro dia. — Ele balançou a cabeça com ar de espanto. — Que eu ainda me lembro de cada detalhe do nosso fim de semana juntos, mas parece que tudo aconteceu há séculos.

Eu sorri, pois entendia perfeitamente o que ele estava dizendo.

— Precisamos resolver uma questão prática. Eu queria levar você para jantar hoje à noite no Moonshadows, mas como temos uma noite bastante agitada nos esperando amanhã, estava pensando se não seria melhor a gente ficar em casa. Eu posso cozinhar para você, se achar uma boa ideia, é claro.

— Querida, se depender de mim a gente não sai nunca mais da sua cama. Mas tudo o que você decidir, seja lá o que for, eu vou achar uma boa ideia.

— Então você não se importa se a gente ficar em casa hoje à noite? — eu perguntei mais uma vez, aliviada por saber que Cal concordava com a minha mudança de planos repentina.

Senti a mão dele apertar a minha coxa.

— Eu até prefiro, para ser sincero.

*Beleza.* Eu também preferia. Na noite seguinte, eu já sabia que teria de compartilhar Cal com todos os conhecidos que aparecessem no nosso caminho. E, naquele exato momento, tudo o que eu queria era ter Cal só pra mim.

— Talvez a gente possa ir ao Moonshadows amanhã para almoçar. O restaurante tem uma vista privilegiada para o mar e pode ser mesmo mais interessante se formos lá durante o dia.

— Parece ótimo — ele disse, e sorriu para mim novamente. — Mas quer saber? Não importa para mim o que a gente faça ou deixe de fazer. Eu me sinto feliz só por estar aqui.

— Isso torna tudo mais fácil.

Satisfeita, eu segui o caminho para minha casa. Eu quis apontar para ele alguns lugares interessantes, mas já estava escuro e não era mais possível enxergar muita coisa.

— Quer dizer então que você vai cozinhar para mim?

— Isso mesmo — respondi, sem tirar os olhos da pista.

— E o que teremos para hoje?

— Você vai descobrir daqui a pouco. — Eu sorri. — Estamos quase chegando.

Quando chegamos ao meu condomínio, olhei para Cal e vi os olhos dele se arregalarem enquanto o portão se abria. Os jardins do meu condomínio eram ainda mais bonitos à noite, quando a iluminação cintilava nas árvores.

— Jules, esse lugar é incrível!

— É mesmo. Eu adoro morar aqui.

Depois de desligar o carro, eu abri o porta-malas e estendi a mão para apanhar minha bolsa. Cal rodeou o carro e veio até mim, então me beijou e me abraçou forte. E nós ficamos assim, agarrados um ao outro bem no meio do estacionamento, sem ligar para nada nem para ninguém. Estar com Cal me fazia sentir como se o tempo tivesse parado.

Ele deu um tapinha no meu traseiro antes de pegar sua mala. Nós nos demos as mãos e eu fui guiando pelo caminho até a minha casa.

— Eu moro no último andar.

Quando abri a porta da frente, ele parou de repente, com uma expressão de espanto no rosto.

— Jules!

— Sim, eu sei... — Pela reação dele, eu sabia que ele estava encantado com o lugar. Tive a mesma reação quando vi o apartamento pela primeira vez. O meu apartamento era espetacular, sem nenhum exagero.

— É inacreditável. — Os olhos dele passearam pela cozinha, depois se voltaram para a sala de estar e então retornaram aos assoalhos.

— Eu me apaixonei por esse apartamento no instante em que entrei nele. Espere até ver os quartos e os banheiros. São sensacionais. — Eu caminhei na direção do meu quarto e Cal me seguiu, deslizando a mão pela bancada da cozinha e olhando cada detalhe. O quarto era enorme, tinha uma lareira num canto e portas duplas que abriam para uma sacada.

Os olhos de Cal se esbugalharam de vez.

— Você tem uma lareira dentro do seu quarto?

Eu fiz que sim com a cabeça. Era engraçado ver outra pessoa visitar o meu apartamento pela primeira vez. Isso me trazia à memória as minhas próprias reações na primeira vez que entrei aqui.

— Eu acho que já vi o suficiente, Jules. — Ele balançou a cabeça, com um sorriso na boca. — A sua casa é de tirar o fôlego.

— Bem-vindo a Malibu? — Não sei ao certo por que disse isso em tom de pergunta. Foi uma coisa meio involuntária.

— Acho que sim.

— Ponha a sua bolsa onde quiser. Vou começar a fazer o jantar.

— Ei... — Ele me tomou nos braços. — Obrigado por fazer o jantar e por me receber.

— Não tem nada que agradecer — eu respondi descontraída, como se eu fizesse isso com todo o mundo o tempo todo.

— Espera, eu tenho uma coisa aqui para você. — Ele abriu a bolsa e tirou de dentro dela com cuidado uma caixa marrom. — Toma — ele disse, passando-a para mim com um enorme sorriso no rosto.

— O que é? — eu perguntei, surpresa com o peso da caixa. — Abra, Jules. Acho que você vai gostar.

Eu puxei a fita que mantinha a caixa lacrada e ela se abriu. Senti na mesma hora um cheiro delicioso.

— Ah, meu Deus, é o... — Eu retirei toda a tampa e me deparei com uma *Boston cream pie*, do *diner* favorito de Cal. Um bolo inteirinho.

— O próprio. — Ele beijou a ponta do meu nariz. — Eu achei que você estivesse com saudade dessa delícia.

— Você não faz nem ideia — eu disse, e então tirei um pouco da cobertura de chocolate com o dedo e o lambi com malícia.

— Droga, Jules — ele reclamou. — Eu nunca mais vou olhar para esse bolo com a mesma inocência de sempre.

Eu ri e fechei a tampa da caixa.

— Peço desculpas, vou colocar o bolo na geladeira. Eu amei. Obrigada.

— De nada. Ei, será que eu posso tomar um banho? Uma chuveirada cairia muitíssimo bem agora. A não ser que você precise da minha ajuda na cozinha, é claro.

Achei extremamente atencioso da parte dele ter se oferecido para me ajudar, embora no momento ele tenha demonstrado mais interesse num bom banho.

— Vá tomar o seu banho. Já tem uma toalha esperando por você no banheiro. É a toalha azul. Já que você é menino.

— Obrigado por me lembrar — ele disse, dando-me um rápido beijo nos lábios.

Antes de colocar o bolo na geladeira, peguei um garfo com a intenção de tirar só um pedaço pequeno do doce. Quando me dei conta já estava no quarto pedaço e tive de me forçar a parar antes que acabasse devorando tudo de uma só vez. Irritada por ter me deixado levar, eu abri a geladeira e coloquei a caixa bem no fundo de uma prateleira, como que para escondê-la de mim mesma.

Agora que o doce estava a salvo, fui até a sala para acender a lareira e também algumas velas. Fiquei admirando o ambiente por um momento e depois voltei para a cozinha para esquentar o canelone que eu havia começado a preparar na noite anterior. Eu estava certa de que estava uma delícia.

Depois de abrir uma garrafa de vinho para mim, eu retirei o uísque de dentro do armário no qual precisei escondê-lo para que Tami não o abrisse em sua última visita. Eu queria que tudo estivesse perfeito.

— Você comprou uma garrafa de Blanton's para mim?

Levei um susto ao ouvir a voz de Cal e me virei para vê-lo. Ele havia mudado de roupa e agora vestia calça de moletom e camiseta. Mesmo vestido de modo tão casual, ele parecia uma delícia.

— Pois é. Você disse que era o seu favorito e eu quis ter uma aqui para você.

Cal perambulou pela cozinha e os meus olhos percorreram o corpo dele de cima a baixo.

— Desculpe se fiquei muito à vontade — ele disse, referindo-se a suas roupas. — Espero que não se incomode.

— Não mesmo — respondi, e então respirei fundo e devagar para acalmar o meu coração tão agitado.

Ele caminhou até onde eu estava e parou bem perto de mim.

— Foi gentil demais de sua parte ter comprado o uísque. Obrigado.

Cal se inclinou para a frente e os seus lábios tocaram os meus. As mãos dele deslizaram pela minha nuca, segurando-me com firmeza enquanto ele intensificava o beijo. Ele teve uma ereção instantânea, que a sua calça de moletom não conseguiu disfarçar, e eu tive que reprimir um gemido. Como se estivesse lendo a minha mente, ele recuou.

— Está vendo essa figura no topo da garrafa? — Ele apontou para a tampa do uísque, moldada na forma de um jóquei cavalgando um cavalo. — Existem diferentes modelos que, juntos, formam a palavra BLANTON'S, e eu tenho todos, exceto a letra *L*.

Eu dei uma risada.

— Nossa, que legal!

— É sério — ele disse, compenetrado. — Sinta como é pesada. — Ele pôs a tampa moldada em latão na minha mão e o peso dela realmente me surpreendeu.

— Que fofo, você coleciona cavalinhos! Quem diria, não é? — eu provoquei, devolvendo a peça a ele.

— Cava... cavalinhos? — Ele olhou feio para mim. — Pois saiba que isso é muito interessante. É que as mulheres simplesmente não compreendem. Eu poderia desenvolver um pequeno ódio por você só por causa disso — ele disse, retribuindo a provocação.

— Duvido.

— Eu poderia.

— Você não conseguiria. — Eu me apoiei na ponta dos pés e encostei minha boca nos lábios de sonho dele. Deus, como eu senti falta desses lábios.

— Não, você tem razão, eu não conseguiria — ele murmurou ainda com os lábios colados aos meus, e então sorriu. — Posso pelo menos tentar explicar, para que você não pense que eu sou um completo nerd? — Eu fiz que sim com a cabeça, e ele foi em frente. — Cada uma dessas rolhas tem o cavalo e o jóquei em diferentes posições de corrida. Quando você junta todas da coleção, além das letras que formam a palavra Blanton's você tem também a história de uma corrida, entendeu?

Ele falou com tanto entusiasmo que eu sorri.

— Entendi. É uma boa jogada de marketing.

— Não acredito que você pense assim. Jules, é bem mais do que isso. Veja, você está partindo esse pobre coração. — Ele colocou a mão sobre o peito.

— Vai dizer que não temos aqui uma jogada brilhante de marketing? Fala sério!

Ele grunhiu de frustração, então se aproximou de mim novamente e me envolveu com força em seus braços, grudando nossos corpos.

— Admita que é incrível, garota.

— É, com certeza. Uma ação de marketing incrível — eu retruquei, dando uma risadinha sarcástica. Era divertido torturá-lo.

— Escute aqui... — ele resmungou.

— Escutar o quê? — eu disse, pressionando mais ainda o meu corpo contra o dele.

Quando o sexo dele fez pressão contra a minha pelve, eu quis estimulá-lo estreitando o contato, esfregando-me nele de maneira lenta e provocativa. Eu me sentia uma mulher poderosa sabendo que era capaz de fazer isso acontecer, sabendo que o contato com o meu corpo o deixava tão excitado.

— A gente bem que poderia pular o jantar só para nos jogarmos juntos na cama daquele seu quarto de tirar o fôlego — ele disse, acariciando o meu pescoço com seus lábios e subindo, em seguida, para a minha orelha.

Eu engoli em seco, tentando ignorar as cócegas tentadoras que seus lábios provocavam.

— Primeiro a refeição — eu afirmei, porém sem muita convicção.

Cal interrompeu as carícias e sorriu.

— Tudo bem, querida, vamos comer primeiro.

Ele se serviu de um copo de uísque e eu o vi bebendo da maneira como havia me ensinado, sorvendo o aroma antes de levar o líquido à boca.

— Se quiser, pode se sentar no sofá enquanto eu termino isso — eu disse, para que Cal não se sentisse obrigado a me fazer companhia na cozinha.

— Prefiro ficar no mesmo lugar que você, Jules.

Quando o ouvi dizer isso em voz baixa, pensei que o meu coração fosse derreter e escorrer como sopa até os meus pés.

— Sabe, eu ainda não consigo acreditar que você está aqui — eu disse, admirando o sorriso perfeito dele e o seu cabelo ainda molhado.

— Eu sei. Eu também não consigo. — Ele piscou e sorriu para mim com o canto da boca.

Cal ficou conversando comigo enquanto eu me movia de um lado a outro e cuidava de preparar o nosso jantar. Enquanto ele falava, eu estava de costas para ele, e tinha a impressão de que sua voz saía do alto-falante do meu celular. Mas sempre que eu me virava e via que ele realmente estava diante de mim, dentro do meu apartamento, uma onda de excitação me invadia.

— Em que você está pensando? — ele perguntou.

— Na sua voz. Eu já estava tão acostumada a ouvi-la pelo telefone, sabe? Mas agora ela está aqui. Você está aqui. É uma coisa... — Hesitei por um instante, enquanto retirava a massa do forno, e me senti uma idiota quando concluí minha frase em voz alta — meio estranha. É como se eu precisasse me lembrar o tempo todo de que basta abrir os olhos para constatar que você está aqui de verdade, bem aqui, e não a milhares de quilômetros de distância.

— Eu sei exatamente o que você quer dizer — ele respondeu, olhando demoradamente para a minha boca.

Saber que ele me entendia era um grande alívio e isso me deixava mais tranquila. Eu nunca tinha me envolvido antes em um relacionamento a distância — se é que a nossa relação poderia ser definida assim —, então tudo isso era território desconhecido para mim.

Coloquei a massa na mesa da cozinha, junto com a salada e o pão. Duas velas brancas dentro de potes decorados com areia e conchas enfeitavam a mesa, dando ao ambiente um brilho caloroso. Nossa conversa praticamente parou assim que começamos a comer. Pelo visto, nós estávamos mais famintos do que queríamos admitir.

— Está delicioso, Jules — ele disse sem parar de comer.

— Obrigada. Vou contar para minha avó que você gostou.

Ele fez um aceno afirmativo com a cabeça, evitando falar com a boca cheia.

— Foi a sua avó quem fez? — ele perguntou em seguida.

— Não, mas ela me deu a receita — respondi, rindo.

Quando nós terminamos de jantar, eu me levantei para tirar a mesa, mas Cal me deteve colocando sua mão sobre a minha.

— Deixe a louça comigo.

— Você não precisa fazer isso.

— Mas eu quero fazer.

Não era possível, ele não podia ser tão perfeito assim.

— Tem certeza? — Eu me senti um pouco culpada, mas a oferta era muito tentadora.

— Pode ir fazer qualquer outra coisa. — Ele me empurrou gentilmente. — Ah, espere aí. Você esqueceu isso. — Ele me entregou meu copo de vinho, reabastecido, e eu saí da cozinha.

Quando saí do banheiro vestindo minha roupa de dormir, fiquei ligeiramente surpresa por encontrar Cal deitado na minha cama com a televisão ligada. Os olhos dele se fixaram nos meus, mas eu desviei o olhar, como se de repente tivesse sido tomada por uma onda de vergonha. Dei uma espiada no meu *short* e na minha camiseta e caminhei pelo piso de madeira na direção da cama.

Cal não desviou o olhar de mim nem por um segundo. Quando subi na cama, deixei que meu corpo fosse totalmente envolvido pelo dele. Ele passou um braço ao redor de mim e aproximou a minha cabeça do seu peito, uma sensação estranhamente familiar mesmo depois de ficarmos separados um do outro por tanto tempo. Ele correu os dedos pelo meu cabelo e eu apoiei a minha mão sobre a barriga dele, acariciando a sua pele com o meu polegar, bem lentamente.

— Obrigado mais uma vez pelo jantar. — Ele se inclinou para a frente e beijou o topo da minha cabeça.

Eu estiquei o pescoço a fim de olhar para ele.

— Foi um prazer, pode acreditar.

E tinha sido mesmo. Eu amei ter cozinhado para ele. Eu, na verdade, não era assim, mas percebi que gostava de cuidar de Cal, de preparar as coisas com cuidado e carinho para ele. Eu me sentia bem fazendo isso, por alguma razão.

Nós tentamos nos beijar, mas foi complicado, porque não estávamos no ângulo certo. Então, ele se mexeu debaixo de mim e nós fomos nos ajeitando. Por fim, ele acabou ficando por cima. Quando vi os lábios de Cal se aproximando dos meus, fechei os olhos. Nossas bocas se tocaram, a princípio com suavidade, e a intimidade desse toque preencheu todo o ambiente.

— Senti tanto a sua falta — ele sussurrou com os lábios colados aos meus.

— Eu também. Todo santo dia — eu admiti, sem pensar se estava sendo exagerada ou precipitada. Eu só estava dizendo a verdade.

Cal afastou os lábios dos meus ligeiramente e o canto da sua boca se levantou.

— Tão honesta.

Ele já tinha dito isso antes, mais de uma vez, e eu não fiz nenhum comentário a respeito; mas sempre tive um pouco de dúvida quanto ao significado dessas palavras.

Quando eu o envolvi com os meus braços, tentando puxá-lo para mim, ele se abaixou com cuidado para não me esmagar enquanto ajustava o seu corpo sobre o meu. Meus quadris se ergueram ligeiramente, movendo-se no seu próprio ritmo, desejando tudo aquilo.

— Olhe para mim — Cal disse.

Eu abri os olhos e o rosto dele surgiu diante de mim como se fosse a visão do próprio paraíso.

— Tem certeza disso, Jules?

Eu fiz que sim com a cabeça e ele então me beijou numa explosão de desejo, como se estivesse se contendo desde o desembarque no aeroporto. Depois de um longo beijo, profundo e intenso, ele começou a mordiscar a pele da minha nuca.

— Eu te quero tanto! — ele disse, quase ofegante. — Mas posso esperar se você ainda não estiver pronta.

— Sem essa, Cal. Você sabe muito bem que eu estou pronta. — Tentei parecer durona, mas eu o queria tanto quanto ele me queria, se não mais.

Eu não precisei dizer mais nada. Ele rolou para o lado e com um braço atrás das minhas costas me puxou com firmeza. Então, começou a me beijar sem parar em vários pontos, como se tivesse receio de que eu mudasse de ideia se ele parasse. E quando os lábios dele encontraram os meus, minha mente entrou totalmente em pane. Eu só conseguia pensar na sua boca, na sua língua, no calor que vinha dela e me incendiava por dentro.

Eu me virei de um lado para o outro enquanto Cal puxava meu *short* de malha para baixo, deslizando-o até chegar às minhas pernas, deixando atrás da peça de roupa um rastro de beijos.

Ele gemeu novamente quando pôs os olhos na minha calcinha de renda preta. Posicionou seu corpo sobre o meu e, em seguida, a sua mão tocou minha calcinha. As pontas dos dedos dele roçaram meu púbis sem pressa. Depois, Cal afastou o tecido e deslizou seus dedos para dentro da *lingerie*, tocando e brincando com a região mais íntima do meu corpo, explorando cada pedacinho de mim.

Esperei que ele fizesse algum comentário do tipo que os homens costumam fazer, mas ele ficou em silêncio, o que foi um alívio. Seus dedos estavam se movendo a centímetros da minha virilha, e quando ele introduziu um dedo dentro de mim eu respirei rápido, aceitando facilmente a penetração. Eu gemi de prazer e ele fez movimentos de vaivém com o dedo, lentamente. E então introduziu mais um dedo em mim. Meu corpo se arqueou com a sensação que isso provocou, e Cal beijou o meu pescoço.

Com uma mão enfiada no estreito espaço entre o colchão e as minhas costas, ele puxou a minha camiseta e a tirou por minha cabeça. Ele ficou admirando meus seios nus por um instante antes de colar sua boca em um dos mamilos, sugando-o entre seus lábios dos sonhos. As carícias que ele fez em meus seios mais pareciam um ritual de adoração. Sua boca se movia de um seio para o outro distribuindo prazer de maneira igual, lambendo, sugando e mordiscando. Apertei as costas dele com força, agarrando o cós da sua calça de moletom e me atrapalhei com o elástico justo. Para não interromper nem por um segundo o que estávamos fazendo, eu usei o meu pé para puxar a calça dele para baixo.

Cal se livrou da peça de roupa e a atirou no chão, e em vez de continuar o que estava fazendo ele ficou me observando para saber como eu reagiria ao vê-lo quase nu pela primeira vez. Seu pênis estava ereto atrás da cueca boxer, movendo-se em pequenos espasmos, como se implorasse para que eu o soltasse de sua prisão. Parecia brutal assim, apertado contra o tecido. Eu quis mantê-lo aprisionado por mais um instante, mas também queria dar as boas-vindas a ele. Segurei o elástico da cueca e comecei a esticá-la e puxá-la para baixo com cuidado, para não machucá-lo.

Ele gemeu, fechando os olhos. Sua boca pendia aberta e atraiu a minha como se fosse um ímã. Eu estava viciada na boca do Cal, obcecada por seus lábios. Eu simplesmente não poderia mais viver sem aquela boca.

Cal me agarrou e me atirou de volta na cama. A essa altura, eu estava apenas com minhas roupas íntimas. O membro dele bateu na minha coxa e eu ergui o quadril, tentando provocá-lo com movimentos sensuais. Era gostoso sentir o pênis dele contra o meu corpo, mesmo havendo um tecido entre nós.

— Se você se mexer desse jeito de novo, isso vai terminar antes de começar — ele avisou.

Eu mordi o lábio inferior, cheia de expectativa.

— Não quero esperar mais, Cal — eu disse, praticamente implorando.

— Tem certeza?

— Eu já disse... — Eu mexi o quadril, esfregando-me em Cal. — Sim.

— Ufa. — Ele estendeu os braços na direção do chão, onde abriu sua carteira e pegou um preservativo.

— Você não comprou só um, não é? Diga que não, por favor. — Eu tentei mostrar descontração, mas o momento era intenso demais. Nossos corpos estavam tomados de sensações muito intensas. Estávamos os dois à flor da pele, na expectativa do que iria acontecer naquela cama em instantes.

— Eu tenho mais. Mas eu não sabia se você iria querer. — Ele hesitou por um instante, e então admitiu: — Eu esperava que você estivesse a fim, mas não estava totalmente certo disso. — Cal desenrolou o preservativo em seu pênis e depois voltou a atenção para mim. — Tudo bem?

— Sim, claro.

Ele se deitou sobre o meu corpo e iniciou a penetração bem devagar. Quando eu abri mais as minhas pernas, convidando-o a ir em frente, ele entrou em mim um pouco mais e em seguida parou.

— Droga, Jules.

— O que foi, está tudo bem? — Eu estava quase ofegante, tentando me conter e manter a compostura, quando o que eu mais queria era projetar o quadril na direção de seu membro para tê-lo por inteiro dentro de mim.

— Eu estou só começando aqui, e você já está se sentindo tão... à vontade — ele disse com um certo tom de ansiedade em sua voz.

Ouvi-lo admitir isso fez o meu coração inflar de emoção, tanto que pensei que fosse explodir. Mas eu não disse nada. Não queria correr risco nenhum de arruinar aquele momento.

Cal enfim me penetrou profundamente, e quando percebeu que estava inteiro dentro de mim, iniciou o mágico e antigo movimento ritmado. Enquanto ele deslizava dentro de mim no vaivém, eu me dei conta de que sentir isso — sentir *Cal* — era quase inacreditável. Nem grande demais, nem pequeno demais: ele se encaixava como se tivesse sido feito sob medida para mim.

Meu quadril se movia no mesmo ritmo que o dele, aparando suas estocadas num contraponto perfeito. Eu arqueei as costas ligeiramente, para que Cal me penetrasse num ângulo diferente.

Deus, se dependesse de mim ele não pararia nunca.

— Ah, que maravilha! — eu disse, arfando. — É tão bom ter você dentro de mim!

Ele se inclinou e pressionou os lábios nos meus, num beijo muito suave, muito doce. Nossas bocas pareciam se mover no mesmo ritmo que os nossos corpos — em movimentos lentos, sensuais, dolorosamente fabulosos. Nossas testas se tocaram e nós compartilhamos o mesmo ar.

— Estou quase! — ele sussurrou com os lábios nos meus.

Cravei os dedos nas costas dele, puxando-o o máximo possível para dentro de mim.

— Eu vou... agora! — bradei um segundo antes de o meu corpo reagir, tremendo de maneira convulsiva, enquanto ele me apertava ainda mais forte.

Cal teve um orgasmo logo depois de mim e as ondas do meu orgasmo continuaram a se agitar por todo o meu corpo. Nós ficamos ali parados por alguns momentos, respirando pesadamente; e mesmo depois de sair do meu estado de delírio eu me recusei a me mover.

Por fim, Cal foi saindo de dentro de mim lentamente, deixando-me com uma sensação de vazio. Ele se levantou da cama nu, em toda a sua glória, e eu o contemplei até vê-lo desaparecer dentro do banheiro. Quando ele voltou, tinha um sorriso travesso no rosto. Ele voltou para a cama e se deitou de costas, e então me puxou para perto dele. Pousei a cabeça no peito de Cal novamente e pude ouvir as batidas frenéticas do seu coração.

— Isso foi... — Ele parou, pressionando os lábios na minha testa. — Eu nem sei que palavra usar para definir o que aconteceu aqui.

Eu estava pensando a mesma coisa. Não tinha sido apenas fantástico ou incrível — tinha sido bem mais que isso. Eu realmente não conseguia encontrar palavras para descrever a nossa experiência.

— Eu diria que foi... uma viagem.

— Uma viagem boa, certo? — ele perguntou, obviamente especulando.

— Mais do que boa, Cal. Foi épica.

— Épica — ele repetiu.

Foi exatamente por essa razão que eu sabia que não podia dormir com Cal naquele fim de semana em Boston. Se o sexo tivesse sido bom como o que nós tínhamos acabado de vivenciar, eu não teria conseguido lidar com a situação. De maneira alguma eu conseguiria viver uma experiência tão íntima e intensa como essa e depois simplesmente ir embora, deixando Cal em Boston sem saber se o veria novamente.

Sim, nós mantivemos contato depois da minha viagem a Boston, mas na ocasião eu não sabia que isso aconteceria. Eu não fazia ideia de que voltaria a vê-lo algum dia, quanto mais que passaria as minhas noites falando com ele ao telefone. E agora, depois de tudo, eu estava muito feliz com o rumo que as coisas tinham tomado entre nós. Ainda bem que havíamos esperado até agora.

— Está pensando em algo interessante? — ele sussurrou, correndo os dedos por entre os meus cabelos.

Eu ri com o rosto encostado no peito de Cal.

— Acaba de me ocorrer que foi a melhor coisa nós não termos feito *isso* em Boston.

Os músculos do abdome dele se contraíram quando ele se curvou para cima levemente.

— Mas por que, Jules?

— Porque eu não teria suportado. Isso teria estragado a possibilidade de eu ficar com qualquer outro homem — eu disse, séria e brincalhona ao mesmo tempo.

— Então eu estraguei tudo o que você poderia ter com outros caras, Jules?

— Sim, Cal, você me arruinou para todos os outros. Mas eu estou preparada para viver isso com você agora, quando nos conhecemos eu não estava.

Porém isso não era inteiramente verdadeiro. Eu não fui completamente honesta quando disse que agora estava preparada — porque *nada* poderia ter me preparado para isso. Eu não transava já fazia um bom tempo, e o que nós tínhamos acabado de fazer era muito mais do que sexo.

Quando me penetrou, quando esteve dentro de mim, Cal passou a fazer parte de mim; nossos corpos se tornaram um, em um nível ancestral, tão emocional quanto físico, e eu já me sentia mais ligada a ele do que estava duas horas atrás. O sexo tinha o poder de aproximar mais as pessoas. Pelo menos era o que eu sentia, era nisso que eu acreditava. Ser íntimo de alguém a esse ponto devia intensificar a união, não levar ao afastamento.

Eu não dormi com Cal em Boston porque respeitei o meu ponto de vista sobre esse assunto. Porém, para ser sincera, eu não estava em uma situação muito melhor agora. Ele partiria em dois dias e eu estava irremediavelmente viciada nele.

Cal ficou em silêncio depois da minha confissão. O único som que vinha dele era o do seu coração batendo junto ao meu ouvido. Eu estava quase pegando no sono quando ele finalmente sussurrou:

— Acho que você arruinou qualquer possibilidade de eu ficar com outras mulheres também.

Ele disse isso com uma voz tão fraca. Será que não tinha a intenção de ser ouvido? Pelo sim, pelo não, eu permaneci quieta e fingi que estava dormindo.

# Em Malibu

## Cal

DURANTE O TEMPO EM QUE FICAMOS AFASTADOS EU HAVIA fantasiado mil situações ao lado de Jules, mas nada, absolutamente *nada* que pudesse se comparar ao que vivemos na realidade. O corpo dela era como se feito sob medida para o meu. Ela se arqueava nos meus braços, contorcendo-se e movendo-se de uma maneira que eu nunca vi antes, de um jeito que eu achava que só existia nos meus sonhos.

Quando Jules me disse que eu havia arruinado a chance de qualquer outro homem, talvez ela estivesse apenas querendo me agradar ou satisfazer o meu ego. Mas se esse fosse o caso, eu não ligaria.

Eu precisava ouvir isso. Nada mais justo, já que eu também não queria saber de nenhuma outra mulher.

Não sei o que vai acontecer entre nós depois desse fim de semana. Só sei que enquanto eu viver dificilmente terei com outra mulher uma experiência como essa que tive com Jules. Para os homens, o sexo geralmente tem um apelo irresistível, mas, em alguns casos, é simplesmente... único. Mágico. De algum modo inexplicável, é mais intenso e mais apaixonado. E definitivamente era isso que eu estava vivenciando agora.

Durante o voo para cá, eu tinha prometido a mim mesmo que ia me manter sereno e com a cabeça no lugar, mas bastou ver Jules me esperando na saída do aeroporto para todo o meu autocontrole desaparecer sem deixar rastro. Eu não podia manter a cabeça no lugar quando se tratava de Jules. Manter contato com ela a distância era uma coisa, mas estar com ela pessoalmente era algo completamente diferente. Eu tinha até menos autocontrole quando estava no mesmo quarto que ela. As minhas mãos me provaram várias e várias vezes que tinham vontade própria.

Eu não fazia ideia de como conseguiria sobreviver a esse fim de semana, mas me conformei com a possibilidade de aproveitar aqueles bons momentos, sem interpretar nem tentar vislumbrar nada além daquilo. Eu evitaria rotular o que estava acontecendo entre nós e me esforçaria para não ceder a essa tentação, porque simplesmente não fazia sentido. Nós ainda morávamos a uma enorme distância um do outro, adorávamos nossos empregos e estávamos determinados a evoluir em nossas carreiras. Essas eram as nossas prioridades e continuariam sendo quando esse fim de semana terminasse. Tudo o que buscávamos era diversão, nada mais que isso.

Quando abri os olhos na manhã seguinte, a cabeça de Jules ainda estava sobre o meu peito. Nossos corpos haviam se entrelaçado completamente durante a noite — as pernas dela trançadas nas minhas, meu braço nas costas dela, segurando-a junto de mim. Seus longos cabelos loiros estendiam-se pelo meu corpo e, como que por instinto, eu me mexi para tocá-los. Tudo nas minhas reações era instintivo quando se tratava de Jules. Eu me apanhava fazendo coisas automaticamente, sem nem ter pensado a respeito delas.

Deus, como ela era linda. Ainda nua, e com o lençol cobrindo apenas algumas partes da sua pele macia, parecia uma pintura. Não era à toa que a minha mente entrava em pane quando eu pensava nela. A beleza de Jules ainda se somava à sua inteligência; a garota era uma dupla ameaça.

Eu não queria me mover, não queria acordá-la, mas estava apertado para ir ao banheiro. Quando eu puxei o braço delicadamente de debaixo dela, ela se mexeu e virou a cabeça devagar, fitando-me com seus olhos verdes, mais lindos do que nunca.

— Oi, bom dia — ela disse, espreguiçando-se com os braços acima da cabeça e gemendo preguiçosamente.

— Bom dia. — Eu me curvei para beijá-la na testa. — Não queria acordar você, mas preciso ir ao banheiro.

— Tudo bem.

Ela sorriu quando eu saí rápido da cama, ainda pelado e ostentando uma bela ereção matinal. O olhar dela pousou na minha virilha e se fixou ali, e eu quase deixei escapar um comentário idiota enquanto me afastava. O banheiro era fora de série, grande o suficiente para abrigar uma pequena família. De pessoas, não de bichinhos.

— Jules? — eu gritei do banheiro, sem saber ao certo por que a minha pergunta não poderia esperar.

— Sim? — ela gritou em resposta, com a voz ainda vacilante.

— Quantos metros quadrados tem esse apartamento?

— Cento e oitenta. Por quê?

— Porque ele é enorme — respondi, voltando para o quarto. Era espaço demais para uma pessoa apenas, e ainda que Jules o tivesse decorado e mobiliado de maneira confortável, era impossível ela conseguir utilizar todo esse espaço.

— Esse era o menor apartamento disponível no condomínio — ela explicou, ainda elevando a voz. — Os outros todos têm mais de duzentos metros.

Jules continuava no mesmo lugar onde eu a havia deixado. Quase na mesma posição. Ela ainda estava estendida, com o rosto virado para o colchão e o lençol branco cobrindo apenas parte do seu corpo nu.

Eu a desejava, precisava dela. E se eu acreditava que me sentia atraído por ela antes da última noite, agora eu estava totalmente certo desse sentimento que só crescia. Eu nunca havia realmente me dado conta de que o sexo podia fazer a gente se sentir mais próximo de outra pessoa. Para mim, costumava ser apenas uma coisa que as pessoas tinham de fazer, um ato que nem mesmo exigia ponderação. Uma necessidade a ser satisfeita, uma sede a ser saciada.

De repente, eu tive a sensação de ter encarado o sexo de maneira errada por toda a minha vida.

Eu me acomodei sobre o colchão e cobri as costas nuas dela com o meu corpo, debruçando-me com cuidado para não machucá-la. Empurrei o seu cabelo para o lado e comecei a beijá-la no pescoço e nos ombros. Jules tentou virar o rosto para mim, mas não conseguiu. Eu, então, me ergui um pouco, dando a ela espaço para se virar, e logo me deitei sobre ela novamente, para desfrutar da maravilha na qual eu me viciava cada vez mais: o corpo de Jules.

Mais tarde nós tomamos banho juntos e depois conversamos a fim de nos conhecermos ainda melhor. Eu considerei por um momento a possibilidade de me mudar de mala e cuia para esse chuveiro, para sempre, enquanto olhava para baixo e via Jules ajoelhada, a cabeça dela se movendo para cima e para baixo, indo e voltando... Era uma imagem que com certeza iria me acompanhar até o dia da minha morte.

— Nós fomos dormir tarde — ela disse enquanto se enrolava em uma toalha e jogava outra para mim. — Que tal se a gente pulasse o café da manhã e fosse direto para o almoço?

Eu a segurei e a puxei para mim, como se não pudesse manter as minhas mãos longe de seu corpo. Colei os meus lábios aos dela, adorando provar seu gosto, a sensação da língua quente dela na minha.

— Por mim está ótimo. Almoçar me parece uma boa ideia. — Eu me dei conta de que realmente estava com fome. E não ligava para o que íamos comer, contanto que comêssemos alguma coisa.

— Legal. Nós vamos ao Moonshadows então. — Ela me deu um beijo no rosto. — O lugar de que eu lhe falei na noite passada.

— Parece perfeito.

Eu não fazia a menor ideia do que esperar de Malibu. Como quando cheguei já era noite, não consegui nem mesmo ver direito a região. As ruas estavam escuras, as casas estavam escuras, o mar estava escuro. Eu só vi escuridão enquanto Jules dirigia. Tudo o que eu sabia sobre Malibu era que se tratava de uma região podre de rica no sul da Califórnia, cheia daqueles tipos convencidos que a gente vê nesses *reality shows* indigestos e na série *SOS Malibu*.

Jules vestiu calça jeans e uma blusa simples. Eu me baseei nas escolhas dela para me vestir e também coloquei calça jeans e uma camisa mais informal. Quando percorremos de carro a Pacific Coast Highway, eu fiquei de queixo caído. Malibu era deslumbrante. A avenida percorria a linha costeira, e o mar era tão azul quanto o céu. As mansões que você podia avistar da estrada eram simplesmente impressionantes.

— Você vendeu alguma dessas propriedades? — Eu mexi a cabeça na direção da janela do passageiro enquanto apertava a perna dela. A minha mão parecia que nunca mais ia sair dali.

— Ainda não. A maioria delas tem o mesmo dono durante anos. Muitas das pessoas que compram essas casas, ou as propriedades, não as vendem mais.

— Bom, eu também não venderia — eu disse, e nesse momento nós passamos por um portão de madeira que parecia coisa de cinema.

— O mais engraçado é que os proprietários nem mesmo moram aqui. A maioria dessas casas raramente está ocupada.

Eu sabia bem do que ela estava falando. Nós tínhamos áreas assim em Massachusetts, como Nantucket e Cape, e, é claro, Nova York tinha os Hamptons. A ideia se aplicava a todas essas áreas, feitas sob medida para as pessoas que tinham muito dinheiro para gastar.

— Se eu fosse dono de um desses lugares, acho que ficaria morando aqui e curtiria muito.

— Eu sei. Mas a maioria dos proprietários trabalha na indústria do entretenimento e é mais fácil morar perto dos estúdios. Malibu é linda, mas ter que ir a qualquer lugar que seja fora daqui é realmente uma grande chatice — ela disse, com um leve balanço de ombros.

— Mesmo assim você ainda mora aqui.

— Mas eu também trabalho aqui. Então nem preciso sair.

— Faz muito sentido.

Jules saiu da pista. O prédio diante do qual ela parou parecia mais velho do que eu e ela juntos.

Ela entregou as chaves do carro a um manobrista e recebeu dele uma etiqueta; depois segurou a minha mão e me levou até uma parede de madeira no fim do pequeno estacionamento. Abaixei a cabeça e me espantei quando vi ondas batendo contra as rochas abaixo de nós.

— Uau! O restaurante fica mesmo sobre a água.

— Pois é. É muito legal. — Ela sorriu, fazendo com que eu sorrisse também. Encostei os meus lábios nos dela suavemente, para não borrar o batom de Jules nem me manchar com ele.

Nós caminhamos por um pequeno jardim com uma estátua do Buda e entramos pela porta da frente. Estava escuro no saguão, mesmo a essa hora do dia. Jules disse alguma coisa à recepcionista e nós fomos conduzidos a uma enorme área ao ar livre.

Olhei para os outros clientes a minha volta e reparei que todos pareciam estar vestidos de maneira descontraída, sem a intenção de impressionar. A maioria usava roupas casuais e bonés de beisebol. Aparentemente não eram pessoas metidas, como eu havia imaginado que iria encontrar. Não sei ao certo por que, mas isso me surpreendeu.

Jules escolheu uma pequena mesa para dois perto da água e próxima de uma fogueira de chão, que estava acesa, embora não estivesse fazendo frio do lado de fora, ao menos na minha opinião. Mas talvez aquela fosse uma temperatura fria para os padrões da Califórnia.

— O garçom de vocês virá atendê-los em um minuto — a recepcionista disse, e então colocou dois menus sobre a mesa e se retirou.

— O que você está achando? — Jules perguntou quando eu me sentei.

Eu olhei para o mar e vi os pássaros mergulhando nas ondas e desaparecendo antes de voltarem a surgir.

— É realmente lindo. E bem mais informal do que eu esperava.

— Sorria, querido, você está em Malibu. — Ela levantou a mão e acenou quando o garçom apareceu.

— Bem-vindos ao Moonshadows. Já querem pedir alguma coisa para beber? — Ele olhou para ela, e depois para mim.

— Pra mim um copo de água, por favor — eu pedi. Não queria começar a beber ainda.

— Eu vou querer um chá gelado e uma água — Jules disse, sorrindo com simpatia para o garçom.

Quando nos vimos sozinhos de novo, Jules continuou.

— Malibu é sem dúvida um lugar mais descontraído do que muitos outros da região, e é por isso que eu amo tanto isso tudo. Odeio pessoas esnobes. Sabe aquele tipo de pessoa que quer de qualquer jeito que você saiba que ela tem muito dinheiro e vive esfregando isso na cara dos outros? Que gente insuportável! Malibu não costuma ser assim. O cara vestido com a camiseta simples e tênis surrados pode ser um bilionário excêntrico e, provavelmente, é, mas não dá para você saber.

— É legal demais. Eu gosto disso — admiti.

Sim, eu estava cercado de sucesso e ostentação no meu ramo de trabalho, mas não no nível a que ela se referia. Pelo menos não como via de regra. A bajulação era parte importante do meu trabalho e era exatamente a que menos me agradava, mas eu sabia que era um mal necessário. Se eu quisesse conquistar grandes clientes e trazer para a empresa grandes somas de dinheiro, não poderia deixar isso de lado. Mas Jules tinha razão quando disse que as pessoas esnobes eram insuportáveis.

— É tudo tão exagerado, sabe? — ela disse. — Não me entenda mal; eu tenho sucesso e quero crescer ainda mais, mas isso não significa que eu possa andar por aí achando que sou melhor do que todo o mundo. Tem muitos lugares dessa região em que as pessoas são assim. E não é exatamente uma alegria para mim ter de ir a esses lugares.

— Do que é que você não gosta exatamente? — eu perguntei com um sorriso sem graça.

— Da falsidade. Pessoas falsas, coisas falsas. Prefiro que as pessoas na minha vida sejam autênticas, sabe? Mas espera, eu estou parecendo maluca? Eu provavelmente estou.

Jules precisava parar de falar. Eu precisava parar de fazer perguntas a ela. Porque cada maldita coisa que ela dizia me deixava ainda mais atraído por ela. Ah, droga, e eu já estava ficando excitado de novo.

— Não, eu te entendo. Os endinheirados do outro lado do país não são nem um pouco diferentes. Os piores são as famílias tradicionais, cujo dinheiro vem de gerações atrás. Eles andam por aí como se fossem da realeza, como se todos devessem ser gratos pela simples presença deles.

Ela fez que sim com a cabeça.

— Não sei quem eles pensam que são. Eu quero dinheiro? Sim. Eu quero ter conforto e comprar coisas legais? Sim. Mas tenho que virar uma megera que sempre olha as pessoas com desprezo? Jamais.

— Você é segura de si. — Eu disse e peguei na mão dela sobre a mesa. — Você sabe quem é e as suas prioridades estão bem delineadas. A maioria das pessoas não é assim, Jules. Elas têm ideias confusas sobre o que realmente importa. Um pouco de dinheiro a mais e elas já se perdem.

— Gostei disso. — Ela sorriu, pensativa. — Um pouco de dinheiro a mais e elas já se perdem. É isso mesmo. Tão simples e tão verdadeiro.

O garçom voltou com as nossas bebidas e perguntou se precisávamos de mais tempo.

— Sim, obrigado. Nós nem olhamos o cardápio ainda — eu respondi, sentindo-me um babaca.

— Enquanto nós decidimos os pratos, que tal pedirmos uma entrada? — Jules sugeriu antes de olhar para mim. — Tem uma de frutos do mar que é deliciosa.

— Ótima ideia. — Abri o meu cardápio e tentei me concentrar nele, mas tudo o que eu queria era concentrar a minha atenção em Jules. Eu adorava conversar com ela, aprender como funcionava a sua mente, ouvir as observações dela.

— E você? — ela perguntou, e mais uma vez eu desviei minha atenção do cardápio.

— O que você quer saber?

— Quando tiver mais dinheiro, você também vai se perder? — ela brincou.

— Eu já estou completamente perdido, não há mais salvação para mim — respondi também em tom brincalhão, então levantei sua mão até os meus lábios e a beijei suavemente.

— Falando sério. Que tipo de cara você é quando se trata de dinheiro?

— O tipo de cara que gosta de dinheiro e quer ter muito mais? — Ergui as mãos com as palmas para cima. — Não sei, Jules. Gosto de ter coisas legais, também, como você disse. Adoraria ter algumas propriedades, e tenho uma paixão por carros. Mas não quero me tornar um bundão arrogante porque posso bancar coisas boas.

— Esse risco eu acho que você não corre.

— E por que não? — Eu ergui as sobrancelhas.

— Porque o Cooper na certa te daria um chute na bunda — ela respondeu rindo, referindo-se ao meu irmão. — Além disso, você dedica muito do seu tempo trabalhando como voluntário. Bundões arrogantes não costumam fazer coisas assim. A não ser que estejam sendo filmados enquanto fazem isso. É por esse motivo que você faz trabalho voluntário, Cal? Pela glória e pela fama?

Eu balancei a cabeça e fiz cara feia, perguntando-me o que diabos deveria fazer com essa mulher.

— Você me pegou, Jules. Eu me dedico a ensinar finanças e matemática para as crianças porque estou de olho na fama que isso vai me trazer.

— Eu sabia.

— O que é que eu vou fazer com você, criatura?

— Eu é que pergunto — ela disse com um sorriso malandro nos lábios.

— Algumas coisas estão passando pela minha mente neste instante. — Percorri com os olhos o recinto cheio de gente ao nosso redor. — Mas nenhuma delas seria adequada diante dessa plateia...

Jules sacudiu a mão no ar.

— A conta, por favor! — ela disse, antes mesmo de recebermos a nossa comida.

Eu não consegui me conter e caí na risada. Essa mulher era absolutamente perfeita.

# A importância da soneca

## Jules

O ALMOÇO ESTAVA DELICIOSO E EU ACHO QUE CAL FICOU impressionado não apenas com a comida, mas com quase tudo o que Malibu tinha a oferecer. Não sei por que, mas uma parte de mim queria que ele adorasse o lugar onde eu vivia. E queria muito.

Nós estávamos voltando ao meu apartamento pela Pacific Coast Highway quando Cal me perguntou se eu poderia lhe mostrar uma das propriedades com as quais eu trabalhava.

— Sério mesmo? Você quer ver uma casa? — Fiquei tão surpresa que espiei na direção dele, tirando os olhos da pista por um segundo.

— Sério mesmo. Você poderia?

Eu fiz que sim com a cabeça.

— Tudo bem. Mas você terá de se comportar como um cliente se houver outra pessoa lá.

— Eu sou capaz de fazer isso — ele respondeu, com um sorriso diabólico.

— Tenho certeza que sim.

Enquanto eu dirigia, a minha mente estava em turbilhão. Que tipo de propriedade eu mostraria a ele? Alguma coisa pelas redondezas, nos poucos bairros que existiam, ou algo realmente sofisticado e exclusivo?

— Eu já sei em que você está pensando — Cal disse. — Me mostre algo em uma área superexclusiva. Tem alguma coisa disponível?

Eu pensei imediatamente em uma casa no The Colony. Era uma casa bem ao estilo tradicional da ilha de Nantucket e eu me perguntei se esse estilo familiar do lugar o desagradaria.

— Já sei! Eu tenho o lugar perfeito — respondi, também sorrindo diabolicamente, e mudei a minha rota. Quando chegamos a um enorme portão de segurança, um segurança se aproximou, mostrei o meu crachá de corretora e nós entramos.

— Pois então, senhorita Abbott. Fale-me um pouco sobre este lugar — Cal pediu, num tom de voz sério e formal.

— Bem, senhor Donovan, nós estamos em uma região de Malibu chamada The Colony. Temos aqui, sem exagero, as mais exclusivas e desejadas propriedades de frente para o mar concentradas numa área de pouco mais de um quilômetro. Foi o ponto mais badalado na época em que Hollywood conheceu o seu auge. As celebridades todas moravam nesse lugar; e aqui aconteceram coisas que nós assistimos no cinema ou lemos nas revistas.

Enquanto eu fazia o meu discurso, comecei a ficar entusiasmada por estar numa região tão importante, que havia sido palco de acontecimentos tão gloriosos.

— As praias são privativas e, embora o público tenha acesso a alguns pontos específicos, o acesso não é permitido na maior parte delas. O preço das casas varia de quinze a vinte milhões, mas a propriedade que vou lhe mostrar hoje é uma oportunidade única, uma verdadeira bagatela: apenas nove milhões e meio.

Eu fiz força para reprimir um sorriso quando paramos diante de uma casa modesta de dois andares. Ela não parecia grande coisa vista de fora. Essa casa, como a maioria das casas dessa área, havia sido construída nos anos 1940.

— Isso me lembra Cape Cod — ele disse, saindo do carro.

Eu sabia que ele faria essa comparação.

— A arquitetura da casa é mesmo no estilo de Nantucket e ela foi construída em 1942. Possui três dormitórios e três banheiros e tem cerca de duzentos e treze metros quadrados — expliquei enquanto abria a porta da frente. — Também conta com uma garagem para dois carros. A casa foi pintada recentemente.

— Puta que pariu! — Cal exclamou quando entramos no imóvel, maravilhado com a visão do oceano proporcionada pelas janelas panorâmicas. — Que vista é essa? — Ele caminhou direto para as portas duplas e as abriu, saindo para o deque.

Quando eu o segui até o lado de fora, ele veio até mim, me agarrou pela cintura e me posicionou na sua frente. Cal me envolveu com seus braços e nós ficamos assim, parados, minhas costas pressionadas contra o peito dele. Nem sei por quanto tempo ficamos ali, contemplando o mar diante de nós. Eu estava nos braços de Cal e nada mais parecia importar.

— A praia é privativa? — ele sussurrou ao meu ouvido.

— U-hum — foi o único som que eu consegui emitir, pois ter a virilha dele pressionada contra o meu corpo prejudicava bastante a minha capacidade de concentração.

— E o que mais temos de interessante? — ele perguntou, movendo o meu cabelo para o lado e deslizando os lábios pelo meu pescoço.

— Vamos ver... Bem, a cozinha é toda de aço inoxidável com gabinetes em madeira de lei. Há dois quartos e banheiros no primeiro andar e todo o andar de cima é da suíte principal. — Eu gemi quando ele me beijou novamente. — As janelas do andar superior também vão do chão ao teto. A vista é inacreditável e... ah, merda, quem liga pra isso? — eu disse antes de me virar e ficar cara a cara com Cal. Então os nossos lábios se encontraram e o meu desejo por ele não parava de crescer.

— Eu te quero tanto, Jules... O meu desejo por você parece não ter fim! — ele disse enquanto me beijava, e eu não poderia estar mais de acordo.

— Vamos dar o fora daqui — eu disse, e nós praticamente corremos até o carro.

Enquanto seguíamos pela estrada, a mão de Cal não estava pousada no lugar de sempre sobre a minha coxa. Dessa vez a mão dele estava a poucos centímetros da minha virilha e seus dedos roçavam em mim levemente, arrancando sons involuntários da minha garganta.

— Você vai me fazer bater o carro.

Eu olhei para ele e depois levei a minha mão à sua calça. Apertei de leve e senti uma saliência ali. Sentir a ereção dele fez as minhas coxas se apertarem, e embora nós já tivéssemos transado pela manhã, de repente eu tive a sensação de que eu não tinha aquele homem já fazia muito tempo.

Cal gemeu e eu continuei a apalpar o pênis dele. Enquanto isso seus dedos me torturavam, ouriçando todos os pelos do meu corpo.

Isso não me ajudava em nada, porque eu não conseguiria chegar em casa rápido o suficiente.

O estúpido portão de entrada do condomínio não abriria rápido o suficiente.

E eu não conseguiria estacionar na minha vaga rápido o suficiente.

Nós subimos as escadas voando, como se estivéssemos numa corrida maluca. Nossas mentes estavam concentradas em um único objetivo. Quando alcançamos a porta, eu não conseguia encaixar a chave na fechadura.

— Jules... — Cal grunhiu, encostando-se em mim por trás enquanto eu brigava com a chave.

— Isso não está me ajudando em nada — eu avisei.

A chave finalmente girou na fechadura e, assim que eu abri a porta, Cal puxou a bolsa do meu ombro e a atirou no chão, espalhando o conteúdo dela aos nossos pés. Sem problemas, eu cuidaria disso mais tarde. Neste exato momento, enquanto a boca dele assaltava a minha com fúria, Cal me empurrava para trás, indo na direção do meu quarto, e os nossos corpos colados iam esbarrando nas paredes ao longo do caminho. O calor que se propagava entre nós era cada vez maior e a cada toque meu corpo parecia que ia pegar fogo.

Como se a sua paciência estivesse chegando ao fim, Cal me ergueu nos braços quando chegamos ao corredor e, com a boca ainda colada à minha, me carregou até o quarto e me colocou sobre a minha cama. Ele desabotoou sua camisa e eu contive a respiração por um momento para observar seu glorioso peitoral se revelar diante de mim.

— Tire a roupa, Jules — ele pediu com voz rouca.

Fiz o que ele pediu, mas ele me desconcentrava. Tentei me despir sem desviar os olhos do corpo dele, mas era um desafio e tanto. Quando tirei a minha última peça, notei que Cal me observava com olhos famintos, mordendo o lábio inferior.

— Todo meu — eu disse possessivamente, então o agarrei e o puxei para cima de mim.

Tomando o lábio inferior dele entre os meus dentes, eu o mordisquei e o lambi. Eu definitivamente adorava essa parte do rosto dele, que era tão macia. Ao sentir o abdome nu de Cal em contato com o meu, fechei os olhos por um momento. Quando voltei a abri-los, vi que ele estava me observando, com seus lindos olhos castanhos.

Senti a pressão do membro ereto dele iniciando a penetração. E eu realmente ansiava por ele; a minha necessidade de tê-lo estava se tornando quase que uma urgência. Ergui o quadril enquanto mordia seu lábio de novo, sugando e lambendo, deslizando a minha língua por ele. Cal finalmente entrou em mim por completo e um gemido escapou da minha boca quando expirei de repente.

— Você está bem? — ele perguntou.

— Nossa, e como estou — respondi, e quase fiquei sem ar quando ele colou sua boca na minha furiosamente, e nós nos entregamos a uma dança cheia de paixão, luxúria e desejo.

Como podia ser *tão* bom transar com alguém? Sim, eu já gostava de sexo antes; sempre tive experiências legais. Mas não passava disso — de uma coisa *legal.* Mas eu nunca havia chegado nem perto do que estava sentindo com Cal.

Cal acelerava cada vez mais o ritmo das suas investidas, movendo-se dentro de mim num vaivém poderoso enquanto eu projetava o meu quadril na direção dele, intensificando a penetração. Enfiei os dedos nas costas dele, puxando-o para dentro de mim. Mais forte. Mais fundo. Mais rápido. Nós continuamos assim por um bom tempo. Mais uma vez, de novo e de novo, até que eu não pude mais aguentar.

— Agora, Jules! — Cal sussurrou no meu ouvido com a voz transfigurada de prazer. Senti que as costas dele estavam escorregadias de suor quando ele beijou o meu rosto com avidez.

Meu pescoço se arqueou para trás e um grito escapou da minha garganta, enquanto ondas de prazer percorreram o meu corpo de cima a baixo, fazendo-o estremecer incontrolavelmente. Cal balbuciou alguma coisa que eu não consegui decifrar e então ele me possuiu com ainda mais força, até estremecer e desabar sobre mim. Depois disso, só restaram os sons da nossa respiração irregular e ofegante.

— E aí? A viagem continua épica? — ele perguntou sorrindo.

— Totalmente. — Sobre isso eu não poderia mentir nem se quisesse. O meu corpo exausto falava por mim.

— Você vai acabar me matando neste fim de semana, mulher.

— Não se você me matar primeiro.

Ele se moveu e tirou seu corpo de cima do meu, mas não completamente; de alguma maneira, os nossos corpos ainda ficaram entrelaçados. Fechei os olhos por um momento, mas quando voltei a abri-los o meu quarto estava às escuras.

*Merda.*

Com os olhos turvos, espiei o relógio do meu celular. Já passava das seis da tarde, mas nós ainda tínhamos muito tempo antes do nosso encontro com Tami.

Aliviada, fechei os olhos novamente e me diverti com o fato de estar toda embaraçada com Cal. Em vários sentidos.

Cal estava entregue, apagado. Eu saí devagar de debaixo dele e liguei a minha chapinha na tomada, peguei meu estojo de maquiagem e pendurei minha roupa no banheiro. Eu provavelmente demoraria mais tempo para ficar pronta do que ele, então achei que seria uma boa ideia deixá-lo dormir mais um pouco.

Ele estava tão lindo ali, deitado na minha cama, embrulhado nos meus lençóis e com o cabelo todo desgrenhado. Não pude resistir à tentação de tirar uma foto dele com meu celular. Foi só então que eu percebi que desde a chegada de Cal nós não havíamos tirado uma única foto juntos. Mas eu tinha certeza de que Tami remediaria essa situação mais tarde. Não havia necessidade de ficar olhando de novo para as fotos de Boston todas as noites quando eu podia ter novas fotos para ver.

— Ei. — Eu sacudi de leve o ombro dele e dei um beijo na sua testa. — Cal?

Ele resmungou alguma coisa antes de esfregar os olhos e piscar várias vezes.

— Oi. Por quanto tempo eu dormi?

— Nós dois apagamos, mas você precisa levantar e se aprontar. Quer uísque ou um pouco de café?

— Uísque, querida. Sempre prefiro uísque. — Ele me segurou pela cintura e me puxou para o seu colo, depois enterrou a mão no meu cabelo e me beijou na boca. — Ah, eu adoro o seu beijo.

— Acho que acredito em você. — Percorri com o dedo a curva do lábio inferior dele, antes de tocá-lo com a minha boca e sugá-lo delicadamente.

— Hum, acho melhor a gente ir parando por aqui — ele avisou, e eu ri.

— Você tem razão. Temos que nos aprontar. Vou pegar o uísque para você — eu disse, sorrindo, e me desvencilhei dele.

— É nesta noite que vou ter que aparecer bem vestido, não é? — ele gritou do quarto.

— Sim! — eu gritei em resposta, enquanto colocava a bebida dele no copo e preparava um café para mim.

Momentos depois, eu voltei para o quarto com as duas bebidas. Cal não estava no quarto, então eu fui procurá-lo no banheiro.

Fiquei pasma quando o vi usando um terno azul-marinho e uma camisa social perfeitamente branca. Os dois últimos botões de cima da camisa estavam desabotoados. Eu me deliciei com essa visão enquanto ele se concentrava em arrumar o cabelo diante do espelho.

— Uau. Você está sexy demais — eu disse, e entreguei o uísque a ele.

— Estou à altura de Hollywood? — Cal perguntou, olhando-me pelo reflexo no espelho.

— Você está simplesmente perfeito. Bom, eu é que vou me vestir agora.

Peguei a roupa que havia pendurado atrás da porta e me livrei da calça de ioga e da camiseta que eu havia usado enquanto fazia o meu cabelo e me maquiava. Quando joguei as roupas no chão, percebi que Cal me observava. Ele veio na minha direção, mas eu levantei a mão para detê-lo.

— Não chegue mais perto, Cal. Estou falando sério. Temos que ser pontuais com a Tami.

— Então você devia ter se trocado em outro lugar, Jules. O que esperava de mim?

— Autocontrole. — Eu o encarei, dando um passo hesitante para trás. Ele tomou um gole do uísque e me olhou com malícia.

Vesti uma saia lápis preta que caía muito bem em mim. Ela acentuava cada curva do meu corpo e ficava um pouco abaixo do joelho. Minha blusa preta sem mangas era linda, feita de um tecido leve, que deslizou no meu corpo quando o vesti. Depois eu me sentei na beirada da banheira e calcei meus sapatos pretos de salto alto com um detalhe em pérolas. Para finalizar o visual, coloquei um casaco branco, que acrescentou um perfeito toque de descontração a uma roupa toda preta.

Checando a minha aparência ao espelho uma última vez, eu mexi no meu cabelo, que agora tinha ondas longas e soltas, e para finalizar fiz uns retoques na minha maquiagem.

— Você está deslumbrante. — Cal se aproximou de mim por trás, e nós olhamos para os nossos reflexos no espelho. A gente realmente formava um casal e tanto.

— Cal, temos que fazer uma *selfie* — eu disse, e já estendi a mão para pegar o meu celular. Eu o segurei na nossa frente e nós sorrimos para tirar a foto.

— Mais uma — ele pediu, beijando o meu pescoço por trás, e eu tirei outra. Caramba, esse cara ainda vai acabar comigo desse jeito. — Você gostou da foto que tiramos em Boston, aquela em que estamos nos beijando?

— Claro que gostei. Eu sou uma garota — eu disse sem pensar.

Ele pegou o telefone da minha mão e beijou a minha boca com doçura e determinação.

— Agora vou ter que retocar o batom de novo — eu reclamei com desânimo depois do beijo.

— Você vai ter esse problema a noite inteira. Acho melhor deixar essa história de batom pra lá — ele disse com um sorriso, e eu tive de concordar com o argumento dele.

— Você está pronto?

— Prontíssimo — ele respondeu.

Eu olhei para Cal de cima a baixo e gostei muito do que vi.

— Sabe que eu ainda não acredito que você está aqui? — Às vezes eu era invadida pela estranha sensação de que de algum modo tudo não passava de um sonho e eu logo acordaria.

Cal deu uma risadinha.

— Eu não acredito que vou conhecer a Tami.

*Merda.* Eu já estava rezando para que Tami não estivesse usando aquelas lentes de contato cor-de-rosa, eu digitei uma mensagem para ela avisando que estávamos a caminho.

# Embalos de Hollywood à noite

## Jules

**EU DIRIGI DIRETO PARA A CASA DE TAMI, ANIMADA NÃO APENAS** porque mostraria Hollywood a Cal, mas também porque ele e a minha melhor amiga finalmente iriam se conhecer. Eu supunha que os dois se dariam muito bem; mas sabia que Tami poderia ser um verdadeiro pé-no-saco e eu ficaria realmente chateada se ela não gostasse dele.

Olhei para Cal, com seu terno e o seu cabelo meio repicado e um pouco desarrumado, e fiquei confiante. Ele estava muito elegante. Essa palavra o definia muito bem naquela noite. Estava certa de que Tami iria adorar conhecê-lo.

— Bom, vamos lá. Diga-me tudo o que eu preciso saber a respeito dessa noite. — Cal se acomodou no assento do passageiro, com a mão pousada na minha coxa, como de costume.

— O dono do lugar se chama Ron. Ele é meu cliente e eu já o conheço há anos. Ele é dono de um punhado de casas noturnas na região e todas são um sucesso absoluto. Não sei muita coisa a respeito da vida dele. Parece que a mãe do Ron já foi atriz, não tenho bem certeza. Mas posso garantir que os estabelecimentos dele são os queridinhos das celebridades. Sabe aquelas pessoas que aparecem nas revistas de fofoca dando vexame, tropeçando e caindo ou coisa assim? Então, geralmente essas coisas acontecem nas casas do Ron.

— Ele é legal?

— Muito legal. Gente como a gente, só que totalmente envolvido nos seus negócios. Ele dedica a vida a isso. Mas você vai gostar dele. Não é um desses tipos babacas. Mas não posso dizer o mesmo de todo mundo que vai estar lá essa noite.

Celebridades eram, de modo geral, pessoas razoavelmente normais, mas algumas eram idiotas completas, com egos enormes e comportamento lamentável.

— Vai acontecer algum evento especial no lugar?

— Acho que o Ron disse algo sobre um ator que estava lançando sua própria marca de tequila, então vai ser uma festa para divulgação disso. E talvez o aniversário de alguém também. Para ser sincera, eu não tenho as informações exatas. Eu sempre aceito os convites do Ron, porque as festas que ele dá costumam ser muito divertidas e, além disso, são boas para fazer contatos. Ron me apresenta a todo mundo. Ele é ótimo nesse tipo de coisa.

Cal fez um aceno afirmativo com a cabeça, lentamente, como se estivesse perdido em pensamentos.

— É realmente muito legal da parte dele.

Eu segurei a mão dele — que estava na minha perna — e a apertei.

— Não se preocupe. Ele também pode apresentar você a pessoas interessantes. Vou cuidar disso, deixe comigo. — Eu hesitei. — Quero dizer, se você quiser. Você aceita clientes de fora da sua cidade, não é?

Um leve sorriso se desenhou no rosto dele.

— Sim. Eu tenho clientes pelo país todo. E eu adorei a sua oferta, Jules. Obrigado.

— Não tem de quê.

Se eu bem conhecia o Ron, ele ficaria feliz em apresentar Cal a qualquer pessoa que pudesse precisar dos seus serviços. As chances de sucesso nesse caso eram muito pequenas, pois era bem provável que a maioria das pessoas já tivesse sua vida financeira bem encaminhada, com seus recursos nas mãos de profissionais de primeira grandeza. Mas por que não tentar? Alguma coisa podia rolar. Além do mais, se eu pudesse ajudar Cal eu faria isso com muito boa vontade. Sei que ele faria o mesmo por mim.

Tami morava abaixo da Sunset Boulevard, em West Hollywood. Tecnicamente seria possível irmos caminhando da casa dela até a festa, mas eu sabia que nós não faríamos isso.

Enquanto eu entrava na pequena garagem da minha amiga, eu olhei para Cal.

— Chegamos.

— Que casa legal — ele comentou, observando a iluminação no jardim. — Ela é a dona do lugar?

— Não, é alugada. Mas a localização é incrível e não é um apartamento. Essa coisa de dividir parede com o vizinho não é com a Tami. Se ela não tivesse saído logo do antigo prédio onde morava, acho que ela teria assassinado alguém.

Ele segurou a minha mão e nós caminhamos até a porta da frente. Eu costumava entrar na casa de Tami sem me anunciar; só ia entrando e pronto. Dessa vez, porém — não sei exatamente por que —, eu bati na porta e esperei.

— Entrem! — ela gritou de lá de dentro, e então eu girei a maçaneta e entrei.

Tami apareceu de repente saltitando e se atirou nos braços de Cal. Ele riu e a abraçou enquanto ela beijava o seu rosto.

— Ah, sim, acho que esqueci de mencionar que ela é louca, né? — Eu apontei para a minha melhor amiga, que estava descaradamente se jogando em cima do meu... Cal.

— Eu já sabia — ele respondeu, colocando-a no chão.

— Cal, é tão legal conhecer você ao vivo — ela disse, sorrindo de orelha a orelha, e eu fiquei pasma ao perceber que era um sorriso genuíno.

— Eu digo o mesmo de você.

Notei que ele olhava com interesse para os olhos dela e por um instante suspeitei que ela estivesse usando aquelas porcarias de lentes de contato cor-de-rosa. Quando Tami olhou para mim, porém, eu vi que ela estava usando as lentes que davam aos seus olhos um tom artificial de verde.

— Os seus olhos — ele disse, então olhou para mim e voltou a olhar para ela.

Céus. Se Cal elogiasse os olhos falsos de Tami, o melhor a fazer seria terminar imediatamente o meu relacionamento com ele, se é que aquilo que vivíamos se tratava de um relacionamento. Enquanto ele continuava com cara de espanto, olhando de uma para a outra, eu implorei em silêncio para que ele não fizesse isso, implorei com os olhos para que ele fosse mais esperto que os outros e notasse que se tratava apenas de lentes de contato coloridas.

— Esses... não são seus olhos de verdade, não é? — ele disse por fim, e eu tive de me conter para não gritar de alegria.

— O que você quer dizer com isso, Cal? — ela retrucou, levando uma mão ao quadril.

— É que... não me leve a mal, Tami. Eles são bonitos, mas não são normais — ele disse com uma expressão cautelosa, como se estivesse com medo de ofendê-la. — Lentes de contato, correto?

Ela riu.

— Sim, são lentes de contato. Eu não tenho olhos verdes. Os meus são de um castanho totalmente sem graça, e como eu já me cansei deles, às vezes tento deixá-los mais interessantes. Falando nisso, preciso terminar de me vestir. Sintam-se em casa. Eu já volto.

Quando a Tami se retirou eu sorri para Cal, cheia de animação.

— Eu te amo loucamente pelo fato de você não cair na da Tami dizendo que os olhos dela são lindos! — eu deixei escapar sem pensar. — Antes eu só te amava, mas agora eu sou louca por você. — Eu pus a mão sobre o coração, esperando não tê-lo assustado.

Cal me puxou para mais perto dele e beijou a ponta do meu nariz.

— Os seus olhos são os mais lindos, Jules. Eu adoro a cor deles.

Eu reprimi um grande suspiro de emoção e enlevo. Não ficaria surpresa se todos os meus ossos virassem pó e eu escorregasse por entre os dedos de Cal. Desde quando eu era tão idiota assim?

— Quer uma cerveja? — perguntei, abrindo a geladeira.

— Ótima ideia.

Eu peguei uma garrafa e dei a ele.

— Volto daqui a pouco. Vou conferir se a Tami está se trocando mesmo ou se só está enrolando. Se eu não a pressionar a gente não sai daqui hoje. Tudo bem?

Ele olhou ao redor da sala.

— Pode ir, não se preocupe comigo.

Eu fui direto ao banheiro e entrei sem avisar. Tami ainda não tinha se vestido. Em vez de se vestir, ela estava ocupada aplicando extensões de cor vermelho-vivo e azul-neon no cabelo.

— Eu odeio inflar ainda mais o seu ego, mas esses apliques são lindos! — Eu apontei para uma das tranças azuis.

— Eu sei. — Ela sorriu diante do espelho antes de se virar para mim. — Para começar, ele é gatíssimo e parece ser um cara legal. Um homem que sabe se vestir deixa a gente sempre querendo mais — ela disse, com expressão séria. — Em segundo lugar, ele é fabuloso, Jules. Deixou que eu pulasse nos braços dele, se divertiu com isso e percebeu que os meus olhos eram falsos. Como ele é esperto! — Ela sorriu com malícia para mim antes de se voltar para o espelho novamente.

Eu não sabia bem o que responder, então apenas sorri, sabendo que a minha querida amiga teria mais a dizer a respeito do assunto.

— E então, como foi o fim de semana até agora? — ela perguntou. — Ah, meu Deus, Jules! — As sobrancelhas de Tami se espicharam, como se ela tivesse acabado de se lembrar de uma coisa importante. — Vocês transaram, é óbvio! Como foi? Pode contar tudo para mim, já!

Senti um calor subindo pelo meu rosto e vi, pelo reflexo no espelho, que eu estava ficando vermelha.

— Ah, foi... — eu olhei de um lado para outro, buscando a palavra certa.

— Foi o quê? Horrível? Maravilhoso? Assustador? Terrível? Eu estou morrendo aqui, Jules, fale alguma coisa. — Ela me olhou com expressão de desgosto, mexendo a boca diante do espelho enquanto passava batom vermelho.

— Foi incrível — eu disse por fim, suspirando. — Diferente de tudo o que eu já experimentei. Eu não sei o que foi que eu fiz em outras ocasiões no passado, mas não tem nada a ver com o que aconteceu entre mim e Cal.

Ela balançou a cabeça para a frente e para trás e olhou para mim através do espelho.

— Puxa, até que enfim você encontrou um homem que sabe transar direito. Estou tão orgulhosa e tão feliz por você.

Mordi o lábio para disfarçar um sorriso.

— Como você é inconveniente...

— Eu sei, Jules, mas acontece que estou certa. Pegue ali o meu vestido para mim. Aliás, você está um arraso. — Ela começou a tirar a roupa, mas parou e disse em voz alta: — Não entre aqui, Cal. Eu estou quase nua e não quero que você se apaixone por mim bem na frente da Jules.

Dei um tapa no ombro dela.

— Como você é idiota, Tami! Caramba.

— Pare de tentar me seduzir com os seus olhos falsos e o seu corpão, Tami! — ele gritou do outro quarto, e eu ri.

— Eu sei que você me quer — ela gritou em resposta.

Ver os dois se dando tão bem assim me dava vontade de sair dançando de felicidade.

Eu me virei para o espelho para retocar o meu batom e depois inspecionei cuidadosamente o lindo vestido vermelho da Tami.

— Você está espetacular.

— Eu teria ficado melhor com as minhas lentes de contato cor-de-rosa, mas alguém me proibiu de usá-las...

— Escute aqui, mulher infernal, eu estou fazendo um favor a você. Não quer fazer amigos na festa?

Tami fez uma expressão de chateada.

— Não muito.

— Ah, chega disso, vamos logo embora — eu disse, rindo.

Nós fomos de braços dados até a sala, onde Cal estava sentado, terminando de beber a sua cerveja. Ele pôs sua bebida em um descanso para copos quando nós aparecemos e logo arregalou os olhos.

— Meu Deus, vocês estão lindas demais! Posso entrar lá abraçado com as duas?

— Hum, que garanhão! — Tami piscou. — Vocês vão dirigindo ou eu chamo um táxi?

— Eu não pretendo beber muito e eles têm manobrista. Eu dirijo. Vai ser mais fácil — eu sugeri.

Na maioria das vezes nós chamávamos um táxi, porque eu sabia que beberia e não me sentiria totalmente em condições de manobrar no estacionamento. Mas hoje a história era diferente.

— Cal, pode tirar uma foto de nós duas juntas, por favor? — Tami lhe entregou seu telefone celular e nós fizemos uma pose. — Obrigada.

— E você tira uma de nós? — perguntei a Tami, e ela apanhou o celular da minha mão.

— Alguém já disse que vocês formam um par perfeito? Sim, eu adoro clichês — Tami disse.

Eu mostrei a língua e ela escolheu esse momento para tirar a fotografia. Quando eu comecei a reclamar, ela levantou a mão.

— Vou tirar mais. Não precisa soltar os cavalos em cima de mim.

— Cavalos não, cachorros. Soltar os cachorros. Mas, aliás, quem gosta muito de cavalos por aqui é o Cal, sabia? Não é verdade, Cal? — eu disse, referindo-me às figuras nas tampas de uísque que ele colecionava.

Ele deu uma risadinha sarcástica para mim antes de se inclinar e me beijar com vontade, borrando o batom que eu havia acabado de retocar.

— Eu falei que era melhor desencanar e nem retocar mais isso — ele disse quando tirou os lábios dos meus.

Fiquei parada, sem fôlego, olhando para ele com a cabeça levantada. Quase esqueci que Tami estava ali, batendo fotos.

— Olá? Será que pelo menos um de vocês pode olhar pra mim, por favor?

Cal passou o braço pela minha cintura e me puxou para ele. Eu inclinei a cabeça, pus o braço ao redor das costas dele e sorri.

— Perfeito — ela disse, e me devolveu o meu celular. — Você está me devendo, Jules. Vou matar vocês dois de tanto tirar fotos.

Vibrando de excitação, passei os olhos pelas fotografias rolando a tela rapidamente. Tami tinha tirado uma verdadeira galeria de fotos espontâneas. Eu, então, guardei o celular na bolsa e decidi conferi-las mais tarde. Eu murmurei um "obrigada" bem baixinho para a minha amiga quando saímos da casa dela.

— Gostei da sua casa, Tami. É muito bonita — Cal disse enquanto segurava a porta aberta para nós.

— Obrigada. É uma pechincha e apareceu na hora certa. E nunca havia sido alugada antes.

— Essa arquitetura toda em madeira é muito legal — ele disse quando nós nos acomodamos no meu carro, e então olhou para mim. — Eu não sou nenhum bam-bam-bam do ramo imobiliário, não sei qual é o nome certo desse estilo.

Eu sorri.

— É estilo Craftsman antigo, que valoriza madeira e materiais naturais, mas ao mesmo tempo prima pela sofisticação. E, sim, você tem razão, é uma casa e tanto.

A casa noturna ficava a cerca de cinco minutos da casa de Tami; mas com o trânsito de sábado à noite, levava por volta de dez. Eu estacionei na frente do prédio para entregar o carro ao manobrista.

Ele abriu a porta para mim e esperou enquanto eu saía do carro com cuidado para não mostrar mais do que devia. Os paparazzi estavam por todos os lados e, embora nós fôssemos pessoas totalmente desconhecidas, alguns flashes acabaram espocando aqui e ali.

Cal se posicionou entre mim e Tami, dando um braço a cada uma de nós. Caminhamos até a entrada, onde um homem vestido de preto sorriu para nós assim que nos viu. Seu microfone de ouvido e sua prancheta indicavam que ele era o recepcionista. Sempre que possível, Ron preferia utilizar a mesma equipe de trabalho em seus eventos. Ele dizia gostar da ideia de ter por perto pessoas conhecidas e familiarizadas com tudo, pois achava que isso facilitava as coisas.

— Olá, Jules. — Razz sorriu e me deu um beijo no rosto. — Tami — ele disse, repetindo o gesto com ela. — E esse, quem é? Bom, que ele é o sujeito mais sortudo da noite eu já percebi. — Ele estendeu a mão para Cal.

— Oi, Razz — eu respondi sorrindo. — Esse é o Cal. Ele veio de Boston para passar o fim de semana aqui.

— Você sabe a sorte que tem, não é? — Razz perguntou a ele.

— Pode acreditar que sim — Cal respondeu, levantando as sobrancelhas.

Razz examinou sua prancheta e riscou os nossos nomes, marcando também o horário da nossa chegada. Embora conhecesse a gente, Razz precisava registrar que nós havíamos entrado; e por alguma razão que eu desconhecia, Ron gostava de saber a que horas cada um de seus convidados chegava.

— Pronto. Entrem e divirtam-se bastante.

— Ron já está aqui?

Razz pendeu a cabeça para o lado.

— Tá brincando? Ele está aqui desde as cinco.

Eu dei risada.

— Boa noite pra você, Razz.

— Pra você também, boneca. Vocês duas estão deslumbrantes — ele disse antes de passarmos pela porta.

Eu adorava essa casa porque ela era dividida em setores. Havia uma pista de dança que bombava, mas havia também áreas reservadas nas quais você podia se sentar para tratar de negócios ou simplesmente conversar sem ser incomodado pelo barulho. Lugares assim, que ofereciam opções de acordo com as necessidades das pessoas, despertavam o meu interesse.

Quando entramos, um rapaz vestindo smoking se aproximou de nós com uma bandeja na mão.

— Aceitam uma dose de tequila? — ele disse.

Isso me fez lembrar que a festa havia sido organizada para promover aquela marca de tequila. Peguei uma dose e me certifiquei de que Cal e Tami fizessem o mesmo. Seria rude não aceitar.

Quando o garçom se foi, nós três olhamos uns para os outros.

— Ai, eu odeio tequila — eu confessei, gemendo de desgosto.

— Eu também — Cal disse, fazendo uma careta.

Tami bufou, olhando para a gente com cara de tédio.

— Bom, eu adoro tequila. Parem de chorar como umas menininhas e bebam isso. Vamos, andem logo — ela disse, e então encostou seu copinho plástico nos nossos para fazer tim-tim. — Saúde. — E Tami engoliu a bebida como se fosse água.

— Estão vendo? É assim que se faz — ela disse, ainda nos observando. — Ei, vocês vão ficar aí olhando para os seus copos a noite inteira ou vão beber isso? Porque está mesmo bom demais.

Quando eu cheirei a minha dose, senti uma náusea na hora. Depois de uma infeliz "tequilada" nos tempos de faculdade, eu havia banido essa bebida da minha vida, e pelo visto isso não mudaria agora. Eu não tomaria tequila nem em um coquetel, quanto mais pura.

— Certo, então passe pra cá — Tami disse, tirando o copo da minha mão e virando a bebida garganta abaixo de uma só vez. — E você, qual é a sua desculpa? — ela perguntou a Cal.

— Não sou muito fã de tequila, pra falar a verdade — ele respondeu meio sem graça.

— Mas você bebe aquela merda de uísque toda noite e aquilo é horrível — Tami disse na cara dele, e então deu as costas para nós e saiu andando no meio da multidão.

Cal segurou a minha mão e nós fomos atrás dela.

— Acho que a sua melhor amiga me odeia — ele disse tristemente, o que me fez rir.

— Ela vai superar — eu prometi.

Seguimos Tami na direção da pista de dança, onde mulheres executavam danças coreografadas sobre plataformas suspensas. Elas praticamente hipnotizavam as pessoas com os seus olhares, era impressionante. Olhei em volta à procura de Ron, pois queria apresentá-lo a Cal antes que o lugar ficasse cheio demais ou antes que ficasse muito tarde.

— Eu acho que vou até o bar. Gostei de uma coisa que eu vi ali. — Tami apontou para um canto no balcão do bar e eu fiz que sim com a cabeça, notando um grupo de caras parado ali.

— Mas esses não são... — Cal quase levantou a mão para apontar para um casal que dançava na pista.

Eu percebi para onde Cal estava olhando e sorri.

— Se você estiver se perguntando se esses são Quinn Johnson e Ryson Miller, então saiba que acertou.

Quinn e Ryson eram um casal de jovens atores, um dos casais mais bonitos de Hollywood. Eles viviam juntos em Malibu. Foi a nossa empresa quem vendeu a eles a casa em que moravam, mas quem fechou o contrato foi meu chefe, não eu.

— Legal. — Cal parecia tranquilo, mas algo me dizia que ele estava impressionado.

— Você não vai começar a surtar agora, não é? — Eu apertei a mão dele, percebendo de repente que ver celebridades como essas era uma experiência totalmente nova para ele.

— Não. É que a situação é um pouco surreal, só isso. O Lucas, sim, surtaria se estivesse aqui. Mal posso esperar para contar a ele que vi Ryson Miller tão de perto. Ele teve uma queda pelo cara quando tinha uns quinze ou dezesseis anos.

— E quem não teve? — eu respondi, rindo.

Ryson era um homem de babar; era incrivelmente gostoso e tinha um irresistível ar de *bad boy*. E ver Quinn pessoalmente era maravilhoso. Além de ser uma figura belíssima, Quinn parecia ter domado a fera que havia em Ryson, o que os tornava ainda mais adoráveis.

— Vamos para outra área. Quero lhe apresentar o Ron, se conseguir encontrá-lo. — Puxei Cal pela mão, e nós nos afastamos da música ensurdecedora e das dançarinas hipnotizantes.

Deixando o aglomerado de pessoas para trás, eu virei à esquerda e fui andando com Cal por um corredor longo e escuro.

— É agora que você me assassina e corta o meu corpo em pedacinhos? — Cal perguntou, apertando a minha mão.

— Não. Isso só acontece mais tarde. Nós vamos jogar o seu corpo nas montanhas para que ninguém o encontre. Temos coiotes por aqui, você sabe — respondi, erguendo uma sobrancelha.

— Isso me deixa mais tranquilo.

Em determinado ponto do corredor havia uma escadaria. Nós subimos e eu encontrei Ron batendo papo com uma loira em uma das muitas poltronas de veludo da sala. Quando pisei no último degrau da escada ele percebeu a minha chegada e abriu um largo sorriso.

— Jules! — ele gritou, e então disse alguma coisa à garota. Eu logo a reconheci: era Tabbie James, uma atriz que eu já havia visto muitas vezes antes. Ron se levantou e caminhou na nossa direção, vestindo terno e gravata impecáveis. Seu cabelo preto e sua barba estavam mais longos que da última vez que o vi.

— Adorei a barba — eu disse, puxando-a de brincadeira.

— Você está lindíssima. — Ele me puxou, abraçou-me e beijou o meu rosto. — E esse é o misterioso Cal que eu tive de acrescentar como seu convidado?

— Ao vivo e em cores — eu respondi. Cal deu um passo à frente e apertou a mão dele.

— É um prazer conhecer você, Ron. Obrigado por liberar a minha entrada. Esta casa é incrível e a festa está ótima — Cal disse com sinceridade, com o charme natural que possuía.

— Obrigado. Fico feliz que você tenha vindo, Cal. Jules me disse que você trabalha com finanças.

— Sim, trabalho.

— Será que você se importa de falarmos um pouquinho sobre negócios? — Ron perguntou. — Isto é, se a Jules não se importar. E se você não se importar de falar de trabalho num sábado à noite, Cal.

Os dois olharam para mim e eu levantei as mãos.

— Vão em frente. Eu vou buscar uma bebida. — Dei um rápido beijo em Cal, e fiquei observando-o enquanto ele seguia Ron até a poltrona de veludo onde Tabbie estava sentada.

Eu sabia que Cal estava um tanto empolgado, mas ele parecia tranquilo e bem à vontade quando cumprimentou Tabbie com um aceno de cabeça e se acomodou numa poltrona ao seu lado. Adotando a atitude de um homem de negócios, ele olhava ora para Ron ora para Tabbie. Essa visão me deixou excitada. Ele falava bastante com as mãos — coisa que até agora eu não tinha percebido —, e isso era adorável. *Ele* era adorável.

Sorrindo de satisfação, deixei-os conversando e fui até o bar, na esperança de que eles tivessem outra coisa para servir além de tequila.

O *bartender* sorriu quando me aproximei.

— O que você vai querer?

— Diga-me que tequila não é a única coisa que vocês têm — implorei, e ele riu.

— A ideia é servir só tequila essa noite. Temos uma variedade enorme de coquetéis com tequila, mas eu posso lhe dar o que você quiser.

Deixei escapar um suspiro de alívio.

— Obrigada, muito obrigada. Pode me preparar uma *cranberry vodka*? E por acaso você teria um bom uísque?

— Claro. — O rapaz sorriu, e as covinhas do seu rosto ficaram bem acentuadas. — Tem preferência por alguma vodca?

— Sim. Belvedere ou Cîroc.

— É pra já. E prefere alguma marca de uísque em particular?

— Na verdade eu não sei nada a respeito do assunto. Mas eu sei que ele gosta de Blanton's, então essa deve servir — respondi.

O *bartender* pensou por um momento, franzindo as sobrancelhas.

— Nós não temos Blanton's, mas eu tenho algo similar que estou certo de que ele vai gostar.

— Você é o cara. Vou dizer ao Ron para manter você aqui pra sempre.

Ele sorriu mais uma vez.

— Isso seria ótimo. Na verdade, é a primeira vez que eu trabalho em um evento desses.

— Eu vou falar bem de você para ele, pode deixar.

— Muito obrigado.

Paguei pelos drinques, deixei uma gorjeta para ele e voltei para o lugar onde Cal estava sentado, entretido no papo de negócios.

— Perdão. Eu não queria interromper vocês; só vim lhe entregar isso. — Ofereci o uísque a Cal, que sorriu e beijou a minha mão depois de pegar o drinque.

— Muito obrigado mesmo, querida.

— Eu vou procurar a Tami. Fique à vontade. Bom ver você de novo, Tabbie — eu disse, sorrindo para ela.

— Legal te ver também, Jules. Obrigada por nos emprestar o Cal por uns minutinhos — ela respondeu, piscando os cílios postiços.

— Sem problema.

— Jules. — Ron segurou o meu pulso e me puxou para perto dele. — Quero que você conheça um casal de amigos meus. Eles estão pensando em comprar uma casa de verão e eu sugeri Malibu.

— Você é demais! Obrigada. — Dei um beijo no rosto dele. — A propósito, aquele *bartender* ali foi fofíssimo comigo. Não o deixe escapar.

Ron olhou na direção do bar.

— Vou falar com ele antes de ir embora, pode deixar. E agora, vá se divertir.

Sabendo que Cal ficaria ocupado por algum tempo, desci as escadas e voltei para a pista de dança, onde eu achava que a Tami estaria. Quando entrei na área da pista — milhões de vezes mais cheia agora do que quando a deixei, momentos atrás —, vi Tami exatamente no lugar onde imaginei que fosse encontrá-la: cercada por um grupo de caras, com o braço em volta de um deles. Sem dúvida ele estava elogiando os exóticos olhos verdes dela.

Quando ela me viu, um grande sorriso se estampou em seu rosto. Foi difícil me conter e não comentar que o rosto dela estava vermelho de tanto que ela havia bebido.

— Jules! Galera, essa é a minha melhor amiga, a Jules, e o seu... — Ela olhou para o meu ombro. — E o Cal? Ah, meu Deus, você dispensou o cara? Jules, eu gostei tanto dele. Onde ele está? Você o mandou de volta para Boston?

Eu agarrei os ombros de Tami e aproximei meu rosto do dela.

— Ele está conversando com o Ron e a Tabbie. Estão falando sobre negócios.

— Sério? Mas que tipo de negócios?

— Não sei. Ron perguntou ao Cal se ele trabalhava com finanças e então pediu pra conversar um pouco com ele.

— Hum, interessante — ela comentou, e deu um gole em sua bebida, que eu não saberia dizer o que era.

— Também achei. — Eu girei o meu copo, fazendo o gelo bater levemente no vidro.

Nós ficamos ali, conversando com os caras — que aparentemente trabalhavam em um dos estúdios da cidade — e olhando o movimento. Tami estava flertando com um dos rapazes e, se eu conhecia a minha melhor amiga — e eu conhecia —, ela pretendia levá-lo para casa mais tarde.

Com a sensação de que horas haviam se passado, eu avisei a Tami que iria atrás de Cal. Eu a deixaria nos braços, literalmente, do seu pretendente da noite. Ela ficou na ponta dos pés e sussurrou alguma coisa ao ouvido dele, e então se voltou para mim de novo e me respondeu com sarcasmo na voz.

— O quê? — O barulho da multidão ao redor era tão grande que eu praticamente tive de gritar.

— Eu não preciso de carona para casa. Certo? — ela respondeu, também quase gritando.

Preocupada com a situação, eu avaliei o cara. Ele era alto e bem encorpado, e seus óculos moderninhos escorregando pelo nariz tinham certo charme.

— Tem certeza, Tami?

— Certeza absoluta — ela disse, balançando a cabeça.

— Bom, tome cuidado. — Eu me voltei para o pretendente, cujo nome eu já havia esquecido. — Me diga de novo: qual é o seu nome e onde você trabalha? — Ele ficou meio constrangido, mas respondeu minhas perguntas. Sorri para ele de uma maneira maldosa. — Se a minha amiga não chegar inteira em casa eu entrego você para a polícia.

— Hã... — ele hesitou e olhou para Tami, que me encarou.

— Não ligue, é brincadeira dela.

Eu me inclinei para poder falar bem perto do ouvido dela.

— Não é, não. Você precisa ter mais cuidado! Existem muitas pessoas loucas nesse mundo. E talvez alguns desses lunáticos estejam aqui, agora, nesta festa.

Ela respirou fundo e uma ruga se formou em sua testa.

— Tem razão. Vou enviar uma mensagem para você quando chegar em casa e vou telefonar pra você amanhã.

— Mas você já vai embora?

— Não, não neste instante. Mas daqui a pouco eu vou.

Fiz que sim com a cabeça e saí para ir até Cal. Não sei por quanto tempo havia me separado dele, mas parecia uma eternidade. Quando eu caminhava pelo longo corredor eu avistei Cal, que vinha na minha direção.

— Cal! — Eu apressei o passo.

Ele abriu os braços para mim e me apertou num abraço forte, e então me beijou.

— Acho que acabei de ser contratado para cuidar das finanças da Tabbie James — ele disse, com uma expressão de espanto no rosto.

— É sério? — Eu perguntei, completamente surpresa.

— Eu conto tudo a caminho de casa.

— Certo — eu disse, extremamente animada, pois sabia que tudo aquilo significava muito para Cal.

De repente, um diretor de cinema que eu reconheci deu um tapinha no ombro de Cal e perguntou se poderia falar com ele um minutinho. Cal olhou de relance para mim, então eu sorri e saí de fininho.

Voltei para a pista de dança lotada de gente e fui até onde Tami estava. Ela me obrigou a dançar com ela por pelo menos uma hora. Nós nos jogamos na pista e dançamos como se não houvesse mais ninguém ali. Depois de um tempo, eu já estava toda suada.

Quando alguém me agarrou pela cintura e me puxou, eu cerrei os punhos no mesmo instante e o meu corpo ficou rígido.

— Calma, sou eu — Cal disse, soltando-me, e eu me atirei nos braços dele.

— Eu estou suada, me desculpe.

— Você fica linda de qualquer jeito. — Ele me deu um beijo no rosto. — Linda e salgada.

— Seu grosso! — eu disse, fingindo estar zangada. Nesse momento, o cara que Tami tinha escolhido para passar a noite se aproximou dela.

Tami se virou para nós.

— Estamos indo embora. Falo com você mais tarde, amiga. Tchau, Cal. Foi legal te conhecer. — Ela deu um abraço em Cal e sussurrou alguma coisa ao ouvido dele. Ele disfarçou um sorriso, depois voltou a ficar sério e fez um aceno afirmativo com a cabeça.

— Quer ficar mais um pouco e circular pelo lugar? — perguntei depois que Tami e seu companheiro saíram.

— Não. — Ele me puxou para junto dele e colou os lábios na minha testa. — Podemos ir embora quando você quiser.

Ah, como eu queria poder me teletransportar para casa naquele exato momento.

— Agora. Eu quero ir agora — eu disse, e ele sorriu.

— Ótimo. Prefiro que todo esse suor no seu corpo seja resultado das coisas que eu faço com ele...

Minhas coxas tremeram de expectativa e excitação enquanto eu o empurrava na direção da saída. A brisa noturna estava mais fria do que eu esperava, o que me fez estremecer, pois eu estava suada. Cal percebeu isso e me envolveu nos braços, mantendo-me ao seu lado enquanto esperávamos o manobrista trazer o meu carro.

— Vamos lá, eu quero saber de tudo. Estou quase morrendo de curiosidade — eu disse no instante em que nos vimos sozinhos dentro do carro.

— Jules, foi bizarro. Parece que a Tabbie acabou de demitir o sujeito que administrava as finanças dela. Descobriu que o cara a estava roubando — ele me contou. — E Ron fez o mesmo.

— Caramba! — eu exclamei quando comecei a ligar os fatos. — É o Bernard. Eu ouvi dizer que ele andou roubando de uma porção de gente daqui. Isso tem causado muitos problemas. — Não acreditei que não havia pensado nisso antes. Já fazia duas semanas que esse caso estava nos jornais.

— Pois é. Então ela me contou tudo o que aconteceu e me disse que precisava de um consultor financeiro; só que agora ela não confia em mais ninguém de Hollywood, já que o Bernard tinha sido tão bem recomendado. Então, ela preferia contar com alguém de fora daqui, alguém sem envolvimento com os negócios nesta região. Na segunda-feira tenho uma conversa agendada com o Ron e a Tabbie para cuidarmos da papelada, mas eu também tenho de falar com mais doze pessoas que pretendem contratar os meus serviços. — Ele pareceu excitado e pasmo ao mesmo tempo. — Doze, Jules!

— Cal, isso pode ser fantástico pra você, é coisa grande! Dá pra monopolizar um mercado com isso.

Comecei a fazer contas mentalmente. Se Cal tivesse uma celebridade como cliente, não demoraria muito para que a propaganda boca a boca lhe trouxesse muitas outras.

— O Lucas vai pirar — ele comentou, rindo.

— Tadinho do Lucas.

— Foi uma surpresa para mim ele não ter me obrigado a trazê-lo junto nesta viagem.

— Bem, mas você pode trazê-lo na próxima vez que vier — eu sugeri sem pensar. Mas Cal não respondeu nada e eu desejei ter o poder de sugar as minhas palavras de volta.

Era fácil demais esquecer que ele não era o meu namorado ou esquecer que o que nós tínhamos ainda era recente e indefinido. Um bom tempo já havia se passado desde que Cal e eu nos conhecemos em Boston, mas nós ainda não havíamos discutido o que exatamente estava rolando entre nós. E, por alguma razão que eu desconhecia, eu estava nervosa demais para tomar uma atitude e quebrar o gelo.

# O último dia

## Jules

O TELEFONE NÃO PAROU DE TOCAR A MANHÃ INTEIRA E EU SABIA que não poderia continuar a ignorar as chamadas, por mais que eu quisesse. Olhei para Cal, que me observava com um olhar sonolento, embora fosse quase meio-dia. Nós havíamos ficado acordados uma boa parte da noite, extremamente animados com os possíveis novos clientes dele e extremamente excitados pelo desejo ardente que sentíamos um pelo outro.

— Desculpe, mas eu tenho que cuidar disso.

— Não precisa se desculpar — ele disse, esfregando as minhas costas e beijando com carinho o meu ombro nu.

Eu me sentei na cama e atendi a ligação de uma das minhas colegas de trabalho. Ela queria me passar informações a respeito das propriedades que ela havia mostrado a clientes meus no fim de semana. Os clientes pretendiam fazer uma oferta para uma das casas e ela queria saber se eu pretendia cuidar do assunto pessoalmente ou se deveria se encarregar disso. Olhei para o Cal, hesitei, e então disse a ela que tocasse a venda em meu lugar. Isso significava que eu teria de dividir a comissão.

Naquele momento, no entanto, eu não ligava para o dinheiro. O meu tempo com Cal era limitado e eu não queria desperdiçá-lo trabalhando, mesmo que isso me trouxesse prejuízo financeiro. Não me faltariam outras oportunidades.

Quando eu desliguei, Cal me puxou para perto dele e se aconchegou colado ao meu corpo.

— Coisas de trabalho? — ele perguntou, correndo os dedos pelo meu cabelo.

— Está lembrado daqueles clientes que eu mencionei a você? Aqueles difíceis de agradar?

— Sim.

— Eles finalmente fizeram uma proposta por uma casa.

— Mas que ótimo! Então vai precisar sair? Você sabe que eu não me importo. — Cal continuou acariciando o meu cabelo e eu me virei para encará-lo. Nossas bocas ficaram a centímetros de distância uma da outra. Seus olhos castanho-claros me fitaram com preocupação.

— Não. Eu passei o trabalho para uma colega. Ela acompanhou os clientes em visitas neste fim de semana e vai cuidar de tudo para mim.

Os músculos do peito de Cal se contraíram quando ele se moveu para se sentar na cama.

— O que você quer dizer com isso, Jules?

Eu me ergui e me sentei na cama também, olhando-o com expressão séria.

— O que eu quero dizer? Como assim, Cal? Que parte do que eu disse você não entendeu?

— Você trabalhou com esses clientes durante semanas, Jules. Não quero que perca a sua comissão só porque eu estou aqui.

— Eu ainda vou receber parte da comissão. E eu fiz uma escolha. Quis passar este fim de semana com você. Eu normalmente trabalho pra caramba todo fim de semana. Trabalho até tarde da noite quase todo dia. Eu praticamente fico à disposição dos meus clientes em tempo integral. — Eu segurei a mão dele e a apertei. — E você? Nós não nos vemos nunca. Por isso, se você está na cidade para passar o fim de semana, então pode ter certeza de que eu vou passar os meus clientes para outra colega sem problema nenhum.

Eu não fazia ideia do que Cal estava pensando, mas era óbvio que as engrenagens do cérebro dele estavam girando. O trabalho vinha sempre em primeiro lugar para mim, mas isso mudou depois que eu o conheci melhor. Não que ele tivesse se tornado mais importante que a minha carreira; mas eu definitivamente me vi querendo fazer companhia a ele, querendo passar meu tempo com ele. Tinha de existir uma maneira de conciliar uma carreira de sucesso com um relacionamento. Droga, as pessoas faziam isso o tempo todo, todo santo dia. Antes de conhecer Cal eu não fazia nenhuma questão de conciliar essas duas coisas, de ter esse equilíbrio. Nunca busquei isso.

Mas agora era diferente. Agora eu queria aquilo.

E eu não esperava que ele ficasse aborrecido por causa disso.

— Qual é o problema? — eu perguntei com uma nota de insegurança na voz.

— Eu odeio pensar que você abriu mão de coisas pelas quais batalhou tanto só porque eu estou aqui.

— Mas eu não abri mão de nada. Você está exagerando e está enganado.

Cal parecia realmente aborrecido e eu queria acalmá-lo. Agora eu sabia exatamente o que ele estava pensando. Um cara como Cal interpretaria a minha atitude como um retrocesso na minha carreira, quando o esperado seria dar um passo à frente. E ele jamais suportaria ser responsável por uma coisa dessas.

— Cal, por favor, não pense assim — eu disse quase implorando. — Eu sei no que você está pensando. E está enxergando problemas onde não tem.

Ele olhava direto para mim, mas os seus olhos pareciam me atravessar; e subitamente eu me senti invisível. Cal estava questionando a minha decisão e eu podia dizer que, de certa forma, ele até se sentia culpado.

— Jules, seria melhor se eu já fosse para o aeroporto, não acha?

Quando ele me perguntou isso eu fiquei irritada de verdade.

— Nem comece com isso. Não se atreva. Nós ainda temos algumas horas até lá. Eu já disse: o meu trabalho pode esperar. Sei que você e eu normalmente não acreditamos nesse tipo de coisa, mas neste fim de semana, neste momento, eu acredito. Acredito que enquanto você estiver aqui comigo o meu trabalho pode esperar. — Eu estava convencida disso e esperava que ele me ouvisse, me compreendesse e confiasse naquilo que eu dizia. — Entende o que eu digo, Cal? É só uma venda. Uma propriedade apenas. Muitas outras aparecerão.

— Tudo bem, Jules — ele disse com um sorriso forçado. — Se é o que você acha.

Mas era tarde demais. Alguma coisa havia mudado. Eu podia ver nos olhos dele, podia sentir no ar.

Cal esfregou o rosto, depois se deitou e olhou para o teto.

Eu me aproximei um pouco mais dele e então beijei seus lábios suavemente.

— Gostaria de ir até Santa Monica? Talvez a gente possa almoçar e passear pela Third Street antes da sua partida.

— Parece uma boa ideia. — Ele fez que sim com a cabeça, voltando-se lentamente para olhar para mim.

— Então é melhor você se levantar — eu disse, e então saltei da cama e fui até o meu closet para me vestir.

— Melhor já arrumar as minhas coisas? Nós vamos direto para o aeroporto depois, não é? — ele perguntou em voz alta.

Coloquei a cabeça para fora do closet.

— Sim. Nós não vamos voltar — respondi.

Engoli em seco ao dizer essas palavras. Era triste saber que quando eu voltasse para o meu apartamento mais tarde eu estaria sozinha, sem Cal.

Aquele pequeno mal-estar entre nós nos acompanhou enquanto eu dirigia para Santa Monica. E eu odiava essa sensação. Queria estar errada, mas sabia que não estava.

Como de hábito a mão de Cal estava plantada na minha perna; mas o desapontamento dele, ou o que quer que fosse que ele estivesse sentindo, ainda estava ali, contaminando a atmosfera ao nosso redor. Uma mulher podia perceber quando um homem ficava esquisito. Nós notamos pequenos detalhes, como expressões faciais, tom de voz e gestos, e eu não era exceção. Eu lia nas entrelinhas o que Cal dizia, mas também o que ele não dizia.

Em dado momento, contudo — quando caminhávamos pela rua repleta de gente após comermos — Cal segurou a minha mão com um pouco mais de força que o habitual.

— Aqui é sempre assim? — ele perguntou.

Olhei a minha volta, sem saber ao certo a que ele se referia.

— Como assim?

— Esse monte de gente?

Olhei atentamente ao nosso redor, tentando enxergar a situação do ponto de vista dele. Eu estava acostumada a ver multidões fazendo compras e perambulando pela Third Street. Raramente a rua ficava vazia.

— É, sim, sempre lotada. — Esse foi um dos motivos que me levaram a escolher Malibu para morar. Santa Monica parecia sempre tomada de gente, a qualquer hora do dia ou da noite. Malibu era bem diferente. — Você gosta disso ou não?

— É interessante. Mas eu prefiro o lugar onde você mora — ele disse, e deu um beijo no meu rosto.

— Eu também — respondi sorrindo.

— Preciso dar uma passada naquele lugar — Cal disse, apontando na direção de uma loja com suvenires na vitrine.

— É para o Lucas, não é? — especulei.

— Acertou. — Cal sorriu. — Ele é como uma criança. Se eu voltar sem um presente para ele, vai me culpar por isso até o fim da vida.

— Poxa, você deveria ter tirado uma foto com o Ryson na noite passada para levar para o Lucas — observei.

— Eu não tirei a foto com o Ryson, mas preciso admitir que quis muito fazer isso — ele confessou com um sorriso forçado.

Cal vasculhou a loja inteira à procura de um legítimo presente californiano para Lucas. Ele escolheu uma esfera de vidro com o Pier de Santa Monica em miniatura, um chaveiro no formato do estado da Califórnia com o nome "Lucas" impresso e uma caneca para o escritório.

— Acho que ele vai adorar todas essas coisas — eu disse.

— É bom que goste mesmo.

A partida iminente de Cal azedou o nosso humor, e quanto mais se aproximava o momento de ele ir embora, mais silenciosos nós ficávamos. Eu não queria que ele fosse, mas sabia que isso tinha de acontecer.

Reconhecer a realidade da nossa situação não amenizava aquela sensação ruim. Eu queria que ele ficasse, mas jamais admitiria isso, principalmente agora. Não queria fazer nada que pudesse constrangê-lo. Até o telefone tocar essa manhã, o nosso fim de semana havia sido incrível. Faltou tão pouco para ser perfeito!

Estávamos perto do aeroporto e não havia muito trânsito, o que significava que o nosso tempo estava acabando mais rápido do que eu havia previsto. Eu sentia um nó no peito, que crescia cada vez mais, e que se transformou em verdadeira agonia quando eu me aproximei do Aeroporto Internacional de Los Angeles. Parecia idiotice da minha parte me sentir assim, mas eu gostava de Cal, provavelmente mais do que eu havia me dado conta.

Estacionei o carro sobre o meio-fio no setor de embarque, tomando cuidado para não deixar que o meu rosto refletisse a minha tristeza.

— Não fique triste — Cal disse, e eu percebi que a minha atuação estava péssima. Ele levou a minha mão aos lábios e me deu um beijo.

— Espera — pedi antes que ele abrisse a porta. Peguei o meu telefone celular e acessei a câmera. — Já virou tradição — eu disse.

Cal encostou sua cabeça na minha e eu sorri. Tirei então algumas fotos e depois ele levou a mão ao meu queixo, puxou o meu rosto e me beijou, fazendo sua língua dançar gentilmente dentro da minha boca.

*Vou perder esses lábios de sonho e essa língua infernal*, eu pensei enquanto saíamos do carro. — Eu não quero que você vá — eu disse com uma expressão chateada enquanto ele retirava sua bagagem do porta-malas.

— E eu não quero ir, querida. Isso é tão chato. — Ele me abraçou com força, como se não soubesse quando teria a oportunidade de fazer isso novamente. Diabos, nenhum de nós sabia!

— Eu odeio isso. — Minha voz soou abafada, já que eu estava com a cabeça encostada no peito dele. Ele entrelaçou os dedos levemente nos meus cabelos.

Senti o contato dos lábios de Cal no alto da minha cabeça.

— Ligo para você quando chegar, Jules.

Meus olhos começaram a se encher de lágrimas e eu me repreendi mentalmente. Eu me recusava a chorar só porque Cal estava indo embora para Boston. Afinal de contas, era lá que ele morava, e eu precisava aceitar isso.

— Boa viagem — eu disse com um sorriso trêmulo.

Ele me beijou de novo, mas dessa vez com mais força e desespero, um beijo cheio de desejo e de promessas implícitas.

— O nosso fim de semana foi simplesmente maravilhoso. Obrigado por tudo.

— Obrigada por ter vindo. Eu me diverti muito — respondi, ainda sentindo o calor do beijo dele nos meus lábios e no meu rosto.

Cal ficou ali, segurando a sua bolsa de maneira desajeitada, como se não soubesse direito como se afastar de mim e ir embora. E eu fiquei parada, mas inquieta, sem saber como o deixaria ir embora. Eu queria tanto que ele não fosse!

Ele respirou fundo e me agarrou mais uma vez, envolvendo-me em seus braços num aperto forte.

— Ah, Jules, como eu odeio esse momento!

— Eu também! — Com o coração despedaçado, eu beijei a boca de Cal. — Demais.

— Mas é melhor eu ir agora. Se esperar mais um segundo, não sei se vou ter coragem — ele disse, olhando para mim com uma expressão angustiada. Então ele me deu um último e rápido beijo, virou-se e se afastou rapidamente, como se tivesse com receio de mudar de ideia.

Deus, como eu queria que esse homem fosse meu.

Quando ele desapareceu do meu campo de visão completamente, eu entrei no meu carro e dei a partida, e estava começando a colocá-lo em movimento quando um toque do meu celular me fez pisar no freio. Era uma mensagem de Cal.

LÁBIOS DE SONHO: Eu já estou com saudade de você.

Com lágrimas nos olhos, eu teclei uma resposta.

JULES: Então volte.

# Perdendo o controle

## Cal

DESPEDIR-ME DE JULES NO AEROPORTO FOI UM SUFOCO enorme. Depois de um fim de semana tão maravilhoso, ter que pegar o avião e ir embora era absolutamente deprimente. E dessa vez foi muito pior do que quando a deixei no aeroporto em Boston. Eu estava morrendo de vontade de dar meia-volta e correr de volta para o carro de Jules. Então ela nos levaria de volta para a casa dela, onde poderíamos fazer amor por horas e horas.

Mas eu não faria isso. Não podia.

Eu tinha de seguir o meu caminho, tinha de pegar o avião, ir para casa e retornar ao trabalho.

Eu também precisava parar de pensar tanto em Jules e nessa merda toda de relacionamento a distância; mas falar era fácil, difícil seria fazer isso acontecer. Eu me perguntava por que tinha feito a grande burrice de saltar para dentro de uma armadilha dessas — uma situação sem possibilidade de final feliz —, mas então eu imaginei o corpo nu dela sob o meu e me esqueci completamente da realidade.

Assim que saí do avião em Boston eu liguei para Jules para avisar que havia feito uma boa viagem. Ela pareceu cansada, mas sua voz estava mais carinhosa do que de costume. Nós tínhamos fortalecido nossos laços nesse fim de semana, de várias maneiras. Por mais que eu tenha desejado me convencer do contrário, para não perder o controle, eu sabia que essa era a verdade. A única diferença era que eu conseguia esconder isso melhor do que ela. Jules abriu o coração para mim sem dificuldade, sem hesitação, e os sentimentos dela ficaram ainda mais transparentes e sinceros. Mas eu tentei manter os meus presos, acuados.

Deitar-me na minha cama essa noite, sozinho, depois de ter tido Jules nos meus braços, era apenas mais um elemento deprimente a ser acrescentado a esse momento tão doloroso. Eu sempre estive perfeitamente bem sozinho; passei toda uma vida sem tê-la dormindo ao meu lado, mas agora a minha cama parecia insuportavelmente vazia e fria.

Balançando a cabeça, peguei o telefone celular e olhei as fotos novas que ela havia enviado para mim. Eu tinha acabado de partir, mas já sentia como se não a visse fazia séculos.

Quando eu acordei, na manhã seguinte, mandei uma mensagem de texto para Jules, como de hábito, mas acrescentei que já estava com saudade dela, rebelando-me contra o meu lado que se opunha a expressar esse sentimento. Uma hostilidade começava a se estabelecer entre o meu coração e a minha mente, e sabe Deus como eu conseguiria sobreviver quando essas duas partes de mim entrassem em guerra. Tentei não me preocupar com isso enquanto me arrumava para ir ao trabalho, preparando-me para as inúmeras perguntas que Lucas certamente teria para mim.

No trabalho as coisas foram tranquilas, nada fora do normal, exceto pelas minhas conversas telefônicas com meus novos clientes californianos Tabbie e Ron. Os dois assinaram comigo um contrato de um ano de experiência e eu pressenti que esses eram apenas os primeiros nomes da minha lista de clientes famosos. Eu pretendia impressioná-los com o meu trabalho durante o ano e me tornar tão importante para os dois a ponto de eles nem conseguirem mais imaginar a vida sem mim, quanto mais tomar decisões relacionadas a finanças sem me consultar. Meus chefes ficaram em êxtase ao saberem dos novos nomes da nossa carteira de clientes e logo deram algumas deixas sobre a possibilidade de uma sociedade num futuro próximo.

Lucas ficou dando voltas na minha salinha antes de se sentar na beirada da minha mesa, fazendo cara feia.

— Eu não posso crer que você viu Quinn e Ryson em uma festa em Hollywood. Caramba, eu não acredito que você foi a uma festa exclusiva em Hollywood sem mim. A vida não é justa mesmo.

Quando cheguei ao escritório pela manhã, a primeira coisa que eu fiz foi contar rapidamente ao Lucas a respeito da festa e dos meus novos clientes, dizendo, logo depois, que daria a ele todos os detalhes depois que a bolsa de valores fechasse no fim da tarde. Lucas surtou – exatamente como eu sabia que ele faria – no instante em que eu mencionei o nome de Ryson, e eu ameacei bater nele se não sossegasse.

— Eu estava observando de longe — expliquei. — Eles estavam dançando. Eu não falei com eles, nem cheguei perto. — Tentei falar com descontração, como se não tivesse sido nada de mais, mas nós dois sabíamos que se tratava de um acontecimento incomum.

Lucas cruzou os braços na altura do peito, olhando-me com atenção.

— Você viajou no fim de semana e voltou com dois novos clientes, e um desses clientes é uma atriz. Uma baita atriz, aliás. O que diabos aconteceu nessa sua passagem pela Califórnia?

Levantei as mãos com as palmas para cima, dando de ombros.

— Eu sei o que aconteceu — ele continuou. — Jules aconteceu. Por que ela foi se apaixonar logo por você e não por mim?

Eu dei risada.

— Acho que nós dois sabemos a razão.

— Ela podia me fazer mudar de time — Lucas brincou, zombando de todas as mulheres que já haviam dito essas palavras a ele no passado, como se sua preferência sexual fosse simplesmente uma questão de escolha. — Como vai ela, aliás?

— Muito bem, eu acho.

— Você acha? Como não sabe dizer com certeza?

— Eu ainda não falei com a Jules hoje. Presumo que ela esteja bem.

— Mas que belo namorado você é.

— Ainda bem que eu não estou namorando ninguém no momento, não é? — retruquei, incomodado com a crítica.

— Negue, negue, negue o quanto quiser — ele disse cantarolando, e por alguma razão isso me deixou extremamente irritado.

— Saia daqui. — Tentei enxotá-lo da minha mesa, mas ele nem se mexeu.

— Não.

Eu bufei:

— O que é que você quer, Lucas?

— Quero que você me conte como foi seu fim de semana — ele insistiu, erguendo as sobrancelhas. — E quero detalhes.

Eu estava confuso quanto ao que sentia e não sabia se queria falar muito do assunto; então continuei sendo vago.

— Nós nos divertimos muito. Isso é tudo, Luc.

Ele levantou as mãos no ar num gesto de rendição.

— Tudo bem, tudo bem. Já entendi que você não quer falar. Vou deixar passar, por enquanto. Mas... — ele pendeu a cabeça para o lado, lançando-me um olhar de expectativa.

— Mas o quê?

— Onde estão os meus presentes?

Apesar da vontade de rir, eu me mantive sério.

— Tá me confundindo com o seu pai, Luc?

— Duvido que você não tenha me trazido nada dessa viagem. Nós sempre trazemos presentes um para o outro, essa é a regra. Você pode ser uma porcaria de namorado pra Jules — ele disse com um sorriso convencido —, mas para mim sempre foi dos bons.

Pensei em acertar um belo soco nele, mas resisti à tentação. Abri uma das minhas gavetas e tirei de dentro dela a sacola da loja de presentes.

— Pega aí — eu disse, empurrando-a para ele.

— Eu sabia! — Ele agarrou a sacola como se fosse uma criança no dia de Natal, tirando dela item por item e vibrando com cada um deles. — Obrigado.

— Não precisa agradecer, bebezão. E agora vai dando o fora da minha área.

Mais tarde nessa noite, quando Jules me ligou, meu coração foi parar na boca no instante em que ouvi a voz dela.

Correndo o risco de parecer um bebê chorão descompensado, eu fui sincero:

— Depois de ter estado com você nos últimos dias, eu odeio ter que me contentar em só falar com você por telefone.

— Eu estava pensando exatamente a mesma coisa. É tão melhor ter você em carne e osso — ela disse, e essas palavras me fizeram sorrir.

— Foi tudo bem no trabalho hoje?

— Tudo ótimo — ela respondeu. — O negócio foi fechado e eles ficaram com a casa. E todo mundo ficou feliz.

Jules parecia tão contente que a alegria dela me contagiou, mas ao mesmo tempo fiquei preocupado com a sua situação. Fiquei feliz porque o negócio deu certo, mas também aborrecido por saber que ela teria de dividir a comissão depois de ter passado semanas se dedicando sozinha a essa venda.

— Ei! Você falou com o Ron e a Tabbie hoje? — ela perguntou.

— Falei.

— E, então, como foi? Não me deixe morrer de curiosidade! — Eles assinaram comigo por um ano!

— Caramba, isso é fantástico! Parabéns. Estou tão feliz por você!

— Valeu, Jules. E obrigado por ter me apresentado a eles. Sem você nada disso teria acontecido.

— Tudo o que eu fiz foi te apresentar. Você fez o trabalho de convencê-los de que é confiável. Eu estou vibrando com o seu sucesso, de verdade — ela disse, e eu não duvidei nem por um minuto.

— Obrigado, gata.

— Sinto falta de você — ela disse, e a tristeza em sua voz me atingiu como uma punhalada no coração.

— E eu de você.

O que nós éramos um para o outro? Essa era a pergunta que não queria calar, a dúvida que pairava sobre nós enquanto conversávamos, implorando por uma definição. Eu me recusava a reconhecer isso e estava torcendo com todas as minhas forças para que Jules não tocasse no assunto. Eu não estava pronto para falar sobre isso, por mais fortes que fossem os meus sentimentos por ela. Essa luta que eu estava travando silenciosamente dentro de mim parecia que se transformaria em uma guerra a qualquer momento.

Nós terminamos a conversa como sempre fizemos e eu fiz um grande esforço para ir dormir em vez de continuar martelando esse assunto na cabeça.

O resto da semana transcorreu sem muitas surpresas. Fiz contato com mais cinco membros da alta sociedade de Hollywood e assinei com dois deles depois de uma longa e detalhada conversa. Esses novos clientes estavam me deixando ainda mais motivado e eu me apanhei querendo trabalhar ainda mais e melhor a cada dia. Eu sempre senti orgulho do meu trabalho, mas no caso desses clientes era diferente, talvez pelo fato de serem celebridades podres de ricas. De qualquer modo, eu sabia que queria impressioná-los. Queria fazer a diferença e me tornar insubstituível para eles.

Se eu achava que não conseguia parar de pensar em Jules antes de pegar o avião para ir vê-la, eu estava seriamente enganado. Porque a coisa agora era diferente e havia ficado bem pior. Pensei que tivesse feito a escolha certa quando decidi ir vê-la, mas agora já não tinha tanta certeza disso. Jules havia causado uma completa confusão na merda da minha cabeça. Eu tinha me transformado num infeliz que não podia ficar um dia sem querer voar de volta à Califórnia para ver Jules, e isso não era bom para ninguém, muito menos para um viciado em trabalho como eu.

Vê-la por um fim de semana não tinha sido o bastante. E qual quantidade de tempo seria? A saudade que eu sentia dela doía, e era uma dor física. Mas eu não tinha tempo nem espaço na minha vida para esse tipo de dor. Eu precisava ficar cem por cento focado nos negócios, mas tudo o que eu conseguia ver na minha frente era Jules. O rosto dela estava em toda parte e eu já estava perdendo o controle da situação.

Isso seria encarado como uma coisa boa pela maior parte das pessoas, mas não no meu caso. Jules não saía da minha cabeça e consumia todos os meus pensamentos, ainda mais do que fazia antes da minha viagem. E eu não podia mais suportar isso.

Nós sabíamos que não havia a possibilidade de um futuro viável para tudo aquilo, então o que diabos nós estávamos fazendo? Eu cheguei a acreditar que o fato de Jules morar tão longe seria benéfico, pois me ajudaria a manter algum tipo de equilíbrio. Mas eu estava totalmente errado. Distância não tinha absolutamente nada a ver com o que eu sentia por ela. Eu sentia falta dela em qualquer lugar em que estivesse.

E eu não desejava uma coisa dessas, não queria sentir falta de ninguém. Essa saudade me tornava fraco e vulnerável. Já havia visto homens se afastarem do trabalho por causa de suas famílias, e nunca quis ser como eles.

Foi muito decepcionante para mim saber que Jules tinha deixado uma colega ficar com seus clientes enquanto eu estava lá. Odeio admitir, mas isso me irritou mais do que eu deixei transparecer na ocasião. Por mais que eu quisesse deixar para lá e ser indiferente a isso, como ela havia sido, eu não conseguia. Aquele fato se instalou no meu cérebro como uma luz que piscava sem parar, lembrando-me o tempo todo de que ela desistiu de fechar um negócio por minha causa.

Eu era incapaz de engolir uma atitude dessas. Não podia. Tirei o fone do gancho e quase esmurrei as teclas do ramal de Lucas.

— Luc, posso lhe fazer uma pergunta?

— Claro — ele respondeu, e num instante eu pude ver o topo da sua cabeça loira aparecer na porta da minha saleta.

— A Jules passou um casal de clientes dela para outra corretora durante o fim de semana. Tenho razão em ficar nervoso com isso?

— Quer dizer, enquanto você estava lá?

— Isso.

— Não, não tem. Por que você ficaria nervoso? Você ficou na cidade só por dois dias, cara. Faz sentido que ela tenha passado os clientes para outra pessoa.

A reação de Lucas foi tranquila, como se a decisão dela tivesse sido perfeitamente aceitável. Então, por que é que eu não conseguia superar esse impasse?

— A questão é que eu não quero que ela faça esse tipo de merda por minha causa. Será que ela espera que eu faça o mesmo por ela?

Tentei me imaginar colocando o meu trabalho em segundo plano por causa da Jules e simplesmente não consegui. Se um cliente me ligasse com um caso urgente para ser resolvido, eu explicaria a Jules que precisaria atendê-lo e ela teria de lidar com a situação. Sempre. Os meus clientes eram sempre prioridade na minha vida, e eu não conseguia nem sequer imaginar algo diferente disso.

— A Jules não espera que você faça nada — Lucas respondeu num tom de voz paternal. — E ela fez uma escolha. Foi a decisão dela em relação a essa venda. Com certeza ela tem uma tonelada de outros clientes.

— Mas se ela abriu mão desse cliente com tanta facilidade, quem garante que não vai fazer isso com os outros? Eu não estou fazendo bem para ela. Isso não está sendo bom para ela. — Chutei a perna da minha mesa, frustrado por permitir que esses pensamentos me corroessem assim.

— Eu acho sinceramente que você está exagerando nesse assunto.

— A Jules me disse a mesma coisa.

— Então por que você não acredita nela e deixa de bobagens?

— Porque isso me dá nos nervos — respondi, mas na realidade a coisa ia além disso. A grande verdade era que a conversa dela naquela manhã tinha me deixado completamente assustado.

Lucas se inclinou para trás na sua cadeira e levou uma mão à nuca.

— Eu sei o que você está fazendo. Não sabote esse lance entre vocês, Cal. Eu nunca tinha visto você tão feliz assim antes.

— Não estou sabotando nada. Estou avaliando as coisas de maneira realista, ao contrário de você.

— Eu? Esse relacionamento não é meu.

— Mas você está agindo como se essa nossa relação fosse totalmente normal e nós pudéssemos viver felizes para sempre em algum momento.

— E por que não podem? — ele perguntou, e eu tive vontade de acertar a cabeça dele com alguma coisa bem pesada.

— Por que não podemos? Porque nós moramos em lados opostos do país! — esbravejei, e então moderei o tom de voz, tentando manter a compostura que eu aos poucos estava perdendo. — E isso vai ser sempre assim. É o mesmo problema que enfrentamos desde o primeiro dia em que nos conhecemos. Nada mudou.

— Exceto os seus sentimentos — Luc observou, e eu gelei.

— Isso não importa. Não se trata disso.

— Por que não? Você não é um robô. Sei que bate um coração aí dentro desse seu peito... perdido em algum lugar.

— Só estou dizendo que a nossa situação continua sendo a mesma, independente do que eu sinta pela Jules. Isso está mais que evidente. Ela está lá e eu estou aqui. Isso nunca vai mudar, e os nossos sentimentos só servem para piorar ainda mais a situação. Não é certo continuar assim. Nós não estamos sendo racionais.

O telefone da mesa de Lucas tocou.

— Preciso atender. Essa nossa conversa ainda não terminou. Não faça nada estúpido — ele avisou antes de ir.

Definitivamente eu não havia avaliado direito as implicações desse envolvimento com Jules. Não avaliei nem mesmo as consequências que poderiam resultar da minha viagem até a cidade dela. Pela primeira vez na minha vida eu havia agido por impulso e agora estava num beco sem saída.

Eu precisava dar um basta nisso. Precisava voltar o meu foco para um objetivo, e apenas um, e ela tinha de fazer a mesma coisa. A nossa situação não era boa para nenhum de nós dois – sem dúvida ela concordaria comigo nesse ponto.

Lucas passou pela minha mesa e fez um sinal para que eu o seguisse. Eu suspirei, então me levantei e saí caminhando com desânimo atrás dele.

— Você pode me explicar mais uma vez qual é o problema? — ele perguntou quando conseguimos alguma privacidade numa sala de reuniões.

— Nós estamos vivendo um maldito conto de fadas. Mas isso não é um filme em que as coisas vão acabar bem no final. Eu não vou me mudar para a Califórnia e a Jules não vai se mudar para cá, então, no final das contas, que diabos nós estamos fazendo? — Comecei a andar de um lado para outro, roendo todas as minhas unhas.

— Por que vocês simplesmente não curtem o momento e veem aonde é que isso vai dar?

— Porque eu não consigo parar de pensar nela. É intenso demais, porra!

— Mas isso não é ruim, cara — ele argumentou, e então hesitou e engasgou de leve. — Você está apaixonado por ela.

— Sem essa.

— Está.

— Não estou — revidei, embora eu soubesse que estava, e completamente. E esse era o maior problema de todos. Eu não podia ter me apaixonado justamente por alguém com quem não poderia ficar junto. Isso foi de uma idiotice sem tamanho, principalmente para um cara como eu, sempre orgulhoso de ser tão desprendido e esperto.

Lucas balançou a cabeça, com ar derrotado.

— Tudo bem então. Vamos fingir que você não está apaixonado. Vocês não tiveram bons momentos juntos enquanto você esteve lá?

Lembranças da nossa noite em Hollywood e das horas mágicas que vivemos no apartamento dela passaram rápido pela minha mente. O que eu tive com Jules não foram apenas bons momentos; foram os melhores de toda a minha vida.

— Foi praticamente perfeito — admiti.

— Então não jogue esse lance maravilhoso fora só porque ele não vem com manual de instruções.

— Não se trata disso, Lucas. Você não está me ouvindo. — Ele queria transformar a coisa toda numa história de amor açucarada com final feliz, mas não para cima de mim. — Eu estou tentando ser realista, e o que nós estamos fazendo simplesmente não vai de acordo com a nossa realidade. Não há futuro para nós dois. Quanto mais a gente insistir em levar isso adiante, pior vai ser. Tanto para mim quanto para ela.

Lucas cruzou os braços e me encarou com expressão séria.

— Não acha que é um pouco tarde para esse tipo de conclusão? Se esse caso está mexendo tanto assim com você, como acha que a Jules está se sentindo?

As palavras dele me atingiram como uma marreta. Fiquei abalado e por alguns instantes não soube o que dizer.

— Mas é disso mesmo que estou falando. Precisamos parar com tudo isso antes que a coisa tome outras proporções. Essa é a melhor coisa a se fazer. Não estou pensando só em mim aqui. Estou levando em conta os sentimentos da Jules também.

— Será que ela concordaria com a sua avaliação da situação? Tenho as minhas dúvidas — ele disse, e suspirou. — Aposto que ela vai rebater fácil essa sua argumentação e convencer você a não terminar as coisas.

— Com base em que consideração racional? Falando sério, Luc, que tipo de argumento ela poderia usar?

— Sei lá. Talvez a Jules diga que da próxima vez ela é quem vai vir pra cá e que vocês podem se ver uma vez por mês. Coisas desse tipo. Pelo menos, é o que eu diria.

Subitamente irritado, eu quase briguei com ele mais uma vez.

— E vamos seguir assim até quando, Lucas? Por quanto tempo vamos fazer isso? E com que finalidade?

Eu já havia pensado em todas as coisas que Lucas me sugeriu. E tudo conduzia ao mesmo impasse. Não importava quantas vezes Jules e eu nos víssemos, nada mudava o fato de que nenhum de nós dois iria deixar sua cidade. Não quando tínhamos nossas carreiras para cuidar, carreiras pelas quais trabalhamos tão duro. O que nós estávamos fazendo, no final das contas, não fazia o menor sentido.

Lucas balançou a cabeça, claramente perdendo a paciência comigo.

— Então namore à distância por toda a vida. Sei lá. Você torna tudo difícil demais.

— Aí é que está. — Corri os dedos pelo cabelo. — Eu estou tentando tornar a coisa bem simples, é por isso que penso em terminar tudo.

A boca dele se contorceu num sorrisinho irônico.

— Estou te dizendo que ela não vai engolir essa história. De jeito nenhum essa garota vai deixar você sair fácil assim disso. Pode se preparar porque vai ser jogo duro, amigão.

Lucas tinha razão. Jules se oporia a mim nessa questão e eu não sabia se conseguiria manter firme posição. A verdade era que eu estava ferrado. Jules certamente tentaria me convencer de que valia a pena lutar pelo que nós tínhamos. Mas ela não estaria sendo racional. Jules basearia todas as suas decisões nas suas emoções, nos seus sentimentos. E eu precisaria ser a voz da razão quando esse momento chegasse.

No dia seguinte, quando fui enviar a ela a minha habitual mensagem da manhã, eu me detive. Era necessário colocar alguma distância emocional entre nós, já que, pelo visto, a gigantesca distância física não era suficiente.

Quando eu cheguei ao estacionamento da empresa, porém, eu me flagrei teclando um bom-dia a ela. Eu simplesmente não conseguia passar um dia sequer sem lhe enviar uma mensagem. Mas consegui me repreender antes de apertar a tecla ENVIAR. Eu precisava ser mais firme comigo mesmo.

Colocar um ponto-final nessa relação era a melhor coisa a fazer. Seria doloroso no começo, mas antes isso do que manter as coisas do jeito que estavam e sofrer uma dor insuportável mais adiante. Se o fim era inevitável para nós, então por que protelar? Um dia Jules ainda iria me agradecer por ter tomado a decisão mais difícil no momento certo em vez de ficar levando essa situação adiante por meses a fio.

A guerra dentro de mim havia chegado a um ponto crucial – tiros tinham sido disparados e eu estava sucumbindo. Agora já não havia mais salvação para mim. Não havia salvação para nós.

Eu sabia o que tinha de fazer.

# Saindo de cena

## Jules

CAL ANDAVA UM POUCO DIFERENTE NOS ÚLTIMOS DIAS. NÃO era nada gritante nem evidente, mas eu sentia que algo estava fora do lugar. Suas palavras pareciam um pouco mais cautelosas e as coisas que ele dizia eram sempre as mesmas, como se de algum modo ele estivesse se refreando. Mas em vez de perguntar se ele estava incomodado com alguma coisa, eu apenas fingia que tudo estava normal.

Mas por que, afinal, a mente complexa de Cal me assustava? Eu tinha mesmo tanto medo assim de ouvir as respostas dele às minhas perguntas? E se eu realmente estivesse sentindo esse medo, desde quando eu havia me tornado esse tipo de mulher? Aparentemente, desde que havia conhecido Cal. Depois de abrir o meu coração ao amor mais uma vez, com uma facilidade que eu jamais imaginei ser possível, de repente eu estava morrendo de medo de perdê-lo.

Isso não significava que eu gostasse desse meu lado recém-descoberto – porque definitivamente não era o caso. Era patético evitar fazer perguntas difíceis só porque eu tinha medo das respostas. Cal havia iluminado a minha vida tão completamente que eu odiava a ideia de ver essa luz se apagar. No fundo, bem lá no fundo, eu temia que tudo fosse acabar e não estava pronta para encarar essa possibilidade. Então eu enterrei a cabeça na areia, acreditando que enquanto eu negasse que havia algo de errado nós poderíamos continuar com o nosso... bem, com o que quer que fosse que havia entre a gente.

Para piorar, recebi um e-mail de Robin pedindo-me uma narrativa detalhada da visita de Cal. Eu respondi apenas com uma versão resumida do nosso fim de semana juntos, incluindo pérolas como "a minha ficha caiu e eu evitei falar sobre alguns aspectos estranhos do nosso relacionamento". Em resposta, Robin enviou-me um vídeo em que dançava alegremente, de sutiã, ao som de uma música da Taylor Swift.

Quando eu acordei hoje e não encontrei nenhuma mensagem de texto dele, fiquei preocupada por um minuto, mas acabei me convencendo de que não era nada de mais. Fiquei olhando para as últimas mensagens que havíamos trocado, relendo as palavras da última noite. Eu me convenci de que ele estava apenas ocupado e minimizei o fato enquanto saía da cama para me aprontar para o trabalho. Era estranho não acordar com o bom-dia de Cal me esperando, mas mesmo assim eu não estava muito preocupada.

Depois de vinte e quatro horas sem receber nenhuma notícia de Cal, nem uma palavra, eu comecei a me preocupar. Como as mensagens eram o nosso principal meio de comunicação, passar um dia inteiro sem elas significava que nós simplesmente não estávamos nos comunicando. Não seria nenhum problema se esse fosse um intervalo habitual para nós, mas vinte e quatro horas sem trocarmos uma palavra não era nada normal entre a gente. Tentei minimizar o fato mais uma vez e fingir que não era tão ruim assim, mas aquilo não saía da minha cabeça.

Quando eu acordei na manhã seguinte e ainda não havia mensagem dele, um mau pressentimento me fez estremecer.

E se alguma coisa aconteceu com ele? Pior ainda: e se ele estiver morto? Quem é que me avisaria? Será que alguém sabia da minha existência? Claro que o irmão dele sabia, e também o melhor amigo de Cal, mas será que Cooper ou Lucas se lembrariam de entrar em contato comigo? Cal podia estar morto em qualquer lugar e eu jamais saberia se ninguém me contasse.

Sacudi a cabeça, esforçando-me para afastar os pensamentos mórbidos. Abri então o Facebook e vi que Cal estava online fazia alguns minutos. Suspirei aliviada ao ver que ele ainda estava vivo, mas fiquei confusa também: por que ele não falava comigo? O que diabos isso significava?

Tentei não entrar numa onda de especulações nem imaginar coisas enquanto me preparava para o trabalho, supondo que ele mesmo acabaria me explicando tudo. Ele se desculparia e me esclareceria por que vinha mantendo silêncio. Eu não ficaria irritada com ele, claro, porque o tempo das pessoas que tinham a vida corrida costumava ser escasso. E não seria nenhuma tragédia se nós não pudéssemos conversar todo santo dia.

Certo?

Certo.

Mandei para Cal uma mensagem perguntando como ele estava e esperei pela resposta. Eu sabia que, às vezes, ele demorava um pouco para responder, dependendo do momento do dia.

Mas quando os minutos se transformaram em horas, o meu desconfiômetro começou a apitar. Que merda era essa? Eu checava o meu celular o tempo todo, esperando a mensagem dele chegar, mas isso não aconteceu.

Eu estava nervosa demais para ligar para ele, achando que não seria capaz de suportar se ele ignorasse meu telefonema da mesma maneira que estava ignorando as minhas mensagens de texto. Então, decidi enviar a ele várias mensagens, uma atrás da outra, e nenhuma delas teve resposta. Também mandei uma mensagem pela rede social, mas ele nem mesmo a visualizou.

Agonizando sozinha no meu apartamento, vasculhei minha mente e repassei os momentos que ficamos juntos, analisando cada segundo da nossa última conversa. Rastreei mentalmente todo o nosso passado recente em busca de alguma dica, algo que pudesse me indicar o que estava acontecendo com a gente. Porém nada fazia sentido. Nada se encaixava.

Quando ele esteve em casa, nós passamos momentos incríveis juntos. Quando conversamos por telefone alguns dias atrás, ele me disse que sentia muita saudade de mim e que queria me ver de novo. Como as coisas podiam ter mudado tão rápido? Num dia Cal estava com saudade e queria me ver, e dois dias depois já não queria mais nada comigo?

Por quê?

Que motivo ele poderia ter para isso?

Meu coração doía demais, uma dor tão profunda que eu tive vontade de me fechar definitivamente para o amor. Era mil vezes melhor não sentir nada do que sentir essa dor.

Determinada a ter uma resposta, eu mandei outra mensagem, perguntando se ele estava vivo. Foi uma mensagem bem-humorada e eu presumi que Cal responderia imediatamente, com alguma tirada engraçada. Mas nem sinal dele.

Meu próximo passo foi ligar para Tami em busca de apoio, sabendo que ela já devia ter voltado do trabalho e estaria em casa.

— Alô, amiga. Tudo bem? — ela me disse.

— Não. Cal não está falando comigo — respondi, pressionando com a mão o meu peito, que doía cada vez mais.

— Como assim? Você ficou brava com ele, deu alguma uma bronca ou o quê?

— Não. Eu não sei. Ele simplesmente não me liga nem me manda uma mensagem há três dias.

Tami ficou séria, adotando seu tom de voz de advogada.

— Você já telefonou ou enviou mensagens a ele?

— Não telefonei, mas mandei algumas mensagens.

— E não teve resposta?

— Não.

— Quando foi a última mensagem que você mandou?

— Há alguns minutos.

Minha amiga ficou em silêncio por mais tempo do que seria razoável e eu cheguei a me perguntar em que ela estaria pensando.

— Isso é estranho, Jules — ela disse por fim.

— O quê? Isso é tudo o que tem a me dizer?

Eu queria respostas, droga! Eu já estava cansada de saber que isso era estranho. Eu só não conseguia entender por que ele estava fazendo isso. E queria que alguém me dissesse.

— Não sei o que dizer, Jules — ela admitiu. — Vocês tiveram alguma briga?

— Não.

— Tem certeza?

Eu bufei.

— Tenho certeza absoluta de que eu saberia afirmar se nós brigamos ou não, Tami.

— Desculpe, eu só estou tentando entender.

— Eu também — respondi, desolada.

— Quer saber? Estou indo até aí — ela disse com firmeza.

— Mas eu quero ficar sozinha.

— Eu sei que você quer. Mas estou chegando em vinte minutos.

Eu resmunguei alguma coisa sem muita convicção. Sabia que seria inútil argumentar com a Tami. Ela viria de qualquer maneira e a minha vontade não fazia a menor diferença. Mas, na realidade, estava precisando da companhia dela e ela havia escolhido um bom momento para ser mais teimosa que eu.

— Obrigada — eu disse antes de desligar.

Eu consegui manter as minhas emoções sob controle até Tami entrar pela porta da frente e me dar um abraço. No segundo em que ela me abraçou, eu perdi o controle que havia mantido até então e desabei em lágrimas.

— Tudo bem, tudo bem — ela disse, enxugando o meu rosto.

— Mas isso não faz o menor sentido — eu reclamei, odiando a minha fala chorosa e patética.

Tami entrou na minha cozinha, pegou uma garrafa de vinho e a abriu. Com uma taça cheia em cada mão, ela me fez acompanhá-la até o sofá da sala.

Tomei um gole da bebida e esperei que ela me interrogasse, como sabia que ela faria. No papel de minha melhor amiga e também de advogada que era, eu sabia que Tami ia querer ser informada de todos os detalhes.

— Ele ainda está on-line?

Fiz que sim com a cabeça.

— Acho que essa é a pior parte. Ele estar on-line e não me responder.

— O que é que mais vem à sua cabeça? — ela perguntou, para o meu espanto, porque eu não fazia ideia do que ela estava falando.

— Como?

— Que lembrança você vê com mais frequência?

— Ah! — eu disse, sem deixar de pensar que a pergunta era estranha. — São as pequenas coisas. O modo como ele me olhava quando me deixou no aeroporto depois do nosso primeiro encontro, por exemplo. Ou o modo como ele me apresentou à sua família. A reação dele quando viu que eu tinha o seu uísque favorito aqui em casa só para ele... Cal ficou tão feliz com isso. Acho que penso principalmente nas pequenas reações, momentos especiais. É difícil parar de remoer essas lembranças.

Tami ficou olhando para mim enquanto eu falava pelos cotovelos e lhe contava tudo. Eu continuava sem entender por que ela tinha feito essa pergunta. Talvez ela estivesse apenas curiosa. Ou talvez fosse a advogada Tami em ação, reunindo todos os detalhes para formar um quadro mais amplo em sua mente. Eu não fazia ideia.

— Você disse que o resto do fim de semana aqui foi bom, não é? Não aconteceu nada de diferente no último dia, antes de ele ir embora? — Tami indagou, observando, atenta, a minha reação.

— Nada — respondi, mas então algo me ocorreu. — Espere. Na realidade aconteceu uma coisa. Ele ficou incomodado quando contei que havia passado meus clientes para outra pessoa.

— O Cal ficou incomodado com isso?

— Os meus clientes tinham uma proposta a fazer por uma casa e eu autorizei a Ashley a cuidar do assunto em meu lugar. E o Cal não gostou disso.

— Imagino que não — Tami comentou, sorrindo.

— As coisas estão estranhas, Jules, mas escute o que vou dizer. Esse cara estava a fim de você. Ele gostou de você. E muito.

As palavras dela aqueceram o meu coração, diminuindo um pouco a minha dor e dando-me um certo alívio.

— Você acha mesmo, Tami?

— Vi vocês dois juntos. Bati aquelas fotos, que eu sei que ainda estão no seu celular. É só ver o modo como ele olha pra você. E vice-versa.

— Eu pensei que nós estivéssemos felizes. Pelo menos *eu* estava. Sei que ele mora do outro lado do país e que o nosso lance fatalmente terminaria em algum momento, mas eu não estava me preocupando com isso.

— Ele sabe como você se sente? — Tami perguntou, e então bebeu um grande gole de vinho.

— Nós nunca falamos sobre a questão da distância. Na verdade, nenhum de nós nem mesmo tocou nesse assunto.

— Bom, mas acho que teria sido bom se tivessem conversado sobre isso. — As sobrancelhas dela se ergueram.

— Eu sei, mas não pareceu necessário dar atenção a esse detalhe. Na realidade nós acabamos de nos conhecer. Por que falaríamos sobre uma coisa que nenhum de nós poderia mudar?

— Você quer mudar isso? — ela perguntou.

— Não sei. Pensar numa coisa dessas é algo inédito para mim. Eu não faço a menor ideia.

— Vocês dois conversaram tanto, mas pelo visto não falaram de algumas coisas importantes, não é?

Eu dei de ombros.

— Acho que não. Para ser sincera, eu fiquei com medo de perguntar certas coisas a ele.

— Você? Com medo? — Ela balançou a cabeça, rindo, e levou a taça à boca.

— Eu sei, é um pouco vergonhoso. Mas tem uma parte de mim que morre de medo de ouvir algumas respostas do Cal. E se ele quiser colocar um ponto-final em tudo? Eu não estou pronta para isso. — Pensamentos sombrios tomaram conta de mim e eu abaixei a cabeça, com uma expressão de tristeza no rosto.

De repente o sorriso na face de Tami desapareceu.

— Desculpa, Jules. Sei que isso é difícil para você.

— Que irônico. Eu não quis que ele se assustasse com as minhas perguntas e fosse embora, mas mesmo sem eu ter dito nada ele se foi.

— Termine a sua taça. — Ela apontou para o meu vinho, e eu o bebi de uma só vez. — É hora de passar para alguma coisa mais forte, Jules.

Deixando-me sozinha no sofá, Tami voltou para a cozinha e preparou um drinque que eu tinha certeza que faria com que eu me sentisse péssima pela manhã.

— O que é isso?

— Muita vodca e um pingo de *cranberry*. Você vai gostar. — Ela riu.

Tomei um gole e quase cuspi tudo no meu sofá.

— Preciso de mais *cranberry* aqui. Sério, Tami, como você consegue tomar um negócio desses?

— Eu sou profissional — ela respondeu, já com as bochechas rosadas.

— Por que você está querendo me embebedar?

— Quero que você se sinta melhor.

— Mas eu acho que isso vai é me deixar pior.

De repente, num movimento rápido, eu peguei o meu celular. Digitei uma mensagem para Cal antes que Tami tivesse chance de me perguntar o que eu estava fazendo, e antes que eu mesma mudasse de ideia.

JULES: Onde está você? Por que não está falando comigo?

— O que é que você está fazendo? — Tami disse, com os olhos arregalados.

— Nada — menti, e coloquei o celular debaixo do meu traseiro.

— Não escreva para ele!

— Tarde demais. — Encolhi os ombros com uma expressão conformada no rosto e esperei que o celular no meu bolso vibrasse anunciando a resposta dele.

— Tudo bem, já foi. — Ela bufou. — Mas não faça isso de novo.

— Como ele pode simplesmente me ignorar desse jeito? É sério, Tami. Ele recebe as minhas mensagens e simplesmente age como se eu não existisse? A troco de que, por quê? — Eu me inclinei para trás no sofá choramingando.

— Eu não sei. Quem é que pode saber o que esse cara tem em mente?

— Isso é tão ruim! — eu lamentei, sentindo-me totalmente vulnerável.

— Você está bem magoada, não está? — Tami perguntou num tom de voz sério.

— Sim. Muito.

Embora estivesse magoada – com o coração apertado e a mente incapaz de encontrar sentido nas coisas –, eu ainda me agarrava à minúscula esperança de que Cal voltasse para mim ou de que tudo isso não passasse de um tremendo mal-entendido. No fundo, eu achava que uma simples ligação de Cal poderia esclarecer isso tudo e achava até que aliviaria um pouco da minha dor.

Eu realmente queria que isso fosse verdade. Porque acreditar que ele voltaria para mim era mil vezes mais fácil do que aceitar que ele tinha ido embora sem me dizer uma palavra. Como eu poderia aceitar algo que não fazia o menor sentido?

— Sinto muito que você tenha se machucado dessa forma. Quer que eu fique aqui essa noite? — Tami perguntou, já sabendo a resposta.

Sim, eu precisava da minha amiga por perto.

— Obrigada.

— Ainda bem que eu sempre deixo algumas roupas aqui — ela comentou, sorrindo.

Quando o fim de semana chegou, Tami se recusou a me deixar curtindo a minha fossa sozinha e insistiu para que saíssemos. Ela acreditava que um pouco de distração me ajudaria a afastar a mente dos problemas.

Como se isso fosse possível.

Tami tentou me convencer de que a melhor maneira de esquecer um cara era pegando outro, mas nós duas sabíamos que esse não era o meu estilo. Pelo menos ela conseguiu me fazer rir com essa sugestão.

Enquanto nós caminhávamos pela Third Street, em Santa Monica, eu tentei evitar as lembranças do último dia de Cal na Califórnia. Eu não podia estragar o meu passeio pensando nele. Se ele queria sair da minha vida, então também não era bem-vindo na minha cidade.

Nós escolhemos um bar e entramos, e eu logo fiz uma careta quando olhei para um gigantesco quadro-negro onde se lia "MAIS DE CINQUENTA TIPOS DE UÍSQUE!".

*Uísque!*

Dois meses atrás eu, muito provavelmente, teria ignorado aquele aviso, ou nem mesmo teria olhado para ele. Mas naquele momento a palavra "uísque" causou uma reação tão intensa no meu coração que eu pensei que ele fosse parar de bater de repente. Era uma grande idiotice fazer essa associação, mas para mim o uísque estava diretamente ligado a Cal e me trazia a mente o minúsculo lapso de tempo que foi tão importante na minha vida.

O uísque já me fez feliz uma vez, já me fez sorrir. Agora, tudo o que ele me trazia era dor e sensação de perda. Eu nunca mais beberia isso na vida.

Eu odiava uísque.

Por mim essa porcaria podia desaparecer da face da Terra.

Eu respirei fundo, resignada, e então fui até uma pequena mesa longe do bar e me sentei.

— Nós vamos comer, né? Eu estou morrendo de fome — Tami disse, olhando para mim com expressão preocupada.

— Sim, nós vamos comer. E pode parar de me olhar desse jeito.

— De que jeito? — Ela inclinou a cabeça, encarando-me. Suas lentes de contato dessa vez eram verde-água.

— Você está temendo que eu desmorone a qualquer momento.

— Eu não acho que isso vá acontecer. Só estou triste por sua causa, nada além disso. — Ela pegou na minha mão sobre a mesa e a apertou.

— Beba primeiro, fique triste depois — eu disse, sorrindo.

O nosso garçom chegou e nós pedimos os drinques. Quando ele se foi, eu voltei toda a minha atenção para a minha amiga.

— Diga o que está acontecendo na sua vida, Tami. Nós só temos falado de mim. Quero que você me distraia um pouco.

Ela balançou a mão no ar num gesto de indiferença.

— Você sabe que não tem nada de especial acontecendo na minha vida. Trabalho e mais trabalho, o tempo todo. E no tempo livre que me sobra, pego um cara aqui, outro ali, só para me divertir.

— Mal posso esperar para conhecer o sujeito que vai tirar o seu chão e roubar o seu coração.

Ela me deu um sorrisinho irônico.

— Para ser franca, olhando para você agora, eu não tenho muita vontade de ter essa experiência tão cedo.

— Pode ter certeza de que, quando isso acontecer, você simplesmente não vai ter escolha — eu disse com um sorriso apagado. Ver Tami realmente apaixonada seria algo espantoso.

— Eu tenho consciência disso, pode acreditar.

Nossas bebidas chegaram e nós fizemos um brinde.

— Preciso comer alguma coisa que me sustente, um pão por exemplo, senão essa noite não vai ser boa — avisei.

— Para mim, só pão não basta. — Tami tomou mais um gole, e então chamou o garçom de volta. Nós pedimos comida e mais uma rodada de drinques.

Eu estava no meu terceiro coquetel *lemon drop* quando resolvi pegar o meu telefone, que eu havia colocado em cima da mesa.

— Ah, não, não mesmo. Dê esse celular aqui! — Tami quase gritou quando segurou a minha mão para evitar que mexesse no telefone.

— Por que você quer tirar o meu celular de mim?

— Porque você está bêbada — ela respondeu com naturalidade, como se aquele fosse um argumento perfeitamente aceitável.

— E daí?

— E daí que a Jules bêbada manda mensagens bêbadas para o Cal. E eu tenho certeza de que você vai se odiar amanhã se ceder à tentação de escrever pra ele essa noite.

E ela estava certa, certa demais. Mas isso não acalmou o desejo que fervilhava dentro de mim. Eu queria escrever para ele. Eu sentia tanta saudade dele, cada minúsculo pedaço de mim sentia falta dele – principalmente o meu estúpido coração.

— Como ele pôde simplesmente virar as costas para mim dessa maneira? — perguntei novamente para a Tami, como se esperasse que dessa vez ela percebesse algum detalhe que havia deixado escapar nas outras cem vezes que lhe fiz a mesma pergunta.

— Eu não sei, Jules — ela respondeu com um olhar triste. — Me desculpe. Mas isso também não faz o menor sentido para mim.

— Para mim também não. Eu só… — tive de parar e respirar fundo antes de continuar — sinto falta dele e não consigo aceitar que ele não sinta a minha falta. Será que tudo o que ele me disse era mentira? Só pode ser. Caso contrário ele estaria se sentindo tão miserável quanto eu me sinto agora.

— Você acha que o cara estava mentindo? — ela indagou, e bebeu mais um gole do seu coquetel.

— Sim. — Sacudi a cabeça. — Quer dizer, não. Ah, eu não sei. Eu realmente espero que não tenha sido tudo mentira, porque isso faria de mim uma mulher muito, muito idiota.

— Você não é idiota.

— Mas eu acreditei em cada palavra dele sem questionar. Acreditei em absolutamente tudo o que ele disse, confiava e acreditava nele porque eu sentia as mesmas coisas que ele dizia sentir.

— Isso não faz de você uma idiota, Jules.

Claro que Tami só estava tentando me ajudar e só queria que eu me sentisse melhor, mas aquilo não estava ajudando em nada.

Eu acreditei em tudo o que Cal me disse e me escreveu nos últimos dois meses. E o meu coração ficava aos pulos dentro do meu peito quando ele dizia que sentia falta de mim, que mal podia esperar para me ver ou que não conseguia parar de pensar em mim. Jamais passou pela minha cabeça, nem por um segundo, que ele pudesse estar mentindo. Até agora. Agora eu não conseguia mais tirar da cabeça que da boca daquele homem não saiu nada além de um monte de mentiras.

Eu não entendia o que ele tinha a ganhar me enganando daquela forma, mas essa era a única explicação plausível. Se tudo não tiver passado de mentira, então é claro que vai ser fácil para ele ir embora e nunca mais voltar a falar comigo.

— Quem me dera ter as respostas para você. — Tami ergueu o seu coquetel e terminou o que restava dele.

— Quem dera.

Eu queria que qualquer pessoa tivesse alguma resposta. Não saber de absolutamente nada estava matando de maneira lenta e dolorosa o que restava do meu coração.

Enquanto a minha mente tentava produzir tramas que fizessem sentido, uma nova possibilidade me ocorreu:

— Talvez ele tenha conhecido alguém. Se Cal se envolveu com outra pessoa, ele provavelmente vai seguir o seu caminho e não vai falar comigo sobre o assunto.

Tami olhou para mim, levantando as sobrancelhas.

— E você por acaso faria isso, Jules?

— Não! Claro que não. Mas eu não estou procurando outra pessoa. Não quero namorar mais ninguém. Eu gosto de verdade do Cal. Não quero estar com mais ninguém a não ser ele.

Tami mexeu o seu coquetel com o canudo. Ela parecia perdida em pensamentos.

— Eu não acho que ele tenha conhecido alguém, Jules.

Meus olhos se arregalaram e o meu coração ganhou um grama a mais de esperança.

— Não mesmo?

Ela me encarou e balançou a cabeça com convicção.

— Não. Eu não acredito que o problema seja esse, de jeito nenhum. E ficaria muito surpresa se fosse.

— Eu gostaria de poder ler corações — balbuciei, e bebi o que restava no meu copo.

O garçom parou diante da nossa mesa e olhou para mim com expectativa, mas eu balancei a cabeça numa negativa. Eu queria muito outro *lemon drop*, mas sabia que não era uma boa ideia.

Tami riu.

— Ler mentes, você quer dizer?

— Não — respondi. — Corações. Corações não mentem. Bom, tudo bem, talvez mintam. Mas nós não podemos ludibriar o nosso coração como fazemos com a nossa mente. Corações sentem as coisas, independentemente da nossa vontade. Eles não são lógicos, não tentam dar sentido às coisas o tempo todo. Eles simplesmente sentem.

— Então você leria o coração de Cal se pudesse?

— Você está brincando? Lógico que sim. — A ideia me fez rir. — Se eu soubesse como ele se sente a meu respeito, o silêncio dele não seria tão ruim. Eu talvez conseguisse lidar melhor com a dor ou superasse esse assunto de uma vez por todas. Se eu pelo menos pudesse saber o que se passa lá dentro. — Cutuquei o peito com meu dedo.

— Bom, se é assim... Por que não pergunta ao Cal como ele se sente?

— Não posso.

— Por que não?

— Porque você pegou o meu celular.

— Eu não quis dizer hoje! — ela exclamou. — Não, esquece. Eu retiro o que disse. — Tami apontou para mim, com seu típico olhar de advogada implacável. — Você não vai perguntar nada para esse cara. Nada de entrar em contato com ele, nem mensagem, nem telefonema, nem e-mail ou o que quer que seja. Entendeu? Nenhum tipo de contato! Esqueça a minha sugestão, foi uma péssima ideia. Não se atreva a falar com esse cara nunca mais.

— Tudo bem, eu já entendi — respondi, fazendo que sim com a cabeça.

— Eu conheço você, Jules. Você não pretende seguir os meus conselhos, não é mesmo?

— Quem sabe? Já ficou claro para a gente que eu adoro abrir o meu coração sem receber nada em troca.

Mas não era questão de me torturar, na verdade. Eu só queria respostas. Ele tinha que me dizer alguma coisa. Qualquer coisa seria melhor do que todo aquele silêncio.

Cal tinha se tornado importante na minha vida muito mais rápido do que eu poderia imaginar, e a ausência dele era como uma perda para mim, uma grande perda. A dor no meu peito era uma lembrança de que o meu coração agora penava a cada batida, funcionando quase porque não tinha alternativa. Depois de tanto tempo existindo dentro de mim sem sentir nada, agora tudo o que meu coração me proporcionava era uma dor contínua.

— Sabe, eu fico me perguntando o que há de errado comigo — eu disse, falando do fundo do coração.

— O que quer dizer com isso?

— Vamos apenas supor que tudo o que ele me disse seja mentira.

— Essa conversa de novo? — Tami se inclinou para trás em sua cadeira e bufou.

— Sim, mas escute. Digamos que ele tenha mentido sobre tudo. Como é possível que eu não tenha percebido nada em nenhum momento? Será que eu sou uma mulher sem intuição, sem discernimento e que se deixa influenciar assim tão facilmente? — Implorei com os olhos para que ela me ajudasse a acalmar o meu coração.

— Talvez ele não tenha mentido.

— Se o Cal não mentiu, se foi sincero nas coisas que disse, então onde ele está agora? Como ele pôde ir embora com tanta facilidade, como se eu nem existisse? Como ele pôde passar a me ignorar de um dia para o outro, sem me dizer nada? — Lágrimas brotaram nos meus olhos e eu as enxuguei antes que alguma resolvesse cair.

Desde o primeiro instante em que eu conheci Cal, fui sincera em tudo o que disse a ele, em cada palavra. Eu abri o meu coração a ele em cada confissão que fiz, em cada revelação, e por isso acreditei que ele estivesse agindo da mesma maneira. Quando ele falava comigo eu sorria o tempo todo, mal conseguia me controlar de tanta alegria.

Mas agora eu me sentia como uma perfeita idiota, como se eu tivesse culpa por não ter desconfiado das mentiras dele antes. Se ele me enganou, como eu pude não perceber nada? Por que não me passou pela cabeça que isso poderia acontecer?

*Por causa do meu estúpido coração*, algo dentro de mim sussurrou.

Coração idiota. *Eu te odeio!*

— Posso confiar que você não vai fazer besteira? — Tami perguntou, segurando o meu telefone celular longe de mim.

— Sim — eu respondi irritada, estendendo a mão para pegá-lo, mas ela o mantinha fora do meu alcance.

Ela soltou uma risada e então me entregou o aparelho. E assim que o agarrei eu passei a procurar ansiosamente por alguma notificação de mensagens. Não havia nenhuma, nem mesmo do trabalho.

Olhei para Tami e teclei uma mensagem curta.

JULES: Diga alguma coisa, Cal. Por favor. Qualquer coisa é melhor do que esse silêncio.

— Mas que merda é essa que você está fazendo, Jules? — Os olhos de Tami se arregalaram.

Apertei a tecla ENVIAR antes que qualquer coisa pudesse me deter. Mas, mais uma vez, Cal não respondeu e eu desejei ardentemente poder voltar no tempo para o momento em que eu me impediria de fazer aquilo.

*Inferno.*

Eu não tinha autocontrole quando se tratava de lidar com Cal e com a minha ânsia por respostas, principalmente depois de ter bebido uns drinques. Quando estava sóbria eu podia pelo menos refletir antes de enviar mensagens a ele. Mas agora, bêbada, era como se eu tivesse jogado todo o meu juízo no lixo e deixado a loucura dominar o meu corpo e a minha mente.

Mas Cal tinha as respostas que eu queria. E a Jules bêbada era aparentemente teimosa e um tanto carente.

— Nada. Eu não fiz nada — tentei mentir.

— Que droga foi essa que acabou de enviar para ele?

— Não fique brava — eu pedi, balançando a cabeça. — Foi a última, juro que não mando mais.

— A última? Tá, vou acreditar — ela retrucou com ironia.

— É sério. Não vou mandar mais nada — insisti, tentando convencê-la.

Cal havia ficado em silêncio por um longo tempo, por muitos dias. Mesmo sabendo que eu poderia me desapontar nessa aventura eu não estava preparada para sentir aquela dor. Era um sentimento ao qual eu não queria me acostumar.

Era absurdamente patético me manter presa a um fio de esperança – um fio quase invisível de tão fino – mas isso não importava para mim. Sempre havia uma chance de que ele respondesse uma mensagem depois que eu a enviasse. Porém os minutos se tornavam horas, as horas se tornavam dias, e ficava óbvio que ele nunca responderia.

Como ele foi capaz de me deixar para trás tão facilmente? Como pôde me ignorar como se eu não existisse? E por que ele quis fazer isso? O que o levou a agir assim? As perguntas se acumulavam na minha mente, mas eu não conseguia encontrar uma resposta. Sem ter a menor ideia do que havia acontecido de errado, como eu faria para superar isso?

Era muito lindo e muito gostoso se deixar levar pela paixão novamente quando as coisas iam bem. Mas quando as coisas iam mal... meu Deus. Eu desejei ser uma pedra de gelo de tão fria e autossuficiente. Mesmo sendo mais sem graça, a vida era tão mais fácil quando você não sentia nada por um cara.

Essa era a desvantagem: você podia fechar definitivamente o seu coração para qualquer outra pessoa, mas perderia todas as coisas boas que uma pessoa tinha quando dava e recebia amor. Era preciso decidir se o risco realmente valia a pena.

Será que valia?

Eu gostaria de dizer que havia feito a minha escolha, que eu tinha decidido conscientemente que valia a pena correr o risco considerável de me machucar, mas a verdade é que eu fui levada pela correnteza. Não existia alternativa no caso de Cal. Eu fiquei enfeitiçada no instante em que o vi no saguão daquele hotel.

Nem sempre nós podíamos escolher a quem amar. Às vezes, era um impulso irresistível que nos guiava, uma força gravitacional, algo que não podíamos ver nem controlar, mas que nos arrastava com força na direção de outra pessoa. Claro que nós podíamos tentar resistir. Mas no final o amor sempre vencia, porque não se tratava de uma luta justa. O amor tinha uma arma secreta, um instrumento de poder incomparável para usar contra nós – o nosso próprio coração.

E uma vez que esse filho da puta entra no jogo, você pode dar tchauzinho à sua razão, porque ela já não tem mais nenhuma chance de vencer.

# Silêncio brutal

## Jules

A CADA NOVA MANHÃ EU ACORDAVA COM UM TIPO VICIOSO DE otimismo renovado, que restaurava a minha esperança quase zerada da noite anterior. Será que Cal seria capaz de passar mais vinte e quatro horas sem falar comigo? Era essa a pergunta que não saía da minha mente e do meu coração. Eu sempre acordava convencida de que seria uma tarefa impossível, imaginando que dessa vez ele se renderia e me mandaria um sinal de vida.

Mas à noite, quando eu ia para a cama dormir, a resposta era sempre um retumbante *sim*. Ele aparentemente era capaz de ficar o resto da vida sem falar comigo.

Eu detestava me sentir assim, tão insegura, tão vulnerável e frágil. Os sentimentos podiam não ser familiares, mas me consumiam, contaminando todos os meus pensamentos e emoções. Era horrível. Eu sentia tanta saudade de Cal que checava constantemente o meu celular, na esperança de que houvesse uma mensagem ali. Sim, eu ainda queria um sinal. Depois de mais de uma semana sem receber nada dele além de silêncio, eu não devia querer tão desesperadamente receber uma mensagem de Cal – não devia, mas queria.

Como podia um homem abandonar uma mulher sem nenhuma explicação e esperar que ela seguisse em frente com a sua vida como se nada tivesse acontecido?

As coisas não voltavam ao normal tão facilmente depois de alguém fazer uma coisa tão cruel assim com você. Sem nenhuma explicação, você não podia lamentar a sua perda de modo apropriado simplesmente por não saber o que diabos havia de errado nem o que poderia ter feito para evitar que a coisa chegasse nesse ponto. E eu ainda tinha de lidar com o problema que mais me dilacerava a alma – o desejo de reparar meus possíveis erros. Ah, eu ainda queria tanto consertar o que quer que fosse que tivesse causado esse estrago. Ou pelo menos saber que diabos tinha acontecido.

Parecia que existiam dois tipos de pessoa no mundo. O primeiro tipo incluía as pessoas que simplesmente aceitavam tudo o que lhes acontecia sem discutir. Pessoas que quando viam alguém se mandar da vida delas apenas suspiravam, davam as costas e tocavam o barco. Pessoas capazes de se desapegar facilmente.

O outro tipo, ao contrário, era o de pessoas que lutavam para salvar um relacionamento, exigiam respostas quando o barco afundava. Quando percebiam que não queriam que seu relacionamento chegasse ao fim, essas pessoas se agarravam a ele desesperadamente, como se a sua própria vida dependesse daquilo.

Eu me dei conta de que fazia parte do segundo grupo de pessoas. Pelo menos quando se tratava de Cal. Eu me recusava a abrir mão facilmente e não estava sabendo lidar com o fim. Lutava para saber a verdade, as razões e as respostas. E fazia isso pelo meu coração. Quem diria que eu acabaria sendo uma advogada tão boa para esse órgão que eu havia odiado durante tantos anos?

Todas as manhãs, ao abrir os olhos, sentia aflição quando lembrava que ele tinha me deixado. A primeira coisa que eu fazia era checar o meu celular. A ausência de uma notificação de mensagem ou de uma chamada perdida era apenas mais uma facada no meu coração já dilacerado.

Quanta dor um coração era capaz de suportar? Ao menos a resposta para isso eu tinha: toda a dor que chegar. O coração era capaz de suportar cada descarga de dor aplicada pela vida, e você não podia fazer coisa alguma para impedi-lo de se alimentar desse sofrimento.

Eu me repreendia por reagir de maneira tão patética a essa adversidade. Se olhasse a situação de maneira mais racional, eu não deveria me sentir tão triste por alguém que eu conhecia fazia tão pouco tempo. Não era como se Cal tivesse feito parte da minha vida por anos. Mas essa era quase a pior parte, porque eu sentia a ausência dele fisicamente, como se uma parte de mim de repente tivesse sumido. Mas então eu me lembrava de que os nossos corações não se guiavam pela lógica do tempo.

O meu coração simplesmente não seguia as regras que meu cérebro estipulava. Não seguia planos de vida idiotas e nem avaliava seus sentimentos com base no meu tempo de relacionamento com alguém. Não, nada disso. Corações simplesmente *sentiam*, sem pedir a nossa permissão para isso. E eles nem mesmo se davam ao trabalho de se justificar por suas decisões. Meu coração ansiava por Cal, sofria com a falta dele e, por mais que o meu cérebro usasse todo tipo de argumento lógico para fazê-lo desistir, se recusava a escutar.

*Cérebro idiota*, meu coração dizia. *Você não sabe de nada!*

Depois de um longo tempo fechado e inativo, o meu coração abriu a guarda com uma enorme facilidade. Eu acreditava que seria necessário um milagre para que o meu coração voltasse à ativa, mas estava enganada. Cal fez isso com imensa facilidade antes de me deixar para trás, destroçada e mergulhada em solidão. E eu continuava sem saber por quê.

Vasculhei minha mente, examinando cada sentimento, cada emoção, cada segundo de saudade. O que eu queria, afinal? Eu só queria que Cal voltasse. Desejava ardentemente que ele me dissesse que tudo não tinha passado de um equívoco, que ele estava errado, e que implorasse o meu perdão.

O resultado disso tudo era uma enorme desilusão. Eu estava realmente triste, triste demais. Eu não me sentia tão triste assim desde... bem, eu já nem me lembrava desde quando. E agora eu vestia a minha tristeza como se fosse um cobertor, enrolada ao redor do meu corpo para me dar aconchego. E não deixei nenhuma parte de mim descoberta. Eu carregava toda essa tristeza comigo, dedicando-me intensamente a ela.

Felizmente, o meu trabalho me mantinha bastante ocupada e eu tinha vários clientes para atender nos próximos dias. O trabalho era a única coisa que parecia me manter distraída e salvava um pouco a minha sanidade. Eu deixava de lado o meu cobertor de tristeza quando estava ocupada trabalhando e a minha mente e meus pensamentos permaneciam focados. Não havia tempo para tristeza. Não havia tempo para pensar em Cal.

Mas no exato segundo em que o meu trabalho cessava, a minha mente começava a me bombardear com perguntas e com sofrimento. Eu me tornei uma mulher obcecada. Obcecada com a página dele no Facebook, checando-a constantemente para ver suas atualizações mais recentes. Queria saber se ele tinha feito novos amigos, postado fotos novas, saído com outras garotas...

Meu comportamento era lamentável e eu me sentia muito mal por fazer esse tipo de coisa, mas não conseguia parar. A minha curiosidade tinha se transformado em doença e só existia uma cura.

Eu cliquei no botão DESFAZER AMIZADE, mais rápido do que jamais havia feito na vida, e excluí Cal da minha lista de amigos. Então eu suspirei de... bem, não sei por que razão eu suspirei. Eu não estava exatamente aliviada, mas eu sabia que, no final das contas, o alívio por não segui-lo nas redes sociais eventualmente apareceria. Eu não pude deixar de me perguntar por que ele não tinha me excluído antes da sua lista de amigos. Minha necessidade de me envolver na vida on-line de Cal teria desaparecido se eu não tivesse mais acesso a ela.

Como eu gostaria que as dúvidas que atormentavam a minha mente e o meu coração fossem bloqueadas com a mesma facilidade com que se bloqueava alguém no Facebook. Infelizmente para mim, o meu corpo não era uma máquina e, portanto, não havia botão de ligar e desligar. Eu só precisava deixar que o tempo curasse as minhas feridas, mas estaria mentindo se dissesse que era uma pessoa paciente. Eu realmente não era. E detestava ser acompanhada por essa tristeza aonde quer que eu fosse.

Tami fazia questão de falar comigo todos os dias, enviando-me mensagens de encorajamento e me assegurando de que sempre estaria disponível para mim e para o meu coração partido. Ela se ofereceu para voar até Boston a fim de atropelar Cal várias e várias vezes com um carro alugado, mas eu argumentei que ela não teria muita utilidade para mim se estivesse presa. Ela ficou contrariada, mas acabou mudando de ideia e disse que pouparia a vida miserável do safado, o que me arrancou uma gargalhada.

— Sabe, você não chegou nem perto de ficar arrasada desse jeito por causa do Brandon — ela observou certa noite enquanto eu comia gelatina.

— Eu sei bem disso, pode ter certeza — respondi ao telefone, plenamente consciente das vastas diferenças entre os dois relacionamentos.

— É um fato interessante, só isso.

— Eu nunca vou entender como você consegue deixar a emoção de lado em toda e qualquer situação. Eu sempre achei que o meu coração estivesse morto e enterrado, mas você talvez simplesmente não tenha um coração.

— Eu tenho um coração. Só não permito que ele fique muito à vontade para fazer o seu trabalho.

Eu dei uma longa risada, que terminou num suspiro.

— Sabe, eu costumava ser bem melhor nisso.

— Você preferia nunca ter conhecido o Cal?

A pergunta de Tami me pegou de surpresa. Sem saber o que dizer, comecei a morder o lábio inferior. Eu já tinha a resposta pronta no momento em que ela perguntou, então não sei bem por que eu hesitei em responder.

— Não.

— Mesmo? Eu imaginei que você desejasse nem mesmo tê-lo conhecido.

— Talvez devesse desejar isso, mas não desejo. — Eu não acreditava nas palavras que acabavam de sair da minha boca. Na verdade, eu não achava que deveria desejar nunca ter conhecido o Cal.

— Mas ele te magoou. Se não o tivesse conhecido, você não estaria passando por isso agora.

Eu fiz que sim com a cabeça, embora ela não pudesse me ver.

— Eu sei, Tami, mas é mais do que isso. Sim, é verdade, eu estou sofrendo agora. Sim, eu não entendo o que aconteceu nem por que aconteceu, mas antes de conhecer o Cal naquela noite eu acho que me sentia vazia por dentro. Eu me imaginava como uma mulher do tipo que sacrifica o amor para se dedicar ao trabalho e não me incomodava com isso. Eu desejava sucesso mais do que desejava amor, ou pelo menos era isso que eu achava isso, mas conhecer o Cal me mostrou que eu não estava morta, que meu coração não estava oco nem entorpecido. Ele me ensinou coisas sobre mim mesma que eu não sabia, por isso não posso desejar não tê-lo conhecido. Sou grata a ele por ter me mostrado coisas tão boas.

— Você é tão madura. Que criatura irritante. — Ela bufou ruidosamente.

— Bom, pra mim já deu por hoje — eu disse, e bocejei.

— Tudo bem. Falo com você amanhã. Se cuida e vê se melhora. Dê um jeito nesse seu coração estúpido.

— Estou tentando.

— Eu sei. Eu estou com tanta raiva desse cara... — ela disse com irritação.

— Nem me diga — eu respondi, embora não sentisse tanta raiva assim. Não mesmo. Antes sentisse, porque assim sofreria menos.

Depois que a Tami desligou, eu fiquei deitada na cama, enrolada no meu edredom, rolando na tela do celular as minhas fotos com Cal. Era um hábito que no começo me deixava feliz e eufórica. Todas as noites eu olhava para as fotos e sorria antes de fechar os olhos e adormecer. Agora eu olhava para elas e ficava me perguntando o que havia acontecido e onde nós tínhamos errado tanto.

Um dia eu não precisaria mais olhar para essas fotos.

Um dia elas não me fariam sentir mais nada.

Um dia eu as esqueceria completamente.

Um dia eu as deletaria, uma por uma.

Mas esse dia não era hoje.

Três semanas e quatro dias haviam se passado desde que Cal interrompeu todo e qualquer contato comigo, mas eu ainda o queria, ainda o desejava e ainda sentia muita falta dele. Eu queria que esses sentimentos desaparecessem, mas eles simplesmente não cediam.

Eu não gostava de me sentir assim, mas meu coração se recusava a dar ouvidos à razão. Aliás, recusava-se totalmente. Zombava de mim o tempo todo, lembrando-me sempre de que alguma coisa estava faltando, de que nós estávamos incompletos.

Mas a verdade era que eu não precisava ser lembrada disso. A sensação de perda tomava conta de cada célula do meu corpo.

O estranho era que, além do meu coração, a minha mente também gostava de me lembrar que algo estava faltando. Eu achava que ao menos um dos dois deveria estar ao meu lado. Mas quando o coração e a mente de uma pessoa juntavam forças e trabalhavam contra ela, era de surpreender que essa pessoa continuasse levando a vida sem entrar em colapso. Coração e mente lutando entre si era uma coisa, mas ter os dois contra mim era outra totalmente diferente.

Era cruel, para dizer o mínimo.

*Foda-se o coração.*

*Foda-se a mente também.*

Eu sabia o que tinha perdido e não sabia como teria isso de volta. Mas o que eu não conseguia mesmo engolir, de verdade, era o fato de que nenhum dos dois – nem coração nem mente – estava me ajudando a superar o meu drama. A essa altura do campeonato eu já não deveria ter deixado Cal para trás? Por que eu não conseguia viver em paz a minha vida pós-Cal? Que sentido havia em ficar contando os dias que se passaram desde a última vez que eu tive notícias dele?

Eu devia estar furiosa, querendo vingança; devia ter ódio dele. Mas eu sentia exatamente o contrário, porque sem poder contar com o meu coração e a minha mente, que operavam contra mim, eu não tinha a menor chance. Ou simplesmente porque eu era fraca e ainda estava apaixonada.

Mas meu maior desejo era ser forte, capaz de reagir com energia e atitude. O que se podia esperar de uma mulher fraca que chorava toda noite por um cara que nem mesmo merecia as lágrimas dela?

*Essa palhaçada de autopiedade tem que parar!*, gritei para a minha mente, e depois dei também uma dura no meu coração.

Nenhum dos dois prestou atenção em mim, eles nunca prestavam.

Então eu os afoguei com álcool, e só depois percebi que o álcool minava todas as minhas defesas, o que me fazia ter mais saudade dele ainda. Quase enviei outra mensagem a Cal, mas tive um lampejo de lucidez no último instante e me controlei. Graças a Deus. Eu não precisava de mais motivos para sentir vergonha de mim mesma.

Um toque no meu celular sinalizou a chegada de uma mensagem, o toque de mensagens de Cal. Um toque de celular e o meu coração se encheu de esperança e apreensão. Eu estendi a mão tão rápido para pegá-lo que acabei derrubando-o no chão. Eu peguei o aparelho, mas os meus dedos estavam pesados, errando as teclas. Eles estavam tão desesperados quanto o meu coração.

Estou sentindo a sua falta.

E então uma nova mensagem chegou:

Eu fui um idiota.

E outra:

Eu sinto muito, muito mesmo. Podemos conversar?

As mensagens chegavam em ritmo acelerado, carentes e cheias de pedidos de desculpa. Mas não eram de Cal. Elas eram todas de Brandon, meu ex-namorado. Foi então que eu me lembrei que aquele toque não era exclusivo de Cal, mas sim de todos os caras com quem eu já tinha saído.

O desapontamento me atingiu como um furacão. As mensagens destroçaram o meu coração, deixando-me ainda mais nervosa e diminuída. Eram palavras que eu queria ouvir, sim, mas enviadas pelo cara errado.

As palavras estavam certas. O homem é que estava errado.

*Palavras certas. Cara errado.*

*Cara errado.*

*Cara errado.*

As mensagens continuavam chegando; e aquele toque parecia que estava zombando de mim. Fui invadida subitamente por uma onda de agressividade, e por pouco não esmaguei o meu celular com um martelo.

— Filho da puta, quer parar com esse maldito toque? — gritei para o meu telefone, mas, como que para me provocar ainda mais, ele fez soar mais uma notificação de mensagem.

Eu abri as configurações de celular e mudei o toque para as mensagens do meu ex.

Eu não respondi para o Brandon. Não tinha nada a dizer a ele, nem ligava a mínima para os sentimentos dele. Já era suficiente ter que lidar com os meus. Mas quando ele resolveu ir além das mensagens de texto e me ligar, eu resmunguei um palavrão e digitei uma resposta rápida.

JULES: Nós não temos mais nada pra conversar, Brandon. Já faz muito tempo. Eu estou em outra.

BRANDON: Em outra? Tem um novo namorado? Que droga, Jules, agora você arranjou tempo pra esse tipo de coisa? Quem é ele?

Saco. Acabei falando demais, esperando que isso o espantasse, mas eu deveria saber que isso só feriria o orgulho dele. O que eu precisaria fazer para sumir com Brandon tão rápido quanto ele tinha reaparecido?

JULES: Quando digo que estou em outra, isso significa que o que houve entre nós é passado. Eu continuo tão focada no meu trabalho quanto antes, provavelmente ainda mais. E não pretendo reviver o passado de jeito nenhum.

Apertei ENVIAR e rezei para que ele engolisse a minha conversa e se mandasse.

BRANDON: Você não quer nem conversar um pouco sobre isso?

JULES: Não temos nada pra conversar, eu já disse.

BRANDON: Então você não quer me ver?

JULES: Não. Sinto muito, mas não quero.

Eu deveria me sentir mal por ser tão franca com ele, mas a verdade é que eu não conseguiria agir de outra maneira. A última coisa que eu queria era reviver algo com Brandon, uma pessoa que não significava mais nada para mim. Sinceramente, eu já nem me lembrava da existência dele.

BRANDON: Você sempre foi egoísta. Não sei por que me importo com você. Esqueça que enviei essas mensagens.

Um ano e meio atrás, essa mensagem teria me ofendido, mesmo que fosse verdade. Agora, porém, não provocava absolutamente nenhuma reação em mim. Ele podia me chamar de egoísta à vontade, porque eu não estava nem aí. Se ele acreditava que eu era egoísta, tudo bem, eu simplesmente não me importava com isso. De Brandon eu só queria uma coisa: que ele voltasse para o lugar de onde tinha saído e me deixasse em paz. Queria que ele parasse de me mandar mensagens, parasse de me ligar e me apagasse da memória.

Mas, de repente, eu tive um estalo: e se Cal estivesse se sentindo exatamente assim a meu respeito?

# Seja bem-vindo, rancor

## Jules

**QUANDO EU CONTEI PARA A TAMI POR TELEFONE QUE BRANDON** havia me enviado mensagens, ela quase teve um ataque cardíaco, e ficou orgulhosa quando soube que eu liquidei o problema imediatamente e cortei o mal pela raiz, despachando Brandon sem pensar duas vezes.

Perguntei se Tami achava que eu havia sido cruel com ele, mas ela riu e respondeu que embora sempre tivesse gostado do Brandon, sabia que ele não era o cara certo para mim. Então ela me lembrou que ele era um cara bem preguiçoso e desmotivado e que, se eu acabasse ficando com alguém assim, eu me tornaria uma mulher ranzinza por volta dos quarenta anos e passaria noites bolando planos para matar o meu marido e me safar sem ser presa.

Tami era mesmo única. A melhor. E o pior era que ela realmente tinha razão e eu não pretendia parar em uma cadeia.

Depois de sofrer por causa de Cal por semanas, eu finalmente comecei a me sentir diferente. A cada manhã eu percebia que o meu coração doía um pouco menos do que no dia anterior. A decepção pelo sumiço de Cal não era mais esse peso esmagador que eu carregava dentro do peito. E já considerei isso um belo avanço.

Foi quando me dei conta disso que eu fiquei puta da vida comigo mesma.

Por que é que eu fiquei tanto tempo perseguindo o Cal? Mandando a ele mensagens que ele não respondia? Me consumindo e me acabando por causa dele, como se não tivesse mais nada para fazer na vida? Se eu não havia abandonado ninguém, por que só eu tentava uma comunicação de maneira tão desesperada? Por que eu estava correndo tanto, se corria sozinha?

Eu não devia ter corrido tanto atrás desse homem. Eu não devia ter me dado ao trabalho de tentar convencê-lo de que eu era a pessoa que ele queria. Ele já deveria saber disso, não poderia ter dúvida. Mas então por que diabos eu tratava esse cara como se ele fosse um presente dos céus, quando ele obviamente era tudo menos isso?

O meu cérebro tinha de perceber o que o meu coração claramente já estava começando a entender. E era muito raro a minha mente ser deixada para trás; geralmente o meu coração é que era o último a se dar conta das coisas, mas não dessa vez.

Respirando fundo, com intensidade, tomei uma decisão – colocar um basta na perseguição ao babaca do Cal Donovan. Já estava mais do que na hora de tirar os tênis de corrida e aposentá-los.

A dor lancinante no meu coração tinha sido substituída por uma sensação bem mais suave, de saudade, mas sem desespero. Cal era ainda uma presença constante, porém bem mais tolerável do que a que eu havia experimentado. No início, eu achei que teria de achar uma maneira qualquer de preencher o buraco dolorido que ele havia deixado no meu coração. Pensei em me atracar com quantidades enormes de chocolate amargo ou de nachos de queijo. Depois eu vi que nada disso seria necessário, felizmente.

O tempo foi o único remédio de que eu precisei. Eu ainda me perguntava por que ele havia ido embora, mas até essa pergunta já não produzia mais a mesma descarga de emoção. A essa altura eu quase não me importava mais com a resposta.

Quase.

A indiferença, entretanto, rapidamente deu lugar à raiva. E eu estava me deliciando com aquela sensação. Ela fazia a dor parar completamente. Ficar furiosa era um alívio, mas eu tinha que lutar para não pegar o telefone e escrever para ele coisas como: "Eu quero que você se foda, seu covarde filho da puta!". E a luta era mesmo intensa, pois pelo menos uma vez a cada hora eu tinha de me convencer a não dar um esculacho nele via mensagem de texto ou e-mail.

Raiva, como eu amava aquele homem. Depois disso, passei a me sentir uma completa idiota. Ele havia me ridicularizado e provavelmente se divertiu com a minha estupidez, riu muito cada vez que eu lhe mandava uma mensagem implorando para que me desse algum sinal. Eu me odiava por cada uma das mensagens que tinha enviado, mas era pura tortura não saber que diabos havia acontecido entre nós. Eu continuei esperando que ele finalmente me dissesse alguma coisa, que me desse qualquer explicação, algum argumento para processar. Que me atirasse alguma migalha.

Mas isso nunca aconteceu.

Ele não deu a menor chance para o meu coração, que para sobreviver precisou se alimentar de rancor.

Eu abri a caixa de mensagens do Facebook e comecei a conferir aquelas que trocamos. A última que eu tinha enviado a ele – num estado patético de total bebedeira – nem mesmo havia sido lida. Então eu comecei a digitar e a minha raiva se concentrou toda nos meus dedos, como o veneno nas presas de uma víbora.

> Você é um grande bosta, sabia? Porra, Cal, que merda é essa? Onde você foi parar e por que não está NEM AÍ pros meus sentimentos? Como você pôde simplesmente me dar as costas e sumir desse jeito SEM LIGAR A MÍNIMA? Eu nunca vou entender isso. Não tem como entender. Como você pode estar tão numa boa depois de tudo o que fez? O que a gente teve realmente não significou nada pra você? Porque essa é a única coisa que talvez faça um pouco de sentido. A menos que você seja um maldito babaca filho da puta, o que é bem possível. Eu odeio você. Alguma vez eu já disse isso? Não? Então fique sabendo. Idiota. Eu odeio você. Odeio você. Que inferno, eu sinto a sua falta! E essa maldita falta que sinto de você, eu odeio sentir isso!

Fiquei olhando para o meu texto, com os sentimentos tão confusos quanto o vômito de palavras na tela do computador. Apertei a tecla DELETE e fiquei observando enquanto minhas palavras desapareciam uma a uma.

Eu nunca tive a intenção de enviar para o Cal outra mensagem que ele iria ignorar totalmente. Mas a ideia de poder gritar com ele e pôr para fora as minhas emoções me parecia ótima. Por mais que eu me sentisse lançando palavras ao vento, sem serem recebidas por ninguém, ainda assim eu precisava colocá-las para fora.

Em momentos como esse ficava ainda mais difícil acreditar que nós nunca, jamais nos falamos novamente. Parecia tão inexplicável para mim que isso tivesse acontecido. A minha mente às vezes se recusava a processar essa informação, como se a realidade estivesse simplesmente além da minha capacidade de compreensão.

Peguei meu telefone e digitei uma mensagem:

JULES: Você não passa de um covarde de merda. Nunca passou pela minha cabeça que você fosse tão fraco. Ainda bem que a minha ficha caiu. Eu não tenho saudade de você. Eu odeio você.

Eu queria apertar a tecla ENVIAR – Deus, como eu queria apertar essa tecla. Por piores que fossem os motivos dele, ele devia ter sido homem o suficiente para falar comigo. Eu não era nenhuma garotinha, poderia lidar com uma rejeição.

Meu dedo parou logo acima da tecla ENVIAR do celular. Era grande a tentação de mandar direto para ele as palavras que me dariam um momento de deprimente satisfação; mas, em vez de fazer isso, mais uma vez eu acabei apagando tudo.

Qualquer tentativa de comunicação que eu fizesse me tornava ainda mais fraca diante dele e eu estava cansada de desempenhar esse papel.

# Cinco semanas e um dia

## Jules

CINCO SEMANAS E UM DIA HAVIAM SE PASSADO DESDE QUE Cal saíra da minha vida. Eu só me dei conta disso porque chequei o calendário no trabalho hoje e calculei os dias que transcorreram desde o desaparecimento dele. Em algum momento dessa saga eu havia parado de contar os dias.

Eu já nem olhava mais as nossas fotografias no meu celular. Certa noite, antes de dormir, eu as transferi para um álbum na nuvem onde eu mantinha cópias de todas as minhas fotos digitais. Eu só deixei duas fotos de nós dois juntos, as minhas favoritas, na galeria de fotos do meu celular. Mas até essas eu parei de olhar.

E quando por acaso eu resolvia revê-las, a imagem de nós dois juntos já não me causava nenhuma emoção. A minha respiração não se alterava, meu coração não batia descompassado e eu não tinha mais a impressão de que iria desmaiar a qualquer momento.

As fotografias simplesmente haviam se transformado em lembranças. Eram parte do passado. Se bem que pensar assim ainda me parecia um pouco estranho. Eu tinha uma certeza tão absoluta de que esse momento jamais chegaria, de que eu sempre sofreria por ter sido deixada por Cal... Mas, no final das contas, eu estava errada. Não existia mais dor e eu agradecia aos céus por isso. Quando o tempo passou e eu percebi que ele tinha ido embora para sempre, uma sensação de satisfação tomou conta de mim, ou talvez fosse aceitação. O processo foi tão lento que eu nem me dei conta disso, pelo menos não até que esse se tornasse o meu sentimento predominante. Eu finalmente havia aceitado que Cal não fazia mais parte da minha vida. E o resto não me importava mais.

Era uma felicidade me ver livre daquela dor.

— Então, tem esse bar e restaurante que está sendo reinaugurado hoje e nós fomos convidadas — Tami me disse com a voz animadíssima, enquanto eu dirigia para casa depois de mostrar uma propriedade. — Eu sei que está em cima da hora, mas...

— Claro — eu aceitei mais que depressa. — Vamos lá.

— Espera, como é que é? Tem certeza? Não vou precisar usar o meu poder de convencimento? Ah, meu Deus, finalmente você esqueceu aquele bundão?

Eu não pude evitar uma reação negativa quando escutei o xingamento de Tami. Mesmo depois de todo o tormento que Cal me havia feito passar, eu não *achava* que ele era um *bundão.* Claro que em algumas ocasiões, consumida pelo ódio, eu abominava o simples fato de ele existir, mas eu já não sentia mais esse tipo de coisa. Eu sentia que todas as emoções ligadas a Cal tinham sido experimentadas por mim já há muito tempo, embora, na realidade, não passasse de algumas semanas.

— Tami, quer que eu vá com você ou não?

— Sim, sim. Desculpe. Ele não é um bundão. — Ela simulou uma tossida. — Nós nos encontramos lá?

— Eu só preciso me trocar — respondi, dando uma olhada no meu terninho. Até que eu estava bem, mas não era o que eu gostaria de vestir para ir a um bar em Santa Monica.

— A gente se vê daqui a pouco — ela disse, e me deu a localização exata da Beach Street.

Eu estava bem animada, e ansiosa, para sair de casa por um motivo que não estivesse relacionado a trabalho. Nas últimas semanas eu havia trabalhado como uma louca, mostrando casas sem parar, e agora eu sentia que precisava de uma pequena distração.

Passei correndo em casa para me trocar e depois segui para o restaurante. Quando cheguei, parei o carro diante do estabelecimento, que felizmente contava com um manobrista para o período da noite. A última coisa que eu queria agora era ter que procurar um lugar para estacionar, e ainda por cima ter de andar várias quadras de salto alto.

Meu vestido de verão amarelo tinha um decote profundo na frente, que valorizava os meus seios, e eu caminhei com confiança pelo bar, como se conhecesse muito bem o lugar. Eu me sentia bem e bonita, e essa sensação era maravilhosa.

Tami acenou para mim e chamou a minha atenção de imediato. Driblando uma multidão de pessoas, eu fui até a cadeira onde a minha amiga estava sentada.

— Você está um arraso! — ela disse. — Eu já pedi os nossos drinques. Toma aqui o seu.

Ela colocou diante de mim um drinque meio alaranjado, no qual eu dei uma boa analisada antes de experimentar.

— Lentes novas? — eu disse quando percebi o intenso tom de cor-de-rosa dos olhos dela.

— Esse é menos malévolo, não é? — Ela piscou, e eu ri.

— Pelo menos esses são cor-de-rosa de verdade. Quantos elogios você já ganhou enquanto me esperava aqui? — Eu estava cansada de saber que os caras elogiariam os olhos dela, por mais ridícula que fosse a cor das suas lentes.

— Ah, só dois. Um do cara que está na porta e outro do *bartender*.

— Nossa, Tami, os seus olhos são incríveis — eu disse, imitando a voz de homem. — Eu nunca vi ninguém com olhos dessa cor antes.

— Hum, a inveja não cai bem em você, Jules. — Ela me lançou um sorriso malandro, e eu ri alto. Mas o sorriso dela logo deu lugar a uma expressão séria. — Desculpe-me por tocar no assunto, mas eu preciso saber. Você deixou aquele sofrimento todo para trás? Só estou perguntando porque você parece bem agora. — Ela pôs a mão sobre a minha. — E eu espero que esteja mesmo. Que esteja ótima!

Fiz que sim com a cabeça.

— Eu sei. E eu posso dizer que superei, sim, o sumiço de Cal. Se é que alguém consegue superar totalmente uma coisa dessas. Ao menos, eu desisti da ideia de que queria ter notícias dele de novo. É meio estranho dizer isso em voz alta, mas é verdade.

— E você está confortável com essa decisão?

— Eu não posso forçá-lo a querer falar comigo. E também não acho que devo ter de fazer isso. Então eu não sei dizer se estou bem com essa decisão, mas por outro lado não há nada que eu possa fazer a respeito. Eu finalmente aceitei a realidade da situação e tenho que seguir com a minha vida. É isso.

— Tudo bem, mas até hoje eu não consegui entender o que aconteceu — ela disse, fazendo bico.

— Muitos menos eu. Mas para ser honesta, a essa altura do campeonato, nem me interessa mais saber. Eu já não me importo mais com isso — eu disse e depois beberiquei o meu drinque laranja. Estava realmente bom. Os sabores cítricos se fizeram sentir imediatamente, mas de maneira agradável, nem amargos demais nem muito doces. Um sabor perfeitamente equilibrado. — Isto está delicioso, a propósito.

— Você não tem mais interesse em saber por que ele se foi? Tem certeza disso? — Tami ergueu as sobrancelhas.

— Eu jamais vou ter essa resposta. E para ser bem franca, eu não preciso mais disso. Eu quis isso desesperadamente e por muito tempo, você sabe muito bem. Mas eu acordei uma bela manhã, simplesmente acordei e a vontade não estava mais lá. Eu não me importava mais.

— Acho que eu teria, sei lá, enlouquecido de raiva. — Tami olhou para o teto, meio perdida em pensamentos.

— Vou lhe dizer uma coisa. Quando você não tem absolutamente nenhuma pista, quando está às cegas, tende a tirar conclusões precipitadas. A sua mente viaja e você imagina um monte de coisas que não têm fundamento. A mente não é nem um pouco amiga em situações desse tipo.

Eu vasculhei na memória os piores cenários que a minha mente pintou enquanto eu vivia o meu drama. Na ocasião, eu não tinha certeza se a minha mente estava tentando testar a minha resistência ou acabar comigo de vez.

Os cenários eram terríveis, cada um mais doloroso que o outro: Cal estava morto, me odiava, tinha feito uma pegadinha, eu era uma aposta, ele era um farsante, ele era casado (com uma mulher muito mais bonita, esperta e incrível do que eu, é claro), era casado com várias mulheres ao redor do mundo, era um mentiroso patológico, eu era uma espécie de jogo para ele, ele era gay...

— Eu teria reagido da mesma maneira, Jules. — Ela sorriu. — Aliás, acho que teria feito até pior. Eu começaria a mandar algumas merdas bem feias para o escritório dele. Coisas do tipo: bosta de cachorro em estado avançado de putrefação ou uma linda embalagem com a comida que ele mais gosta, só que dentro da embalagem insetos bem nojentos já estariam devorando tudo. Enfim, eu só faria o básico que qualquer ex-namorada psicopata faria.

Eu caí na risada.

— Eu não te deixaria fazer isso!

— Eu teria feito do mesmo jeito.

Tami estava certa; ela teria feito. E eu não seria capaz de detê-la. Para a grande sorte do Cal, eu não era parecida com a Tami nesse aspecto.

— Eu acho que de certa maneira isso ainda me chateia, mas não me magoa mais. E eu fico feliz por isso — comentei.

— Vamos brindar a essa felicidade, então. — Ela ergueu seu copo quase vazio na direção do meu, e nós fizemos um brinde.

— Tim-tim — eu disse, e sorri de modo exagerado para brincar com o fato de que me sentia finalmente feliz. Depois do que pareceu ser uma eternidade, eu podia dizer que estava voltando ao meu estado normal.

— Você parece realmente bem — ela comentou, terminando de beber seu drinque.

— Eu pareço porque estou bem.

— Bem o suficiente para... — ela lançou um olhar em torno do bar, que ficava cada vez mais cheio — ... levar alguém para casa essa noite?

— Não. Quero dizer, sim, eu me sinto ótima. Mas não quero conhecer ninguém agora. Não estou interessada em me envolver.

— E alguém disse alguma coisa sobre "se envolver"?

— Não estou interessada em nenhum tipo de encontro.

— Você vai fazer isso de novo? — Ela inspirou e então soltou o ar lenta e ruidosamente.

— Falando sério, Tami, muda um pouco esse disco. Tente dormir com o mesmo cara mais de uma vez e depois venha falar comigo, certo?

— Eu, hein? Ninguém quer fazer isso — ela disse, fazendo careta de quem mordeu alguma coisa azeda.

— Não, senhora, nada disso. — Eu ri. — As pessoas querem fazer isso, sim.

— Quem?

— Muita gente, na verdade. A maioria das pessoas.

Ela riu, acenando para o *bartender* e batendo o dedo no topo do seu copo.

— Eu sei. Só não estou pronta para esse tipo de compromisso.

Assim como eu, Tami buscava ser bem-sucedida e fazer a diferença em sua carreira. Era por isso que mantinha os homens a uma distância segura, mas ela nunca havia admitido isso.

Fiz que sim com a cabeça.

— Sei que você não está.

— Quando se trata de homens e de trabalho, nós duas somos bem parecidas — ela observou, ecoando os meus pensamentos. — A grande diferença é que eu não abro mão do sexo. E com você acontece o contrário.

— É porque eu consigo passar meses sem sexo numa boa. Não me sinto à beira da morte por causa disso.

Ela escancarou a boca, como se eu tivesse dito a coisa mais ridícula do mundo.

— Como isso é possível? Eu jamais vou entender.

O *bartender* retornou com mais dois drinques e os colocou no balcão diante de nós. Eu olhei para Tami, para os olhos cor-de-rosa dela, sabendo que essa noite ela acabaria encontrando um cara e o levaria para a sua casa, e eu voltaria sozinha para a minha. Mas eu aceitaria numa boa, porque finalmente eu tinha voltado e me sentir bem.

# Golpe baixo

## Cal

ABANDONAR JULES DAQUELA FORMA FOI UM GOLPE MUITO baixo, e eu sabia disso. Mas ter consciência disso não me impediu de fazer o que eu fiz.

Eu parei de telefonar, parei de enviar mensagens, e fiz o possível e o impossível para removê-la da minha mente e do meu coração completamente.

Mas não funcionou.

Nada funcionava.

Arrancá-la da minha vida não apagava tudo o que nós havíamos vivido; e eu já estava ligado demais a Jules. Ela tinha escavado um buraco no meu coração e se alojado dentro dele, e não importava o quanto eu tentasse fingir que isso não tinha acontecido, não adiantava: porque ela estava lá, sim, eu a sentia dentro do meu coração.

A cada dia que eu a ignorava, o lugar onde ela vivia dentro de mim doía mais. A dor não havia diminuído com a ausência dela – pelo contrário, só aumentava mais e mais.

No dia em que Jules me contou que havia passado seu cliente para uma colega de trabalho, eu senti o meu peito apertar. A última coisa que eu queria era que ela sacrificasse por minha causa seus interesses profissionais. De qualquer modo, foi isso o que ela fez, e de bom grado; e eu imaginei que mais cedo ou mais tarde ela me odiaria por isso, e como eu não queria que Jules me odiasse, acabei tomando uma decisão pavorosa, medonha, e me agarrei a ela até o fim.

Mas eu não imaginei que Jules me odiaria ainda mais por isso. A essa altura dos acontecimentos, eu estava certo de que era esse o sentimento que Jules nutria por mim.

Merda. Até eu me odiava.

Nem eu conseguia entender como tinha sido capaz de ficar tanto tempo sem falar com ela, mas a cada dia que passava parecia mais impossível pegar o telefone e consertar o estrago que eu havia feito. Existiria nesse mundo um pedido de desculpa bom o suficiente? Como eu faria para explicar tudo a ela? Como a faria entender os motivos que me levaram a agir da maneira que agi?

Eu não sabia o que fazer diante da informação de que o meu relacionamento tinha data de validade. Muitas pessoas fariam como eu, provavelmente sairiam correndo como um covarde e tentariam não falar nunca mais com o amor da sua vida. Como um perfeito babaca dos infernos.

Jules não conseguiu compreender o que eu estava fazendo. Não percebeu que eu me deixava guiar pelo medo e pela insegurança. Como ela não se deu conta disso?

Jules era esperta. Em algum momento ela acabaria percebendo isso.

Os dias se tornaram semanas e, de repente, um mês havia se passado. Se eu acreditava que com o passar do tempo seria mais fácil ficar longe de Jules, eu estava redondamente enganado.

Aparentemente Jules era um hábito difícil de vencer, e eu acabei entendendo que não queria fazer isso. Depois de gastar tanto tempo tentando resistir ao que estava acontecendo entre nós, tentando me convencer a não investir nos meus sentimentos por ela, eu devia ter dedicado todo esse tempo e esforço a encontrar um modo de recebê-la na minha vida em vez de forçá-la a sair. Devia ter aproveitado a sorte de ter encontrado uma pessoa tão maravilhosa, mas em vez disso eu me entreguei ao medo e perdi o controle da situação.

Eu fui estúpido demais, incrivelmente egoísta e imaturo, e agora não sabia como consertar o meu erro. Como eu poderia reparar aquilo que eu mesmo havia destruído? Lucas me criticou inúmeras vezes, mas eu estava convencido de que se o meu amigo tivesse acesso ao número do telefone celular de Jules ele teria entrado em contato com ela e resolvido essa questão há muito tempo. Em momentos de fraqueza eu quis que ele tivesse a chance de fazer isso, mas acabei não deixando que acontecesse.

E agora nós estávamos sentados em um bar, afogando as minhas mágoas enquanto tudo desmoronava ao meu redor.

— Você vai matar aquela garrafa inteira? — Lucas perguntou, apontando para a garrafa de Blanton's no balcão do bar.

— Provavelmente. Por quê? Tem algum problema isso? — Fiz contato visual com o *bartender* e acenei pedindo que me trouxesse outra dose.

— Não. Só pensei em te dar uma mãozinha. Podemos trabalhar em equipe.

*Trabalho em equipe.*

Jules tinha sido uma grande companheira de equipe e eu a descartei. Eu a tirei do time sem aviso, sem explicação, simplesmente tomei o seu uniforme e lhe dei um pé na bunda.

Lucas me fitou com um olhar severo.

— Sabe, você tem ficado cada dia mais chato desde que estragou tudo com a Jules. Eu só fiz essa observação para ajudar você a tomar uma decisão, caso esteja pensando em fazer alguma coisa a respeito disso. Vá atrás dela, Cal, peça desculpa. Acerte os ponteiros com a garota.

— E como você acha que eu posso fazer isso? Já faz tempo demais, Luc. Talvez eu conseguisse consertar as coisas depois dos primeiros dias, mas não depois de tanto tempo.

— Como você pode saber? — ele retrucou com uma expressão de desdém no rosto. — Você nunca vai saber se não tentar.

O *bartender* encheu novamente os nossos copos e colocou a garrafa vazia entre nós. Eu segurei a garrafa e tirei a tampa em forma de cavalo.

— Caramba, olha só pra isso...

— Que foi? Que letra é essa?

— O *L* — respondi, e praticamente atirei a tampa no peito do Lucas.

— É a que estava faltando para a sua coleção. Agora você tem todas, certo? Bem, só se o pessoal do bar deixar você ficar com ela. Mas tenho certeza de que vão deixar — ele disse sorrindo, e eu acenei que sim com a cabeça. — Ei, por que você está com essa cara, Cal? Devia estar animado. Passou a vida inteira procurando essa droga de tampa.

— Eu não quero mais essa bosta, tá legal?

Na verdade, eu não queria a tampa porque ela me fazia lembrar de Jules. E o estúpido *L*, que me pareceu tão importante um dia, agora só servia para me lembrar de tudo o que eu tinha perdido. Eu nunca mais teria a Jules, então de que me importava uma estúpida tampa de garrafa?

— Como eu disse, você anda cada dia mais chato, Donovan. — Lucas tomou um gole do seu uísque.

— Eu tenho que ir embora. — Joguei sobre o balcão uma quantia de dinheiro mais que suficiente para pagar a conta, depois saí cambaleando pela porta e acessei um aplicativo para chamar um táxi no meu celular.

Lucas apareceu atrás de mim.

— Vai chamar um táxi, Cal?

— Vou. Você vem comigo?

— Não, eu vou ficar um pouco mais. Mande-me uma mensagem quando chegar em casa, está bem? Senão vou achar que você morreu ou foi preso — ele disse antes de voltar para dentro do bar.

Isso acabou arrancando de mim uma risada. Lucas e o filho da mãe do *bartender* ficaram se paquerando a noite inteira. Eu não me irritava com esse tipo de coisa antes, mas agora, isso me enchia a paciência de verdade.

O táxi parou e eu entrei. Dei meu endereço ao motorista e tentei me acomodar no banco de trás, mas eu estava inquieto e não conseguia sossegar.

Eu já não sabia mais o que fazer. Não podia viver assim nem mais um segundo, não assim, não sem Jules. Então, telefonei para Cooper, rezando para que ele não estivesse jogando. Eu sequer tinha conferido o horário dos jogos dele antes de ligar, pois tudo o precisava agora era de um conselho do meu irmão.

— Oi! — ele respondeu, arfante.

— Oi. Está ocupado?

— Não para o meu mano velho. Que foi? Como vai a Jules? — Claro que Cooper tinha que perguntar da Jules, era típico dele.

— Na verdade é por isso que eu estou ligando — respondi, sentindo o uísque se agitar no meu estômago quase vazio.

— Diga lá — ele disse com voz cautelosa.

— Eu estraguei tudo, Coop. Ferrei legal com tudo.

— Merda, Cal, o que foi que você fez?

O tom de voz dele foi tão desaprovador que eu me perguntei o que ele teria feito no meu lugar. Mas logo deixei isso de lado.

— Eu me apavorei, Coop.

— E por isso terminou tudo com ela? — ele perguntou, terminando a minha frase por mim.

— Não exatamente. Eu tirei o meu time de campo.

— Não estou entendendo o que você quer dizer, Cal.

— Parei de falar com ela — eu disse, e admitir isso foi doloroso para mim. A culpa que eu vinha carregando nos ombros despencou como uma avalanche assim que as palavras saíram da minha boca.

— Você parou de falar com ela? Tipo, parou de retornar os telefonemas dela ou coisa assim?

— Não foi só isso — hesitei, limpando a garganta. — Eu cortei toda e qualquer comunicação com ela, Coop. Não respondi mais mensagens, telefonemas ou e-mails. E não expliquei nada. Não dei a menor satisfação. Em resumo, eu simplesmente desapareci da vida dela.

O motorista do táxi, que até então agia como se estivesse ignorando completamente a minha conversa ao telefone, trocou um olhar comigo pelo espelho retrovisor e balançou a cabeça indignado.

— Mas, Cal, isso é um absurdo! Por que você fez isso com ela?

A última coisa que eu queria era escutar o meu irmão gritando comigo e despejando sobre mim um monte de merda que eu já sabia. Eu não precisava de uma bronca, eu precisava de ajuda.

— Porque eu sou um idiota, tá legal? — respondi, baixando o tom de voz. — Eu errei. Cometi um engano. Acabei com tudo. Preciso encontrar uma maneira de consertar as coisas. Se você tivesse feito a mesma coisa com a Katherine, o que faria para que ela o perdoasse?

— Antes de mais nada, quero que fique bem claro: eu jamais faria uma coisa dessas com a Katherine! — ele disse com voz dura, quase perdendo a calma.

— Tudo bem, que seja. Nós já sabemos que você é o irmão perfeito. Mas, por favor, me ajude, eu imploro!

— Bom, eu não pediria desculpa por telefone nem por mensagem, isso é óbvio. Eu iria até ela e me desculparia pessoalmente — ele disse, e eu concordei imediatamente. Falar com Jules diretamente, cara a cara, era uma boa ideia. — E eu faria tudo o que estivesse ao meu alcance para que ela me perdoasse. Absolutamente tudo, Cal.

Essa parte seria mais difícil, e eu sabia disso.

— E se ela não quiser? Quero dizer, se não quiser me perdoar?

— Se você quer essa mulher de verdade, então não pode deixar que ela diga não. Entenda isso. Descubra o que vai ser preciso para tê-la de volta e vá à luta.

— Valeu, Coop.

— Por favor, Cal, me mantenha informado.

— Pode deixar.

Desliguei o telefone e, ignorando os olhares que o motorista me lançava pelo espelho, concentrei-me em elaborar um plano de ação. Como andava a cabeça de Jules a essa altura do campeonato? Eu não tinha a menor ideia. E o coração dela, em que condições estaria? Talvez ela, hoje, só sinta desprezo por mim, depois de tudo que fiz, eu não a culparia por isso, mas eu tinha de convencê-la a me dar mais uma chance.

Eu não sabia nem por onde começar, mas com certeza daria o meu melhor para tentar.

# Ele está aqui

## Jules

CARREGANDO UM MONTE DE COISA NOS BRAÇOS, EMPURREI COM o quadril a porta do meu prédio e dei de cara com uma parede, derrubando todo o meu café e as pastas cheias de documentos dos clientes no chão. Vendo as folhas todas espalhadas, eu murmurei um "bosta" e corri para pegá-las. Quando eu me agachei para recolher a papelada, ouvi uma voz.

— Deixe-me ajudar você.

Meu coração bateu uma, talvez duas vezes, mas depois parou completamente. Pelo visto, até o meu coração tinha um recurso de autopreservação. Minha respiração também foi bloqueada, como se uma bola de golfe estivesse atravessada na minha garganta.

Como era possível que três palavrinhas estúpidas provocassem em mim uma reação física tão intensa?

Meu olhar foi subindo lentamente, passando pelos sapatos pretos dele e seguindo pela calça jeans e a camisa preta, e então fez uma pausa na minha perdição, o detalhe que me enfeitiçou de imediato – aqueles malditos lábios ridiculamente perfeitos. Eu me detive neles por mais tempo do que deveria, e quando fitei os olhos castanhos de Cal, tive que contar com todo o meu autocontrole para não desabar no chão de uma só vez.

— O que você está fazendo aqui? — perguntei, esforçando-me para parecer mais irritada do que espantada, enquanto recolhia os papéis numa pilha desleixada.

— Vim por sua causa — ele disse sem hesitar, como se essa simples declaração pudesse apagar as várias semanas de inferno emocional que eu havia atravessado e tornasse tudo melhor.

Fiquei tão chocada com a resposta dele que não tive forças para me levantar. Completamente pasma, caí sentada no piso e puxei os joelhos na direção do peito, enquanto as palavras dele ficavam se repetindo na minha cabeça.

*Vim por sua causa. Vim por sua causa. Vim por sua causa.*

— Por quê? — Minhas emoções mediam forças dentro de mim, contraditórias, conflitantes, e quase insuportáveis de tão intensas.

Cal se sentou diante de mim, na mesma posição que eu, mas sem me tocar.

— Porque eu estraguei tudo, Jules. Estraguei tudo de verdade.

Engoli em seco e com dificuldade, porque a minha garganta parecia ter se estreitado, e o meu coração bateu forte contra o peito, como se não conseguisse ficar lá dentro nem mais um segundo.

Minha mente me advertia a não confiar nele, não importava quão descontrolado ficasse o meu coração. *Nós acreditamos em todas as lindas palavras dele antes,* minha mente disse, *e veja só o que a gente conseguiu com isso – um coração despedaçado, rejeição e desprezo.*

Derrubei mais uma vez os papéis, baixei a cabeça e fingi que estava olhando para eles.

— É, você estragou. E por que está aqui agora?

Eu tive que juntar todas as minhas forças para manter a minha determinação e não me jogar nos braços dele. Vendo-o ali, diante de mim, eu percebi que ainda sentia uma atração enorme por esse homem. Sim, eu tinha finalmente conseguido sentir raiva dele e era grata a esse sentimento, que tinha vindo em boa hora. Mas agora que ele estava sentado bem diante de mim tudo o que eu não sentia era raiva.

E isso me tirou do sério. Eu não devia me derreter toda desse jeito só porque ele apareceu na minha frente. Não depois do que ele fez.

Eu não devia nem me abalar com a presença dele. Mas a verdade era que eu estava extremamente empolgada.

Ele correu os dedos por seu cabelo preto todo desgrenhado e me olhou fixamente.

— Jules, estou aqui para lhe dizer que sinto muito pelo que fiz e para colocar as coisas de volta nos trilhos. Eu vim para lutar por você.

Quando Cal estendeu a mão para tocar a minha perna, eu a afastei bruscamente. Não podia deixar que ele me tocasse. Pelo menos, não ainda. A minha raiva começava a fervilhar devagar e eu me agarrei a ela como se fosse uma tábua de salvação. Esse sentimento me tornava forte e poderosa. Era tudo o que me restava.

— Lutar por mim? — eu disse, rindo com uma expressão de espanto no rosto. — Que piada. Você me chutou, não respondeu nenhuma das minhas mensagens. Você não chegou sequer a *ler* as mensagens que escrevi para você no Facebook. Que tipo de babaca pod...

— Esse babaca — ele disse, interrompendo-me. — Eu mesmo. Eu sei que estraguei tudo. Puta merda, Jules, eu sei que errei. Fui um idiota. Por favor, você tem que me deixar explicar. Escute o que tenho a dizer.

Olhei para o meu telefone celular e conferi as horas. Balancei a cabeça numa negativa.

— Preciso ir. Estou atrasada para um compromisso.

Eu me levantei do chão, recolhi os meus papéis e saí andando na direção do meu carro.

— Eu não vou a lugar nenhum — Cal gritou atrás de mim.

— É claro que não vai — eu respondi em voz alta sem olhar para trás, sem saber o que faria se tivesse que encará-lo novamente.

No instante em que me vi sozinha dentro do meu carro, permiti que as poucas lágrimas que haviam se formado caíssem. Eu me recusava a deixar que ele me visse chorando. Nas últimas semanas eu já havia chorado o bastante por causa de Cal; não ia lhe dar a satisfação de saber que ele ainda mexia comigo.

Ele não merecia as minhas lágrimas.

# Não está dando certo

## Cal

**EU VI QUANDO JULES ENTROU NO CARRO E ENXUGOU O ROSTO** com as mãos. Antes de ver essa cena eu acreditava que não poderia me sentir pior do que já estava, mas, quando soube que a fiz chorar, eu me dei conta de que estava enganado. Eu me afundei ainda mais e me senti mais fracassado do que já me sentia antes.

Então ela abaixou a janela do carro e o meu coração se agitou no peito quando ela se virou para olhar na minha direção.

— Como você pôde passar todo esse tempo sem me dizer uma única palavra? Você me ignorou completamente! — Sua voz tremia, mas ela continuou. — O seu silêncio foi mil vezes pior do que qualquer coisa que você pudesse ter me dito. Foi a sua indiferença que me torturou mais do que tudo.

Será que eu havia destroçado o coração dela a ponto de arruinar qualquer chance de existir um *nós dois* novamente?

Andei devagar na direção do carro, torcendo para que ela não arrancasse, desesperado para que Jules me escutasse. Eu devia ter trazido flores. Mas aqui estava eu, aproximando-me do carro dela de mãos vazias, como o imbecil insensível que eu era.

— Eu não fiquei indiferente, Jules. Eu nunca fui indiferente a você. Mas eu fui teimoso e lutei contra a minha própria vontade todos os dias, eu queria provar para mim mesmo que eu poderia resistir ao sentimento que eu tenho por você — admiti, querendo muito que ela soubesse em que estado eu me encontrava sem ela.

— Mas por quê? Tudo o que você fez foi me ferir. Não é possível que você não soubesse que estava me fazendo sofrer! — Havia dor nos olhos verdes dela e eu me odiei por ser a pessoa responsável por isso. Eu devia ser o cara que daria alívio a ela, não o cara que lhe traria sofrimento.

Eu não podia fingir que não sabia das consequências dos meus atos. Pensei em mentir para ela, alegar qualquer coisa que trouxesse conforto a Jules, mas ela merecia a verdade. Ela merecia todo o respeito do mundo depois de ter sido tão maltratada por mim. Então eu engoli o meu orgulho e fiz aquilo que era justo.

— Sim, eu sabia que estava te magoando.

— E você fez isso de propósito, Cal. Você escolheu me fazer sofrer. Durante semanas, dia após dia, você escolheu isso conscientemente. — Os olhos dela se encheram de lágrimas mais uma vez e eu achei que não seria capaz de suportar aquela situação.

— Eu não quis magoar você — tentei explicar, mas de que maneira eu conseguiria justificar uma atitude tão egoísta como aquela? — Não quis magoar você, Jules, mas sabia que estava magoando. Deixei que o meu ego e o meu orgulho prevalecessem sobre os meus sentimentos.

— Mas você me magoou, e muito!

— Eu sei.

— E como vou saber que você não vai voltar a fazer isso?

Quando o olhar cheio de decepção de Jules se desviou abruptamente do meu, eu me senti perdido. Eu odiava o que estava acontecendo, odiava tê-la machucado e receber o desprezo dela por isso. É claro que eu merecia passar por isso, mas me arrependia profundamente e não conseguia suportar o que eu havia feito.

— Você não vai. Nada do que eu dissesse agora teria valor.

— Então por que você está aqui? — Ela cerrou os dentes e olhou para mim.

— Porque eu preciso mostrar a você o quanto estou arrependido. Tudo o que eu quero é ter você de volta.

Os olhos de Jules se estreitaram.

— Você me tratou como se eu não significasse nada. Você consegue imaginar como é se sentir desprezada dessa maneira? Você era muito importante para mim, Cal, mais do que qualquer outra pessoa. Mas, de repente, você resolveu agir como se eu não existisse, como se você pudesse tranquilamente viver sem a minha companhia. Como se isso não lhe causasse problema nenhum.

Como eu conseguiria fazê-la perceber que eu estava aqui agora justamente porque não podia viver sem ela? Sim, agora eu tinha total consciência disso.

— Pra mim você jamais deixou de existir. Desde que eu a conheci você passou a viver dentro de mim e não houve um só dia que não tenha sido assim. Nada do que você fazia me passava despercebido. Nada do que você dizia também, nem o mais simples detalhe. Eu via todas as suas postagens nas redes sociais. Até o momento em que você me excluiu da sua lista de amigos. Foi uma tortura para mim, mas eu sei que mereci isso.

— Você me fez acreditar que não ligava a mínima para mim.

— Eu sei que fiz isso e foi um grande erro. Fui um idiota. Eu sinto tanto, Jules.

Ela de repente bufou e o vermelho que coloriu o rosto dela deixou evidente que sua paciência havia chegado ao fim.

— Quer saber, Cal? Vá se foder, você e todos esses seus pedidos de desculpa.

— O quê? — Eu fiquei ali parado, sem acreditar no que havia acabado de ouvir.

— Eu quero que você vá embora. — Ela apontou na direção da saída do condomínio e olhou para mim com uma frieza que desabaria o mais insensível dos homens.

Mas eu não podia culpá-la. Cabia a mim mostrar a Jules que eu sabia o quanto estava errado. Eu precisava provar que ela poderia voltar a confiar em mim.

— Nós podemos pelo menos tentar continuar essa conversa? Por favor, Jules.

— Essa conversa já terminou. Você me arruinou. Eu abri o meu coração para você, Cal, eu confiei em você de olhos fechados. Acreditei nas coisas que você me disse, nas coisas que me fez sentir, e você simplesmente me deu as costas e foi embora. Desapareceu da minha vida. Você não faz ideia do que eu passei nas últimas cinco semanas. A menor ideia.

Porque se tivesse ideia, você teria acabado com essa palhaçada no segundo dia.

— Não se afaste de mim, Jules. Por favor, não desista de mim. Não faça isso! — eu implorei. A essa altura nada era humilhante demais pra mim.

— Pelo menos você sabe que eu não quero que haja nada entre a gente. — Ela empurrou a minha mão, tirando-a da porta do seu carro, pisou no acelerador e se foi, e eu fiquei ali, em pé, com o meu coração em pedaços.

Eu realmente não imaginava que a tivesse magoado tanto. Eu também havia sofrido, mas isso não era nada em comparação com toda a dor que eu tinha imposto a ela. Fiquei espantado com a intensidade do sofrimento de Jules. Eu devia ter pensado nisso antes, e talvez tivesse pensado se não fosse um completo estúpido. Pelo menos isso eu tinha certeza que eu era.

As coisas não estavam nada boas para mim. Meus esforços não tinham dado em nada. Peguei o celular e liguei para o Lucas, que estava à espera de novidades desde o dia em que avisei a ele que viajaria para Califórnia atrás de Jules.

— E então, como foi? — ele perguntou assim que atendeu.

— Pavoroso.

Lucas riu. Se eu não o conhecesse tão bem, pensaria que o meu melhor amigo estava achando a situação engraçada. Mas não havia absolutamente nada de engraçado nessa história.

— Bom, você esperava o quê?

— Não sei, mas não esperava que fosse tão ruim. Pensei que ela fosse demonstrar pelo menos um pouquinho de alegria ao me ver. Talvez sorrir para mim, não sei — admiti. — Mas eu não recebi sorriso nenhum, Lucas.

— Velho, você ficou semanas sem falar com a garota. Trinta e sete dias, para ser mais exato. É um tempo insuportavelmente longo quando você está separado por uma distância tão grande e não pode encontrar o outro na academia ou no supermercado. Ela mandou mensagens e e-mails, mas você não respondeu nem sequer uma vez. Depois disso tudo você queria o quê? Que ela se jogasse nos seus braços sarados no instante em que pusesse os olhos em você?

Quando o ouvi rir mais uma vez, desejei que ele estivesse ao meu lado para poder acertar-lhe um belo soco na cara.

— Quer parar de rir, porra? — esbravejei, mas isso só serviu para fazê-lo rir mais ainda.

Quando o ataque de riso dele finalmente cessou, seu tom de voz ficou sério:

— Você a machucou demais, Cal.

— Eu sei. E é por isso que estou aqui.

— Mas só estar aí não basta. Não me leve a mal, o que você está fazendo é um gesto bonito, e é bem melhor do que dar um telefonema ou escrever uma mensagem se desculpando, mas ela vai precisar de mais do que ver você aparecer na porta da casa dela dizendo que sente muito por tudo. Você vai ter de convencê-la de que ela pode se entregar a você mais uma vez. Veja o que aconteceu na última vez em que ela fez isso...

Eu engoli em seco ao ouvir isso. As palavras de Lucas me atingiram como uma chicotada. Ou melhor, como várias chicotadas.

— Cara, você é bom — eu murmurei.

— Eu sei.

— Bem, mas então o que é que eu faço agora? Como eu a convenço a me dar uma nova chance?

Eu o ouvi respirar fundo do outro lado da linha.

— Isso você vai ter que descobrir sozinho, mas escute o que vou dizer. Não desista, não importa o que ela diga. Só se passaram cinco semanas. O coração dela não pode ter tomado um rumo tão diferente nesse espaço de tempo. Confie em mim.

— Confiar em você? Mas você nem mesmo gosta de garotas!

— Não, não gosto. Mas isso não significa que eu não tenha experiência com sentimentos e emoções. Pessoas são pessoas, Cal. Não me irrite.

— Tem razão. Desculpe. É que eu estou péssimo, cara. Eu não quero perder a Jules de jeito nenhum. — O meu coração estava literalmente doendo dentro do meu peito. Queria poder enfiar a mão lá dentro e arrancá-lo para fazer a dor parar.

— Então não pare de lutar. Mesmo quando ela tentar te forçar a desistir, Cal. Se você desistir agora, já era, você não vai ter mais nenhuma chance. Se você fizer isso só vai comprovar que o que ela pensa sobre si mesma está correto.

— Comprovar que o que ela pensa sobre si mesma está correto?

Lucas bufou, exasperado:

— Vamos supor que ela lhe diga para ir embora. Se você for, isso vai ser mais uma prova para Jules de que ela não vale a pena. Você não pode aceitar o não como resposta. Não deixe que ela o coloque para correr. Você precisa insistir e resistir. Seja teimoso e persistente, Cal.

Eu fazia que sim com a cabeça à medida que o escutava, e tudo foi se encaixando na minha mente.

— Você está certo. De qualquer maneira, é mais ou menos parecido com o que eu pensava em fazer. Eu sou bom nessa coisa de teimosia.

— E como é — ele concordou na hora.

— Obrigado, Luc. Falo com você em breve.

Enfiei o telefone no bolso e comecei a andar de um lado para o outro na calçada em frente ao prédio onde Jules morava.

Como diabos eu pretendia provar alguma coisa a ela quando nós nem mesmo morávamos no mesmo estado? Eu não podia ficar aqui para sempre, mas essa guerra eu me recusava a perder.

Para conseguir Jules de volta, eu não tinha escolha a não ser começar de novo, partindo do zero.

# O que eu faço agora?

## Jules

EU SAÍ DO MEU ESTACIONAMENTO PRATICAMENTE CANTANDO pneu, deixando Cal para trás comendo a minha poeira imaginária. Talvez eu até tenha levantado poeira de verdade bem na cara dele. Tentei não ligar para o que tinha acabado de acontecer, mas ligava. Nossa, como eu ligava.

Eu liguei imediatamente para Tami e rezei aos céus para que ela pudesse atender a minha ligação. Eu precisava muito da minha melhor amiga.

— Fala logo, amiga — ela respondeu. — Tenho uma audiência em trinta e cinco minutos. O que houve?

— Ele está aqui.

— Ele quem? O que você está... — ela parou de falar e emitiu um som estranho, que refletia exatamente como eu me sentia por dentro agora: sem rumo e sem ar.

— É o Cal? Ele está aqui?

— Estava no meu prédio agora há pouco.

Meu coração batia disparado dentro do peito. Minhas emoções giravam como a roda de uma roleta que eu não podia saber onde pararia. Eu sentia tantas coisas ao mesmo tempo; coisas demais, na verdade.

— Puta merda, Jules! O que foi que ele disse? Como ele estava? Como você se sentiu?

Tentei respirar fundo, mas os meus pulmões não me obedeciam.

— Não sei. Ele me disse que está arrependido. E parecia muito bem, o que é tremendamente irritante, para ser sincera.

Ela assoviou ao telefone.

— E é mesmo. Mas e você?

— Eu não sei mais o que pensar.

— Como você se sentiu quando ele apareceu na sua frente? — Ela perguntou no seu tom de voz de advogada, como se eu fosse uma cliente e ela estivesse levantando o máximo de informações possível. E talvez fosse esse mesmo o caso.

Eu pensei com cuidado para responder àquela pergunta, buscando as palavras certas.

— No início eu fiquei confusa, sabe? Como era possível que ele estivesse ali na minha frente quando deveria estar do outro lado do país? Foi um susto difícil de processar.

— E, ainda por cima, hoje é quarta-feira. O que esse sujeito está fazendo aqui num dia de trabalho?

Boa pergunta. Não havia me ocorrido que ele estava totalmente de bobeira bem no meio da semana.

— Não sei. Mas é tudo muito estranho.

— Sim, muito estranho. Bem, deixe para lá, depois voltamos a isso. Então a sua cabeça está confusa. Mas e o seu coração, como está?

— Como se tivesse aumentado de tamanho mil vezes no exato segundo em que vi o Cal. Ele aqui, em carne e osso... Eu quis tanto que isso acontecesse.

— E agora? — ela perguntou, e o som de leves batidas chegou ao meu ouvido. Ela certamente estava tamborilando na mesa com uma caneta.

— Eu já havia perdido a esperança de que isso acontecesse. Já havia aceitado o fim de qualquer coisa que havia entre a gente.

— Mas você ainda sente alguma coisa por ele, não sente? — Tami perguntou, e então eu ouvi ao fundo o som de uma caneta rabiscando num papel.

— Honestamente, eu achava que não — respondi, diminuindo a velocidade do carro para parar no semáforo.

— Mas isso mudou quando você o viu? — O som de rabiscos no papel cessou, indicando que ela estava prestando total atenção à minha resposta.

O farol abriu e eu permaneci dirigindo mais alguns instantes na rodovia movimentada, e então entrei à direita.

— Mudou, sem dúvida. Quando eu o vi, percebi o quanto estava mentindo para mim mesma.

— Não foi bem assim, Jules. Você não estava mentindo para si mesma. Você simplesmente não teve escolha.

— Sim, é verdade. — As palavras dela fizeram com que me sentisse um pouco melhor. — Mas, e agora, o que diabos eu vou fazer?

— Não tenho essa resposta. Só peço que você não ceda com facilidade. O que eu quero dizer é: se quiser perdoá-lo, pelo menos faça-o suar para merecer o seu perdão. Não se esqueça de todo o sofrimento que você teve de suportar quando ele desapareceu da noite para o dia.

— Isso jamais vai acontecer. — Nem que eu quisesse eu poderia esquecer os momentos horríveis que passei quando ele me abandonou. De uma coisa eu tinha certeza: não queria nunca mais experimentar uma dor dessas na vida. — Eu nunca vou me esquecer do que eu passei nas últimas semanas, Tami.

— Desculpe, Jules, mas eu realmente tenho que ir. Ligo para você mais tarde, tá? Boa sorte. Eu amo você! — ela disse, e então desligou.

Passei de carro pelo portão privativo e entrei na encantadora propriedade de frente para o mar que eu estava prestes a mostrar a um cliente. Fiquei sentada no carro por alguns momentos, com a mente agitada, e esperei até que o meu coração se acalmasse e retomasse o ritmo normal.

Eu teria um bom dia hoje, com sorte venderia uma casa, e lidaria com Cal mais tarde. Ele não tinha que ser a minha prioridade hoje, pois eu certamente não fui a prioridade dele nas últimas semanas.

Com confiança renovada, eu respirei fundo, saí do carro e fui trabalhar.

Eu percebi a presença de Cal assim que estacionei de volta na minha vaga. Ele estava sentado, todo encurvado, na base da escadaria que levava ao meu apartamento.

Se quisesse eu poderia ter chamado a segurança para que ele fosse retirado do condomínio, já que se tratava de uma área privada. Mas eu não fiz isso. A bem da verdade, eu não desejava que ele fosse embora.

Saber que ele estava ali por minha causa fazia bem para o meu ego. Eu sentia certo prazer com aquela situação.

Além do mais, hoje o meu dia tinha sido muito bom no trabalho. Eu havia vendido um belo apartamento com vista para o mar e conquistado dois novos clientes através de indicações, por isso o meu humor estava ótimo.

Cal se levantou do chão e pegou as suas coisas enquanto eu desligava o carro e abria a porta. Ele caminhou na minha direção a passos largos e com determinação. Quando se aproximou de mim, vi que ele equilibrava nos braços um enorme arranjo de flores e uma caixa.

— O que é que você ainda está fazendo aqui? — perguntei, esperando conseguir fingir alguma indiferença. Mas, na realidade, eu estava tomada por inúmeros sentimentos, por emoções que acho que sequer tinham nome.

— Esperando. Isso é para você. — Ele me entregou a caixa.

Eu estava furiosa com Cal e ele me trazia o meu doce favorito de Boston. Era um gesto perigoso da parte dele. Coloquei a caixa no capô do carro sem nem olhar para ela.

— E isso também. — Ele me entregou o buquê de rosas.

Peguei o buquê, mas não o aproximei do nariz, embora eu tivesse vontade de aspirar profundamente o perfume das rosas. Segurei o buquê ao lado do corpo com displicência, como se não tivesse o menor interesse no presente e fosse obrigada a carregá-lo. Tive de reconhecer que as rosas eram absurdamente maravilhosas, as maiores e mais vermelhas que eu já havia visto; mas eu me recusei a admitir isso em voz alta. Naquele exato momento eu queria recusar praticamente tudo o que vinha do Cal.

— Obrigada. Mas por que você ficou esperando por mim?

Eu o observei, e notei que os olhos dele pareciam cansados. Meu coração me implorou para que eu pulasse nos braços dele, o empurrasse escada acima e me entregasse a ele como eu havia feito com tanta facilidade algumas semanas atrás. Mas eu precisava resistir ao meu estúpido coração, porque ceder aos encantos de Cal sem pensar duas vezes foi justamente a atitude que havia me metido em problemas.

— Eu queria falar com você — Cal disse, olhando-me de um modo intenso. — Eu preciso muito falar com você, Jules.

Eu pensei em negar esse pedido. Pensei em dizer que estava me lixando para ele e depois trancá-lo para fora do meu apartamento e da minha vida. Mas se eu fizesse isso, estaria apenas adiando o inevitável. Cal tinha percorrido uma enorme distância até aqui de avião por algum motivo, e eu duvidava que ele fosse embora tão facilmente dessa vez.

— Tá, pode falar — eu disse, colocando as rosas em cima da caixa da torta.

— Posso subir?

Eu cruzei os braços na frente do corpo e me encostei no carro. E não sairia dessa posição, não moveria um músculo. Não daria a ele a menor vantagem. Se eu cedesse um milímetro acabaria cedendo em tudo, e eu tinha pelo menos que tentar fazer com que ele sofresse um pouco por toda a dor que me causou.

Esse cara me fez sofrer sem nenhuma razão. Desapareceu sem deixar rastro. O silêncio dele foi tão monstruoso que me deixou em pedaços. O silêncio de Cal havia sido mais expressivo e sonoro do que todas as palavras que tinham saído da sua boca.

— Não — respondi com firmeza. — A gente pode conversar aqui mesmo.

Ele mudou de posição, visivelmente incomodado.

*Ótimo.*

— Tudo bem. Vamos conversar aqui — Cal disse, olhando ao redor.

Eu esperei que ele começasse a falar, ainda sem conseguir acreditar que realmente ele estava de pé, bem na minha frente, depois de tanto tempo. A aparência dele estava ótima, e eu o odiava por isso; mas não podia realmente me culpar por notar esse detalhe. A atração que eu sentia por ele nunca foi o problema.

— Eu ferrei com tudo, Jules. Da pior maneira possível, como jamais ferrei com alguma coisa em toda a minha vida. — Ele correu a mão pelo cabelo e os meus olhos na mesma hora acompanharam a sua mão, observando-a bagunçar os fios e deixá-los espetados.

Nesse momento, eu quis respostas mais do que nunca. A fome por respostas que eu tinha voltou com força total, embora eu a tivesse repelido e negado, tentando me convencer de que não precisava saber mais nada sobre Cal.

Mas já que ele estava disposto a falar, por que não lhe dar uma chance?

— Só quero que você me diga por que fez isso — pedi. — Por que resolveu parar de falar comigo? Nós não somos velhos demais para uma palhaçada dessas?

Cal afastou um pouco os pés um do outro e enfiou uma mão no bolso.

— Eu pensei que estivesse fazendo um favor a nós dois, Jules. — Ele suspirou profundamente, e quando me fitou seus olhos estavam sem brilho nenhum.

— Um favor? — eu repeti, e então ri alto, uma risada de pura descrença. — E que tipo de favor você imaginou que faria para nós dois agindo como agiu?

Ah, droga. Ele não estava apenas me confundindo, também estava começando a me encher a paciência.

— Eu fiquei apavorado, está bem? Nós dois sabíamos que o nosso lance era temporário. — Ele falava e agitava um dedo no ar. — Ah, Jules, tenha dó! Você até disse uma vez que não planejava se mudar de Los Angeles, e eu disse a mesma coisa sobre Boston. Daí eu comecei a me perguntar o que diabos nós estávamos fazendo e aonde isso iria nos levar. Por que é que eu estava me apaixonando loucamente por alguém que eu nunca poderia ter de verdade?

Meu coração parou de bater por um instante, provavelmente por causa do espanto, e então retomou seu ritmo de sempre. Ele estava se *apaixonando loucamente*, foi isso mesmo que eu ouvi?

— Daí então você decidiu que me deixar falando sozinha seria a melhor solução?

— Eu não sabia o que fazer, Jules. Pensei que você ficaria bem, ou pelo menos que acabaria ficando bem. Você é tão dedicada ao trabalho quanto eu, por isso eu imaginei que se recuperaria rápido e me esqueceria completamente.

— Me recuperaria rápido? Eu nunca senti por ninguém o que eu sentia por você — confessei com a voz embargada, deixando-me levar pela emoção.

— Sentia?

— Isso. Sentia — repeti, indignada.

— No tempo passado mesmo? — Ele ergueu as sobrancelhas.

— Exatamente. No tempo passado — repeti com descaso. Mas ao ouvir essa mentira ele abaixou a cabeça e olhou para o chão.

— Tudo bem, eu mereço.

— Sem dúvida.

Meu Deus, eu não podia fazer isso. Não podia ficar aqui diante de Cal, com a minha cabeça nadando em pensamentos e o meu coração se afogando neles.

Os olhos dele encontraram os meus de novo.

— Eu acreditei que estivesse tomando a decisão mais acertada para nós dois. Eu realmente acreditei nisso — ele começou, mas tropeçou nas próprias palavras, como se não tivesse contado com trinta e sete dias para treinar algum tipo de justificativa. — Eu... eu só...

— Você tomou uma decisão por mim, Cal. — eu disse, interrompendo-o bruscamente. — Você tomou uma decisão por nós dois sem nem pedir a minha opinião. — Eu o fuzilei com o olhar. — Como poderia saber de que modo eu reagiria e de que modo eu me sentiria? A última coisa que eu queria era que você se distanciasse de mim. Eu nem imaginava o que é que nos aguardava no futuro, nem para onde estávamos indo, mas de uma coisa eu estava certa: eu não estava pronta para lidar com o fim do nosso relacionamento.

A dor nos olhos dele se tornou ainda mais profunda.

— Eu pensei que soubesse o que estava fazendo, mas estava completamente errado. Tão errado. Eu sinto tanto por isso, Jules. Por favor, me perdoe. Queria que existissem expressões melhores do que "sinto muito" e "me perdoe", mas não conheço nenhuma outra.

— Quem dera fosse o bastante... mas não é. Você me machucou pra valer, Cal. Agora eu estou bem, mas há poucos dias eu não estava. Não estive nada bem por um longo tempo.

Nesse ponto eu não fui totalmente sincera. Eu já estava bem melhor até me deparar com ele hoje. Quando eu o vi, tudo dentro de mim ficou uma bagunça. Aquele turbilhão de emoções tomou conta de mim novamente, mas eu me recusava a admitir isso a ele.

— Bom, eu certamente não estou bem — ele disse. — Não tenho paz desde o dia em que deixei você sair da minha vida. Eu me sinto perdido sem você. Eu sabia exatamente o que eu queria e quando queria antes de nos conhecermos. Mas então você apareceu e me fez questionar tudo. O simples fato de você existir me tornava totalmente dependente.

Ele parou de falar por um momento e esfregou os olhos com as costas das mãos.

— Jules, eu não quero você fora da minha vida. Eu sei que você está bem agora, mas eu não estou, e não vou ficar nunca se não tiver você ao meu lado. Agora eu sei disso. Droga, eu já sabia disso antes, só tentei resistir. Por favor, me dê mais uma chance. Não vou prometer que nunca mais cometerei um erro, porque sou humano, mas posso prometer que nunca mais vou deixar você. Nunca mais vou magoar você cometendo um erro tão estúpido como esse.

— Como? Como você pode me prometer uma coisa dessas? Não, não diga isso. Você não pode fazer uma promessa dessas.

Que grande merda. Aquela promessa não passava de um monte de palavras bonitas, mas sem significado. Mesmo que ele estivesse sendo sincero, ninguém podia garantir uma promessa como aquela.

— Sim, posso, porque sei o que é tentar viver sem você, tentar fingir que não preciso de você. Você fez de mim um homem melhor, Jules. Eu sou uma pessoa melhor quando estou com você.

— Mas as coisas não mudaram, Cal. Nós ainda moramos em estados diferentes. Eu não tenho planos de me mudar e tenho certeza de que você também não. Então por que veio me procurar se nada mudou na nossa situação *temporária*? — perguntei, incapaz de ocultar a minha amargura.

— Porque eu não acho mais que a nossa relação seja temporária. Olha, Jules, eu não tenho certeza do que o futuro nos reserva, nem ligo mais para o que nós faremos ou deixaremos de fazer a respeito. Tudo o que eu sei é que quero ter você comigo. A minha vida não é a mesma sem você ao meu lado, fazendo parte dela. Acredite, eu tentei viver sem você, mas não deu nada certo.

— Eu não sei, não. — Olhei para o lado, cortando a comunicação visual com Cal, e levei a mão ao rosto. Respirei fundo e tentei controlar minhas emoções.

Eu desejei tanto que esse momento chegasse. Eu queria que Cal voltasse para mim, queria isso mais do que tudo. Mas agora que ele estava aqui, escancarando o seu coração para mim, a ideia de confiar nele novamente me deixava completamente apavorada. Ele havia destroçado o meu coração quando resolveu ir embora, e, pior, fez isso com enorme facilidade.

— Sei que você não confia em mim — ele disse, com uma expressão séria no rosto. — Eu sei que você não acredita que eu seja capaz. Eu vou lhe mostrar que posso. Vou provar isso a você.

Eu avaliei as expressões faciais dele e seu tom de voz, querendo perdoá-lo e acreditar nele, mas não me permitiria ser assim tão ingênua. Não poderia ser estúpida com o meu coração mais uma vez. Não sei se sobreviveria a outro baque como o que vivi nas últimas semanas.

— Eu não sei como superar isso — respondi, balançando a cabeça. — Pode parecer idiotice para você, mas o que você fez mudou o meu modo de ver as coisas. Você me tirou do prumo. Você soltou a minha mão e me deixou cair do penhasco em vez de me puxar para cima. Deixou que eu ficasse sozinha quando tudo o que eu mais queria era que estivesse ao meu lado.

— Eu sei — ele respondeu tristemente. — Sei que arruinei as coisas, Jules. Agi como um completo idiota. O que eu mais queria era poder desfazer todo o mal que causei.

— Só que você não pode — retruquei.

— Não, não posso. Mas gostaria. Eu daria qualquer coisa para voltar no tempo e fazer a coisa certa.

— Ah, é? E o que você faria de diferente?

— Eu não abandonaria você. Eu conversaria com você quando estivesse nervoso, em vez de agir como um cabeçudo teimoso e egoísta. Mas o principal é que eu jamais deixaria você se separar de mim. E faria tudo o que estivesse ao meu alcance para que o nosso relacionamento fosse adiante.

Deus, eu até podia entender a dificuldade que ele encontrava para conversar. Havia assuntos que me incomodavam e que eu sempre tinha evitado tratar com ele. Eram perguntas que eu guardava só para mim, muito bem guardadas, com medo das respostas. Eu também tinha sido covarde. A única diferença era que eu não havia fugido.

Meus olhos arderam com lágrimas que começavam a se formar. Eu não queria que Cal as visse. Virei a cabeça para o lado e enxuguei os olhos rapidamente, e me concentrei para evitar que desabasse em choro. Eu precisava ser forte nos momentos em que estivesse na presença de Cal.

— Preciso ir, Cal. Eu agradeço por você ter vindo me ver, de verdade. — Peguei as rosas e a torta de cima do capô e me preparei para subir para meu apartamento. — Mas eu ainda tenho muito em que pensar.

— Será que podemos recomeçar? Diga que sim, por favor. Deixe-me levá-la para sair de novo. Vamos nos conhecer novamente. Eu virei para cá todo fim de semana. Farei tudo o que você quiser. Só me diga o que precisa de mim, Jules. Por favor, diga o que eu posso fazer para consertar o estrago que causei.

Eu respirei fundo.

— Para ser bem franca, eu não sei. Não sei como se conserta isso.

Cal abriu a boca para falar novamente, mas desistiu. Enquanto eu subia as escadas e me afastava dele, ele não tentou me deter nem me pediu para ficar.

— Eu sinto falta da minha companheira de equipe! — Cal gritou para mim.

Quando escutei isso, meu coração se desprendeu do peito e caiu no chão, e eu quase pisei nele. Hesitei por um segundo apenas e os meus passos vacilaram antes que eu continuasse andando até a minha porta, entrasse em meu apartamento e fechasse a porta entre nós.

Encostei-me na porta por um instante, ofegante. Na minha mente havia duas perguntas:

Como Cal conseguiria eliminar o abismo que ele tinha cavado entre nós com tanto empenho?

Será que eu queria que ele fizesse isso?

# Para ter Jules de volta

## Cal

ISSO NÃO IA SER NADA FÁCIL. NÃO QUE EU ESPERASSE QUE Jules facilitasse as coisas para mim, mas eu tinha esperanças de que ela estivesse um pouco mais disposta a me aceitar de volta.

Bem, eu não podia estar mais enganado. Eu tive que me colocar na situação dela. Jules não era do tipo que entregava o coração, mas ela havia aberto uma exceção nesse caso, sem nem pensar duas vezes.

E o que foi que eu fiz com ela? Fui displicente e negligente. Em vez de tratá-la como o maravilhoso presente do céu que ela era, eu a tratei como se fosse uma peça descartável, alguém que eu pudesse simplesmente deixar para lá e nunca mais lembrar da existência. Foi uma atitude imatura da minha parte, para dizer o mínimo.

Como eu poderia me retratar? Por que a viagem no tempo ainda não era uma realidade para que eu conseguisse anular as minhas atitudes ridiculamente estúpidas?

Eu escrevi um bilhete rápido, avisando Jules que eu não desistiria e que voltaria a procurá-la mais tarde. Prendi o bilhete no limpador de para-brisa de seu carro, mas sabia que ela provavelmente o jogaria no lixo.

Eu não desejava me afastar, mas não havia nenhum hotel ali por perto e eu tinha compromissos agendados na área de Hollywood no dia seguinte. Mesmo assim, eu teria acampado nas escadas de Jules durante toda a noite se isso a convencesse a me perdoar.

Entretanto, eu sabia que a minha melhor opção naquele momento era dar a ela um pouco de espaço, embora fosse a última coisa que eu quisesse fazer. O homem das cavernas possessivo que havia em mim queria cercá-la, de tal maneira que para onde quer que olhasse ela não pudesse ver mais nada além de mim. Mas se eu fizesse isso ela sem dúvida me acertaria o saco com uma joelhada.

Então, contra a minha vontade, fui embora dirigindo o meu carro alugado, sem saber para onde estava indo. Tudo o que eu sabia era que, de acordo com o meu GPS, Hollywood era muito mais longe do que eu me lembrava.

Os meus compromissos do dia seguinte levaram mais tempo do que eu havia calculado, e eu estava bastante apressado. Além disso, nada poderia ter me preparado para enfrentar o trânsito de Los Angeles. E com a chuva, tudo parecia ficar ainda pior. Sim, pelo visto chovia mesmo no sul da Califórnia, e quem afirmasse o contrário estaria mentindo.

As coisas haviam corrido bem hoje, e embora eu me sentisse bastante orgulhoso por ter realizado um trabalho eficiente, aquilo não me importava tanto.

Estava convencido de que havia tomado a decisão certa e esperaria o tempo que fosse necessário para que Jules sentisse o mesmo. Eu não iria a lugar nenhum, nunca mais, e ela precisava saber disso.

Quando eu cheguei a Malibu à noite, porém, já passava das sete horas. Pensei se não seria melhor dar a ela mais um dia para refletir sobre a situação toda, mas não podia fazer isso. Ficar longe dela era exatamente o oposto do que eu tinha em mente.

Digitei o código do portão, que eu havia memorizado na minha primeira visita à casa dela, e entrei no condomínio. Respirei aliviado quando vi o carro dela na garagem. Feliz por saber que ela estava em casa, estacionei o carro, abri a porta e pulei para fora. Subi os degraus de dois em dois até o apartamento, e só quando bati na porta me dei conta de que ela poderia não estar sozinha. Senti um calafrio na espinha ao pensar nisso.

Eu não cheguei a perguntar se ela estava saindo com alguém, não é? Um mal-estar me invadiu quando percebi que não me lembrava de termos falado nada sobre isso. *Merda.* Pela primeira vez na minha vida eu não tinha o controle antecipado de cada mínimo detalhe da minha vida, e isso me encheu de frustração. Mas a essa altura eu já não tinha mais escolha. Tenso, esperei que ela viesse atender.

Quando ouvi o som dos passos de Jules no piso, retomei o ritmo normal de respiração. A porta rangeu quando ela se apoiou antes de abrir. Ela na certa olhou pelo olho mágico para checar quem era.

— Eu pensei que você tivesse voltado para casa — ela disse, num tom de voz ameno.

— Eu disse a você que não iria embora. — É, não seria mesmo nada fácil recuperar a confiança dela.

— Você já me disse uma porção de coisas. — O longo cabelo loiro dela caía em ondas na frente dos seus olhos e eu precisei refrear os meus instintos para não tocá-los.

— Posso entrar?

Ela hesitou, e continuou na minha frente, olhando para mim.

— Por favor... — pedi.

Ela fechou os olhos brevemente antes de abrir a porta inteira e recuar para me dar passagem. Dei uma boa olhada no lugar, feliz por estar na casa dela de novo, mesmo que fosse apenas por esse momento.

Caminhei até o sofá da sala, esperando que ela não se importasse.

— Posso me sentar?

Ela não falou nada, apenas fez que sim com a cabeça, e eu me perguntei o que aquela sua linda cabeça estava maquinando.

— Você pensou nas coisas que eu lhe disse na noite passada?

Os olhos verdes de Jules encontraram os meus e não se desviaram. Eu achei que ela fosse desviar o olhar, mas isso não aconteceu. Ela puxou uma banqueta e se sentou, sem desgrudar os olhos dos meus.

— Eu não consegui pensar em outra coisa, Cal.

Mesmo com ódio de mim ela não conseguia deixar de expressar seus sentimentos de maneira honesta.

— E?

— E eu ainda não sei o que fazer.

Ela estava irredutível, talvez ainda mais do que eu tinha sido. Eu não a culpava por isso; o problema era que ficar ali sentado, e aceitar a situação, estava me matando.

— Como você se *sente*? — perguntei, enfatizando a emoção na nossa situação. — O que lhe diz o seu coração? Bem agora, neste momento, o que é que o seu coração lhe diz para fazer?

Sim, eu a estava pressionando, mas tinha de fazer isso. Precisava encontrar um meio de romper as barreiras dela.

— Eu deixei o meu coração em *stand-by* — ela respondeu com voz indiferente, mas era compreensível.

— *Stand-by*? — eu repeti, descontraído.

— É. Não é confiável quando se trata de você.

Eu reprimi um sorriso. Jules ainda tinha sentimentos por mim e não precisava nem dizer isso com todas as letras. Era uma pequena vitória, mas não era o suficiente. Não ainda.

— Sabe o que o meu coração diz?

Ela se agitou, cruzando e descruzando as pernas.

— Como eu poderia saber?

Levantei-me do sofá de um pulo e comecei a andar de um lado para o outro, dando o meu melhor para pôr os meus sentimentos em palavras.

— Eu te amo, Jules — disse finalmente, sem pensar. Droga, que inferno. Eu não tinha planejado dizer nada disso a ela. Não ainda, pelo menos. — Estou completamente apaixonado por você. — Jesus Cristo, eu não conseguia mais parar!

Em vez do sorriso que eu pensei que encontraria no rosto dela, o que eu vi foi uma carranca. Eu tinha acabado de dizer à garota que a amava e ela ficava ali sentada, olhando para mim com cara feia. Por que será que eu nunca conseguia acertar quando se tratava de Jules?

— Sabe, as suas palavras... elas sempre foram bonitas, mas as suas ações não condizem com elas. Eu não sei como acreditar nas coisas que você me diz. E eu quero, Cal, quero muito acreditar em você. Só não sei como.

— Eu compreendo. Nem posso imaginar como você se sentiu por minha causa.

— Como uma tonta. Eu me senti uma perfeita palhaça.

Fiz menção de ir até onde ela estava, mas hesitei. A resposta dela me atingiu como uma facada no estômago.

— Por quê? — perguntei, odiando ter sido a pessoa que fez com que ela se sentisse dessa maneira.

— Porque eu me senti estúpida por acreditar em você. Depois de algum tempo, eu passei a acreditar que você provavelmente havia mentido para mim o tempo todo. Eu pensava que fosse esperta, que fosse capaz de identificar quando estou sendo enganada. Mas quando me dei conta de que não tinha detectado a enrolação por trás das suas palavras, eu me senti uma total idiota.

A faca enfiada no meu estômago agora tinha sido girada dentro dele.

— Mas eu fui sincero em tudo que disse a você! E eu tinha muito mais a dizer, mas cortei a nossa comunicação porque as coisas estavam ficando sérias demais e eu fiquei apavorado com isso. Você não podia enxergar através das minhas palavras porque não havia nada para enxergar.

Jules engoliu em seco e os olhos dela se fixaram nos meus em busca da verdade. A expressão do rosto dela se suavizou.

— Eu quero acreditar em você, Cal.

— E eu quero muito que você acredite. — A tensão no meu peito se amenizou. — Preciso te mostrar uma coisa. Podemos dar uma volta de carro?

Diante dessa minha pergunta, o rosto dela assumiu uma expressão que misturava surpresa e confusão.

— Pode me dar cinco minutos? Eu encontro você lá embaixo.

Ela estava me colocando para fora. Quis argumentar, mas sabia que não seria aceitável. Eu tinha de escolher as minhas batalhas, e essa não era uma pela qual valia a pena lutar.

— Leve o tempo que precisar — eu disse, torcendo com fervor para que ela não me deixasse sozinho lá fora tomando chuva.

# Segunda chance

## Jules

QUANDO CAL SAIU E FECHOU A PORTA EU LEVEI AS DUAS MÃOS à cabeça, temendo desmoronar a qualquer momento.

Pelo amor de Deus, ele acabou de declarar o seu amor por mim! Caramba. Tudo o que eu queria era saltar nos braços dele, mas resisti à tentação e me mantive firme. Nem sei dizer de onde tirei forças para conseguir, mas consegui. Eu sem dúvida merecia algum tipo de prêmio por me manter tão firme. Ou seria um prêmio por ser tão estúpida?

Por mais que eu tentasse fingir que estava protegendo o meu coração de mais um desapontamento, eu não podia deixar de reconhecer que o meu orgulho também buscava sua reparação. Queria ensinar uma lição ao Cal, puni-lo com crueldade, e eu sabia que podia fazer isso. Mas uma atitude como essa era quase tão imatura quanto o sumiço dele.

Peguei o telefone e liguei para Tami. Pelo visto, consultar a minha melhor amiga para cada uma das minhas decisões românticas tinha se tornado o meu *modus operandi* ultimamente.

— E aí, quais são as novidades? — ela perguntou.

— Ele apareceu aqui de novo.

— Hum, claro que apareceu — ela comentou em tom enigmático.

— Ele disse que quer me levar a um lugar e me mostrar uma coisa — eu contei em voz baixa.

— Mas o que é que ele iria querer mostrar a você?

— Não faço a menor ideia.

— Você perguntou ao Cal o que ele está fazendo aqui no meio da semana?

Dei um tapa bem na minha testa.

— Não! Eu acabei me esquecendo. É que ele me desconcentra.

Ela riu.

— É, aposto que desconcentra mesmo.

— Seja prestativa, por favor!

— Eu sou prestativa — ela respondeu cheia de si.— Ele me disse que me amava — eu sussurrei.

— Ele o quê?

— Isso mesmo que você ouviu.

— Esse miserável joga sujo. E você disse o quê?

Eu me concentrei para tentar me lembrar. Que diabos eu disse quando o meu coração começou a bater tão alto que não me deixou ouvir mais nada?

— Eu disse ao Cal que não acreditava nas palavras dele.

Tami riu mais uma vez.

— Caraca! O cara abre o peito, puxa o coração para fora e o coloca no chão bem na sua frente e você pisa nele com o salto do seu Louboutin?

— Eu não tenho um Louboutin.

— Não mude de assunto.

— Tá certo — resmunguei. — É estupidez minha querer dar mais uma chance para ele?

— Em circunstâncias normais eu diria que é, sim. Mas neste caso eu acho que não. Você não é estúpida. Olha, eu gosto do Cal. Não gosto do que ele fez a você e nunca vou esquecer o que ele aprontou, mas acredito que ele esteja mesmo arrependido. Falando sério, Jules, o Cal nem é o meu namorado e *eu* o quero de volta.

Em agonia, apertando o lábio inferior entre os dentes, eu entrava em conflito em busca de uma saída. Não queria cometer um erro, mas, acima de tudo, eu não queria me machucar novamente.

— Estou assustada — admiti.

— Com o quê?

— Tenho medo de que ele possa me fazer sofrer de novo.

Tami suspirou.

— É o risco que corremos quando amamos, e nós vamos em frente mesmo assim. Você se lembra do que me disse? Falou que acabaria se magoando no relacionamento com o Cal, mas que iria em frente mesmo assim. Lembro-me de pensar que era uma atitude muito corajosa da sua parte e que eu jamais botaria tanta fé no amor.

— Coragem? Acha mesmo?

Eu não considerava as minhas atitudes corajosas. Na melhor das hipóteses, eu me achava uma tonta que tinha se dado mal por agir de modo tão irracional. Mas talvez a Tami tivesse razão.

— Acho — ela respondeu sem titubear. — Principalmente no seu caso, amiga. Você sabia que eram grandes as chances de tudo acabar mal, mas você não desistiu dele. Acreditou que ele valia a pena.

Ela estava certa. Eu sempre soube que poderia terminar com o coração partido nesse relacionamento, mas não me importei. E com certeza não me importava agora. Cal estava aqui e eu me permitiria ver o que ele tinha para me mostrar. Eu tinha esse direito.

— Valeu, Tam. Agora eu preciso ir. Ligo para você depois.

— Vou ficar morrendo de curiosidade até saber o que ele quis te mostrar. Só espero que não seja o pênis dele, porque isso você já viu! — Ela riu histericamente depois de soltar essa, e então desligou.

Com o coração acelerado, tranquei a porta do apartamento e desci as escadas.

Cal estava encostado em um carro preto e aquela visão era absurdamente sexy. Eu não tinha prestado atenção até agora, mas ele estava vestido como se tivesse acabado de chegar do escritório. Só havia se permitido relaxar um pouco depois de chegar em casa, desabotoando o colarinho da camisa azul-escura e colocando-a para fora da calça.

Quando cheguei à calçada, ele correu até mim e segurou a jaqueta sobre a minha cabeça para me proteger da chuva.

— Obrigada — eu disse quando ele abriu a porta do carro para mim e esperou enquanto eu entrava.

*Pro inferno com esse seu cavalheirismo.*

— De nada. — Ele fechou a minha porta, andou com pressa até o lado do motorista e entrou também. — Vai demorar um pouco até chegarmos lá. Tudo bem para você?

Observei Cal por um instante e notei que ele estava meio nervoso, ou talvez frustrado. Não pude saber com certeza.

— Sim. Eu não tenho planos para hoje mesmo. — Tentei falar de um modo mais suave, mas mesmo assim meu tom de voz pareceu cauteloso.

Quando ele saiu do meu condomínio e seguiu na direção de Santa Monica, eu fiquei preocupada e um tanto nervosa por não saber para que lugar estávamos indo. Tentando ser paciente, eu olhei para fora da minha janela, impressionada com o rumo bizarro que as coisas pareciam tomar.

Era estranho estar sentada em um carro com Cal e não ter a sua mão na minha coxa. Eu quase havia esquecido que ele tinha esse hábito, mas agora que eu estava sentada ao lado dele a naturalidade desse gesto voltou à minha mente com força total. As coisas costumavam ser tão fáceis entre nós.

— Posso perguntar uma coisa? — eu disse quando o silêncio começou a me enlouquecer.

Ele me lançou um rápido olhar.

— Pode me perguntar o que quiser.

— Por que você veio para cá no meio da semana? Você não foi demitido, foi?

Ele sufocou uma risada.

— Demitido? Não. O que fez com que você pensasse isso?

— Para ser franca, eu estou surpresa por ver você, claro, mas estou ainda mais surpresa por ver você no meio da semana. Eu não achei que você fosse o tipo de homem que tira dias de folga para se desculpar com uma mulher.

— E não sou. — Ele sorriu.

— E então, você não vai me dizer por quê?

A minha irritação desapareceu por um segundo quando eu olhei para o perfil de Cal. Tão sexy. Aqueles lábios terríveis estavam mais cheios e lindos do que nunca. Eu sentia falta de olhar para o rosto dele quando estávamos afastados, e abominava sentir tanta saudade daqueles lábios.

Cal balançou a cabeça numa negativa e tive a impressão de que ele estava contendo um sorriso.

— Ainda não — ele respondeu.

— Ah, sei.

— Não fique zangada.

— Não estou zangada, estou só...

— Fazendo bico — ele disse, completando a frase por mim.

Eu quis ficar brava, mas em vez disso dei risada.

— É. Estou só fazendo bico.

Ele segurou a minha mão e a apertou, depois levou-a aos lábios e beijou ternamente os meus dedos.

— Eu amo você de verdade, Jules. Sei que eu devia parar de dizer isso, mas é importante que saiba que estou falando sério.

No entanto, eu retirei a minha mão da dele e a coloquei novamente no meu colo. Eu queria demais dizer a Cal que eu o amava também, mas não podia. Não até saber o que ele pretendia me mostrar. Não até saber que o diabos estava acontecendo.

— Estou começando a acreditar em você — eu disse. Então ele sorriu, e eu acrescentei: — Só um pouco.

O sorriso dele só fez aumentar.

— Jules, isso é música para os meus ouvidos.

Momentos depois, Cal se afastou da costa e dirigiu por estradas tortuosas que levavam a Hollywood. Eu tive a impressão de que ele estava indo na direção da Sunset Boulevard, mas ainda não entendia por quê.

Será que estava me levando a uma casa noturna? Teria se envolvido em algum negócio com o Ron? Quando chegamos à Sunset e ele entrou à direita, eu ainda não estava nem perto de descobrir para onde íamos.

Finalmente nós entramos no estacionamento subterrâneo de um dos mais famosos prédios da Sunset. Eu já tinha estado nesse prédio antes, há muito tempo atrás. Era um prédio comercial, que tinha de tudo, de agências de modelos a imobiliárias.

— Por que viemos para cá? — perguntei quando ele estacionou o carro e o desligou.

Cal abriu a sua porta e saiu do carro.

— Vamos lá, Jules.

Ele estendeu a mão para mim e me ajudou a saltar do carro, mas permaneceu onde estava, entrelaçando os dedos nos meus. Em vez de recusar o contato, eu apertei a mão dele com força.

Quando ele deslizou um cartão inteligente pela leitora da porta do prédio e ela se abriu, eu fiquei confusa.

— Como você...?

Cal parou de andar e se voltou para mim.

— Nada de perguntas. Eu só preciso de mais dois minutos.

— Como você é mandão.

Ele me levou até uma área de elevadores e chamou um deles. Quando as portas se abriram e nós entramos, eu sorri deliciada ao me lembrar do modo como ele pressionava o corpo contra o meu sempre que tomávamos o elevador no hotel em Boston.

Eu me perguntei se ele estava pensando na mesma coisa. Espiei rapidamente a calça dele e disfarcei um sorriso. Sim, ele também estava se lembrando daqueles momentos...

O elevador parou no sétimo andar e nós saímos. Cal mostrou o caminho como se já estivesse familiarizado com o lugar. Ele parou diante da porta com o número 732 e tirou uma chave do bolso. Eu sabia o que isso significava, é claro, mas o meu cérebro se recusava a juntar as peças do quebra-cabeças. Aquilo simplesmente não fazia sentido.

Quando entramos no escritório compacto e todo mobiliado, ele indicou com um gesto da mão as janelas panorâmicas com vista para a Sunset.

— Bem, o que você acha?

— Não estou entendendo.

— Eu acho que está, sim. — Ele andou para mais perto de mim, e eu engoli em seco.

— Esse é o seu escritório?

Ele sorriu.

— Essa é a minha garota. Acertou.

Eu balancei a cabeça, completamente pasma, recusando-me a adivinhar o que tudo isso podia significar. Se eu começasse a imaginar eu poderia criar expectativa, e se essas expectativas não dessem em nada...

Meus joelhos estavam um tanto vacilantes, por isso eu me sentei numa cadeira de couro atrás da mesa de trabalho. Respirei fundo e olhei bem nos olhos de Cal.

— Comece a falar.

E foi o que ele fez, com uma expressão malandra no rosto.

— Eu convenci os meus chefes a me deixarem abrir uma filial da empresa aqui. Por enquanto não vai funcionar em tempo integral, então vou ter que voar de Boston para cá e vice-versa por algum tempo. Mais para a frente, porém, a minha intenção é me dedicar exclusivamente a esse escritório.

Eu fiquei de queixo caído, completamente espantada e surpresa com essa novidade tão surreal.

— Isso é algum tipo de piada, Cal? Você está brincando? Porque, se estiver, não tem graça nenhuma.

Cal sorriu e se sentou na beirada da mesa.

— Eu não estou brincando. Se os meus chefes tivessem dito "não", eu teria aberto a minha própria firma de investimentos aqui. E você estava certa, as leis na Califórnia para empresas pequenas são duras. E como não estava pronto para abrir uma empresa aqui por conta própria, fico muito feliz que os meus chefes tenham dito "sim".

Fiz que sim com a cabeça, pois sabia exatamente do que ele estava falando. Eu havia feito a minha própria pesquisa antes de tomar a decisão de permanecer na empresa em que estou agora. Abrir um negócio próprio parecia trazer mais aborrecimentos do que vantagens.

— Então você vai morar aqui?

— Parte do tempo, sim.

— Mas como isso foi acontecer? — perguntei, ansiosa por saber de todos os detalhes. — Por que os seus chefes concordaram com isso?

— A minha lista de clientes aqui em Los Angeles explodiu.

— Mesmo?

— Acho que a Tabbie e o Ron me apresentaram a todas as pessoas que eles conhecem.

Eu ri ao pensar no meu velho amigo Ron. Claro que ele teria feito isso por Cal – e por mim. Eu não conversava com Ron fazia semanas, e até ontem eu também não havia falado com Cal.

— Isso é incrível. Eu estou feliz demais por você.

— E eu devo isso tudo a você, Jules.

— Não é verdade — retruquei, balançando a cabeça numa negativa. — Tudo o que eu fiz foi apresentar você a uma ou duas pessoas. Se você não fosse bom no seu trabalho, nada disso teria acontecido.

— Por que simplesmente não aceita o elogio?

*Boa pergunta*, eu pensei.

— Tudo bem. Mas você teve uma bela participação também.

— Certo. Isso foi um trabalho em equipe. Valeu, parceira.

Um calor gostoso subiu pelo meu rosto. Lembrei-me de que me sentia dessa maneira quando as coisas iam bem entre nós dois. Ao lado de Cal eu me sentia bem como nunca havia me sentido com nenhum outro cara.

— Onde você vai morar?

— Ainda não achei um lugar. Conhece algum bom corretor de imóveis?

— Não.

Ele riu, mas eu fiquei séria. Mais ou menos séria. Ok, não fiquei séria coisíssima nenhuma.

— Não conhece nenhum, Jules? Que vergonha.

— Não consigo acreditar que você vai ficar aqui.

Cal se levantou da mesa e chegou perto de mim. Bem perto, mas eu não conseguia mais mantê-lo afastado de mim nem por um segundo. Eu não queria mais lutar contra os meus sentimentos.

— Eu queria ficar mais perto de você, Jules — ele disse com voz suave —, e descobri uma maneira de conseguir.

— A gente nem se falava mais. Como é possível que você tenha feito tantos planos e...

— A minha intenção era consertar as coisas — ele disse sem hesitar.

— E se eu me recusasse a falar com você ou a colaborar?

Ele se aproximou ainda mais, e seus lábios ficaram a centímetros dos meus.

— Bom, era um risco que eu teria de correr. Mas, nesse caso, eu estava disposto a esperar que você me perdoasse, não me importava quanto tempo isso podia levar. Desistir de você não estava nos meus planos. Eu sabia que te amava. No instante em que entendi isso, tudo se encaixou, tudo fez sentido para mim. Eu precisava recuperar o que nós dois estávamos criando. Eu amo você, Jules. Amo você loucamente.

Eu já nem estava mais olhando nos olhos castanhos dele enquanto ele falava, eu já havia mergulhado nesses olhos, afogando-me nesse mar de sonho, sem colete salva-vidas. Eu não queria ser salva.

— Eu também te amo — murmurei, inclinando-me para ele.

Ele respirou profundamente, de puro alívio, antes de colar sua boca desesperadamente à minha tomado por desejo. Isso era tudo de que Cal precisava. Diabos, era tudo de que nós dois precisávamos. Perdão, aceitação e vontade de superar todos os males – tudo resumido em quatro lindas palavras que fluíram dos meus lábios como uma promessa. Palavras que eu pronunciei de todo coração, esse órgão tão volúvel que eu já não odiava mais.

E quando nós nos beijamos e nos agarramos na nova mesa de Cal, eu sabia que tudo ficaria bem. A sensação de horror iminente que havia me invadido quando ele reapareceu na minha vida – essa sensação tinha sumido. E agora o que me invadia era algo totalmente diferente.

Esperança. E eu sabia que nós dois conseguiríamos a nossa felicidade juntos.

# Epílogo

## Jules

NOS ONZE MESES SEGUINTES, CAL DIVIDIU O SEU TEMPO ENTRE Boston e Los Angeles. Isso provavelmente foi duro de suportar, mas ele jamais reclamava. Ele até encontrou aqui um programa extracurricular em que poderia ser voluntário, algo que eu sabia que ele adorava.

Os chefes dele o apoiaram bastante quando chegou o momento de deixá-lo cuidar da filial daqui de Los Angeles em tempo integral. Eles sabiam que fazia sentido expandir os negócios para a Costa Oeste; além do mais, Cal havia trazido uma montanha de dinheiro para a empresa, o que tornou mais fácil a decisão deles. Como se já não bastasse, a carteira de clientes famosos de Cal dobrou de tamanho pouco depois da abertura do novo escritório. Sendo assim, como os chefes dele poderiam reclamar?

Quando Cal se mudou para cá a fim de cuidar do escritório em tempo integral, ele trouxe Lucas junto. Havia clientes demais e Cal não poderia lidar com todos sozinho. Além disso, depois da sua primeira viagem para nos visitar, Lucas se tornou implacável na sua campanha para se mudar para cá e não perdia uma chance de atormentar Cal.

O único problema era que enquanto Cal havia aprendido rapidamente a lidar com celebridades de modo impessoal, Lucas não conseguia esconder o seu fascínio pelos famosos e praticamente ficava paralisado quando um ator bonitão aparecia numa reunião de negócios. Eu continuava dizendo a Cal que o Lucas acabaria superando essa sua fase abobalhada, mas a verdade é que eu não tinha tanta certeza disso. Às vezes, estar cercado de celebridades era informação demais para certas pessoas processarem. De qualquer modo, Lucas estava aqui agora, assumindo o aluguel de Cal e se mudando para o seu apartamento.

Quando Cal me disse que precisava de um lugar para morar aqui, eu o convenci a alugar por um ano um apartamento mobiliado em West Hollywood, acreditando que isso me favoreceria no nosso relacionamento. Cal havia voltado para mim e eu não poderia estar mais feliz, mas eu ainda não estava pronta para tomar a decisão de morarmos juntos. Na minha opinião, era cedo demais para isso. Apesar de tudo, nós ainda precisávamos nos conhecer melhor.

Para a minha surpresa, ele aceitou sem dizer uma palavra. Por outro lado, ele me enrolava, ficando na minha casa noite após noite e trazendo aos poucos algumas das suas coisas, exatamente como Tami fazia. Antes que eu me desse conta, havia cabides e mais cabides de roupas dele pendurados no closet do quarto de hóspedes, ao lado dos vestidos da Tami. E as prateleiras do banheiro de visita, que antes estavam repletas de produtos da Tami apenas, agora exibiam uma porção de coisas de Cal também.

Cerca de um mês depois que Cal e eu voltamos, nós três saímos para comer pizza certa noite, e Tami o confrontou:

— Nem pense em me pedir para tirar as minhas coisas desse quarto, meu querido — ela disse com certa ênfase, e ele riu.

— Isso nem me passa pela cabeça. Eu adoro compartilhar um closet com você.

— Esse ainda é o meu quarto. Diga a ele, Jules, que ainda é o *meu* quarto! — ela exigiu.

— Sim, ainda é o seu quarto, Tami... — Eu dei de ombros. Cal não estava dormindo lá mesmo.

Eu ainda mantinha contato com Robin, que ameaçou pegar um avião para vir "me dar um beijo na boca" quando contei a ela que o Cal se mudaria para cá. "Essa foi a melhor coisa que você já fez *na vida*", ela me escreveu por e-mail. Robin constantemente ameaçava vir me visitar, mas disse que agora que Cal estava aqui ela tinha um bom motivo. Robin, Tami e Lucas todos juntos no mesmo lugar... isso poderia significar a morte para mim. Ou a vida. As chances eram meio a meio.

Um mês antes do vencimento do contrato de aluguel de Cal, ele me convenceu a morarmos oficialmente juntos. Para ser franca, ele não teve de se valer de muitos argumentos. Havia meses que eu andava louca para que isso acontecesse. No início eu queria que as coisas caminhassem devagar, que fôssemos com calma, mas eu logo percebi que quando você estava com a pessoa certa, ir devagar não tornava nada melhor. E isso nem sempre fazia sentido, definitivamente.

Enfim, havia chegado o dia da mudança, o dia em que nós levaríamos o resto das coisas de Cal para o meu apartamento. Se bem que isso não levou muito tempo. Cal já havia levado tantos pertences seus para o closet do meu quarto de hóspedes que não havia restado muita coisa dele no seu próprio apartamento.

— Cadê o meu quarto? — Lucas disse, deixando cair uma das caixas de Cal quase em cima do meu pé. — A Tami e o Cal têm um quarto. Por que eu não tenho um também?

— Acho que você e a Tami vão ter que dividir um — comentei.

— Ei! Eu ouvi isso! — Tami gritou do quarto.

— Bem que você gostaria de tirar uma casquinha, não é, doçura? — Lucas gritou em resposta, e eu caí na risada.

Lucas e Tami haviam se dado bem desde o primeiro instante em que se viram, e os dois viviam disputando os paqueras. Sem querer, uma vez eu ouvi Tami fazer uma ameaça a Luc. Algo sobre eles não pescarem homens no mesmo lago ou então ela enfiaria uma faca nele durante o sono. Lucas riu e respondeu que se os dois estivessem a fim do mesmo cara, então *ela* estava no lago errado, não ele. Para a minha surpresa ela concordou. E quando ele elogiou os olhos verde-floresta dela, eu tive vontade de nocauteá-lo com um soco.

— Por que é que vocês estão sempre gritando? — Cal perguntou ao chegar à sala. Sem diminuir a velocidade dos seus passos, ele caminhou direto para mim e me deu um beijo na boca.

Eu jamais me cansaria de beijar os lábios dele, aqueles lábios de sonho. Isso seria impossível. Para mim, eles continuavam mais tentadores do que nunca.

Lucas suspirou e fez uma careta fingindo vomitar.

— Não seja como o seu irmão.

— Nunca! — Cal sorriu todo convencido para Lucas.

— A propósito, quando vai ser o casamento deles? — Lucas perguntou, como se já não conhecesse a resposta. Ele implorava por um convite para o evento desde que soube que a data finalmente havia sido marcada para fevereiro.

— Você sabe quando — Cal respondeu, fingindo estar irritado com Lucas, e aproximou o rosto de mim para sussurrar ao meu ouvido. — Agora eu entendo bem, entendo por que o Cooper e a Katherine eram tão carinhosos que chegavam a ser insuportáveis. É porque eles se sentiam assim na presença um do outro.

Eu não poderia estar mais de acordo. Eu jamais pensei que um dia fosse formar com alguém um casal pateticamente meigo, mas pelo visto eu estava enganada.

Três anos atrás eu não teria imaginado a minha vida assim de jeito nenhum. Se na época alguém me dissesse que eu encontraria alguém como o Cal e teria um relacionamento *e* uma carreira bem-sucedidos, eu teria respondido que esse alguém era louco ou então estava sonhando. E então, convencida de que não poderia ter ambos, eu tentaria eliminar um deles completamente.

Mas agora, olhando para as pessoas que eu amava reunidas no meu apartamento, eu me sentia mais feliz do que nunca por ter estado tão errada.

LEIA TAMBÉM:

## THE GAME SERIES, de J. Sterling

## A VIDA ÀS VEZES FICA TRISTE ANTES DE SE TORNAR MARAVILHOSA...

**Ele é o tipo de jogo que ela nunca pensou em jogar.**
**Ela é a virada no jogo que ele nunca soube que precisava.**

*O jogo perfeito* conta a história de dois jovens universitários, Cassie Andrews e Jack Carter.

Quando Cassie percebe o olhar sedutor e insistente de Jack, o astro do beisebol em ascensão, ela sente o perigo e decide manter distância dele e de sua atitude arrogante.

Mas Jack tem outras coisas em mente...

Acostumado a ser disputado pelas mulheres, faz tudo para conseguir ao menos um encontro com Cass.

Porém, todas as suas investidas são tratadas com frieza.

Ambos passaram por muitos desgostos, viviam prevenidos, cheios de desconfianças antes de encontrar um ao outro, (e encontrar a si mesmos) nesta jornada afetiva que envolve amor e perdão. Eles criam uma conexão tão intensa que não vai apenas partir o seu coração, mas restaurá-lo, tornando-o inteiro novamente.

TARRYN FISHER

# F*CK Love

## LOUCO AMOR

***Algumas vezes, o seu pior inimigo, será você. Outras, alguém para quem você abriu o coração.***

Você pode pensar que já viu histórias parecidas, mas nunca tão genuínas como essa. Tarryn, a escritora apaixonada por personagens reais, heroínas imperfeitas, mais uma vez entrega algo forte, pulsante, que nos faz sofrer mas também nos vicia. Depois dela, todas as outras histórias começam a parecer como contos de fadas.



FARO EDITORIAL

ESTA OBRA FOI IMPRESSA PELA VOX GRÁFICA EM OUTUBRO DE 2017